# Karl Blaas

# Selbstbiographie

## Nach der Ausgabe von 1876

Karl Blaas: Selbstbiographie. Nach der Ausgabe von 1876

Erstdruck: Wien (Carl Gerold's Sohn) 1876.

Neuausgabe
Herausgegeben von Karl-Maria Guth
Berlin 2020

Der Text dieser Ausgabe folgt:
Blaas, Karl: Selbstbiographie des Malers Karl Blaas 1815–1876.
Herausgegeben von Adam Wolf, Wien: Carl Gerold's Sohn, 1876.

Dieses Buch folgt in Rechtschreibung und Zeichensetzung obiger
Textgrundlage.

Die Paginierung obiger Ausgabe wird hier als Marginalie zeilengenau
mitgeführt.

Umschlaggestaltung von Thomas Schultz-Overhage unter Verwendung
des Bildes: Karl von Blaas, Selbstporträt, 1884

Gesetzt aus der Minion Pro, 11 pt

Die Sammlung Hofenberg erscheint im
Verlag der Contumax GmbH & Co. KG, Berlin
Herstellung: BoD – Books on Demand, Norderstedt

Die Ausgaben der Sammlung Hofenberg basieren auf zuverlässigen
Textgrundlagen. Die Seitenkonkordanz zu anerkannten
Studienausgaben machen Hofenbergtexte auch in wissenschaftlichem
Zusammenhang zitierfähig.

ISBN 978-3-7437-3591-0

Bibliografische Information der Deutschen Nationalbibliothek

Die Deutsche Nationalbibliothek verzeichnet diese Publikation in der
Deutschen Nationalbibliografie; detaillierte bibliografische Daten sind
im Internet über www.dnb.de abrufbar.

# Inhalt

# Vorwort.

Wie der große Benvenuto Cellini hat Meister Karl Blaas in seinem acht und fünfzigsten Lebensjahre angefangen, die Geschichte seines Lebens niederzuschreiben, und zwar wie er selbst sagt, nur für seine Kinder und Freunde und sich selbst zur vergnüglichen Erinnerung. Als er mir im vergangenen Jahre die Handschrift zur Lesung anvertraute, war ich überrascht von dem Wechsel der Erlebnisse wie von der Schönheit und inneren Wahrheit der Darstellung, und zu Ostern 1876 machte ich ihm den Antrag, die Selbstbiographie, wie sie ist, herauszugeben. Er willigte ein, schrieb noch das letzte Capitel bis 1876, unser liebenswürdiger Freund Moriz Gerold übernahm den Verlag und so ist das vorliegende Buch entstanden. Mein Antheil daran ist ein geringer, denn ich habe nur einige Kürzungen und Veränderungen in der Satzstellung vorgenommen; die Handschrift ist deswegen ihrem Wesen und Inhalt nach unverändert zum Druck gekommen.

Einer Rechtfertigung der Herausgabe dieser Lebensbeschreibung bedarf es wohl nicht. Wir besitzen in unserer Literatur eine Reihe vortrefflicher Lebensbilder von Künstlern, aber wenig Selbstbiographien. Von Malern aus Oesterreich sind mir nur das kurze Reisetagebuch des Joseph Anton Koch, aus dem E. Förster und C. von Lützow das Beste mitgetheilt haben, und die Selbstbiographie Joseph Führich's (1800–1842) bekannt. Blaas ist ein jüngerer Zeitgenosse Führich's, aber in allem und jedem von ihm verschieden. Die Worte Reber's (in der Geschichte der neueren Kunst), daß Blaas »vorwiegend dem religiösen Fache« huldigte, bedürfen jedenfalls einer Erweiterung. Blaas ist Historienmaler und das in kirchlicher und weltlicher Richtung, zugleich Porträt- und Genremaler. Ich will hier keine Kritik seiner Werke beifügen, aber das ist allgemein anerkannt, daß er auf jeder Stufe seines Lebens Tüchtiges geleistet hat und seinen Bildern ein maßvoller Schönheitssinn, eine gesunde Kraft und eine gewisse kernige Originalität innewohnt. Seine Selbstbiographie bietet uns nun einen Einblick in sein Werden und Schaffen. Die ersten Capitel erzählen die Lehr- und Wanderjahre. Die Freunde und das Publicum werden mit Befriedigung lesen, wie sich Blaas aus drückenden Verhältnissen emporgerungen, wie sich sein Talent durch alle Hemmnisse Bahn gebrochen hat und wie ehrlich er bemüht war, das Leben und die Kunst zu versöhnen. Wie so viele betrat er als Nazarener den geheiligten Boden Rom's und blieb dieser Richtung lange getreu, aber sein Wesen widerstand der ascetischen Kunst und von dem Schönheitssinn der Cinquecentisten angehaucht wandte er sich wieder dem gesunden Realismus zu. Von 1833 bis 1851 lebte Blaas in Italien. Hier hat er studirt, seine ersten Werke geschaffen, geheiratet und wahrhaft glücklich gelebt. Wer jedoch seine Aufzeichnungen liest, wird nicht verkennen, daß sein bildnerisches Talent, sein fröhlicher Sinn, sein getreues Festhalten, Blutstropfen aus den Adern unseres Volkes sind, und daß er seinem Volke und Stamme getreu geblieben ist. Im Jahre 1851 wurde er Professor an der Akademie in Wien, 1856 in Venedig, 1866 übersiedelte er abermals nach Wien und lebt noch unter uns als Künstler und Lehrer gleich hoch geachtet. Seine Selbstbiographie ist seine Bildungsgeschichte, aber die individuellen Züge und Erlebnisse führen zugleich in die Hallen der Kunst und auf den Schauplatz des öffentlichen Lebens. Diese Geschichte bietet deswegen nicht nur einen Sporn für jedes mannhafte hochsinnige Streben, sondern ebenso einen reichen Gewinn für die allgemeine Erkenntniß. »Welch' ein Geschenk für die Menschheit ist ein edler Mensch«, schrieb einmal Göthe an die Frau von Stein.

Mit diesem Spruche flieg aus, mein liebes Buch, gewähre wie mir allen Lesern Freude und Genuß und gib Zeugniß, daß in unserem Volke gesunde Keime verborgen liegen, die wenn sie an Licht und Sonne kommen, zu kräftigen fruchttragenden Bäumen emporwachsen.

*Graz*, im Juni 1876.

Ad. W.

# I. Kinderjahre in Tirol, 1815–1827.

An der Grenze von Tirol und der Schweiz, unweit von Finstermünz, wo der Fluß Inn zwischen himmelhohen Felsen schäumend und mit ewigem Brausen hervorstürzt, liegt hoch in den Bergen das Dorf Nauders. Eine halbe Stunde davon entfernt zieht sich die Straße von einer waldigen Anhöhe, Norwerzerhöhe genannt, links steil in das tiefe Thal hinab, wo der erste schweizerische Ort Martinsbruck liegt. Man genießt hier eine der großartigsten Fernsichten in das Schweizerthal, wo sich der Inn zwischen hohen Bergen wie ein Silberfaden durchschlängelt, auf Gehöfte, Dörfer, schwarzgrüne Wälder, Felder und Wiesen und auf die mit ewigem Schnee bedeckten Ferner.

Auf dieser Anhöhe stand am 28. April 1815 Nachmittag zwischen 4–5 Uhr ein Mann von 55 Jahren und schaute mit Ungeduld und Sehnsucht in das Thal hinunter. »Kommen sie denn noch nicht, rief er, mir scheint, sie unten an der Martha herumfahren gesehen zu haben; freilich ist der Berg steil und nichts geschieht, um diesen Marterweg auszubessern.« Nach langem Warten kam eine alte Kalesche, mit zwei Schimmeln bespannt, welche schnaufend heraufzogen. Im Wagen saß eine Frau mit einem dreijährigen Knaben, neben den Pferden ging ein rüstiger Junge von 18 Jahren, der die Pferde leitete, und hintennach schritten drei Mädchen, seine Schwestern. Der Mann eilte dem Wagen zu und grüßte seine Genovefa und die Kinder. »Ach, mein lieber Johann, sagte die Frau, mach' nur geschwind, daß ich nach Nauders komme, denn ich fühle die Wehen sehr stark.« Alle saßen auf und schnell ging es dem Dorfe zu. Beim Traubenwirthshaus, wo die neue Wirthschaft anfangen sollte, angelangt, wurde die Frau in das hintere Zimmer gebracht und nach einer Viertelstunde, um 7 Uhr Abends, von einem gesunden Knaben entbunden. Dieser Knabe, das zehnte und letzte Kind der Familie, war ich, der Maler Karl Blaas, und damit beginne ich meine Selbstbiographie.

Die Welt lebt heutzutage schnell. Man muß fast alles übereilen, um mitzuleben, der Kampf um's Dasein läßt uns kaum Zeit die Zeitungen zu lesen, viel weniger wissenschaftliche Werke oder die Lebensgeschichte eines Malers. Ich bilde mir nicht ein, daß diese Blätter einst gelesen werden und schreibe deswegen nur für meine Kinder, Freunde und mir selbst zum Vergnügen, um mich an mein vergangenes Leben zu erinnern.

Mein Großvater Karl Blaas hatte eine große Familie, war Bauer und Müller im Thale Langtaufers, und eine halbe Stunde vom Dorfe Graun entfernt stand sein Bauernhof und die Mühle. Sein jüngster Sohn, Johann Joseph, war mein Vater. Er lernte in der Dorfschule, soviel man lernen konnte, schnitzte und zeichnete Figuren, studirte in der Mühle in den Stunden, bis das Getreide aufgeschüttet wurde, Mathematik und Geometrie. Er wollte Maler werden, aber Mittel und Gelegenheit fehlten dazu, jedenfalls ist in ihm ein großes Talent für die Kunst und Wissenschaft verloren gegangen. Er lernte das Müllerhandwerk, die Bäckerei, und heiratete ein armes Bauernmädchen, eigentlich eine Dienstmagd. Meine Mutter erzählte mir oft, wie arm sie und der Vater zur Zeit ihrer Heirat waren. Er hatte bereits eine Bäckerei angefangen und in aller Frühe, bevor er die Braut in die Kirche führte, machte er den Teig zurecht und als sie als Gatten vereint nach Hause gingen, wurde das Brod gebacken, in Ordnung gebracht und dann erst zum Hochzeitsschmaus in das Gasthaus gegangen.

In Graun war keine Aussicht auf Erwerb, daher zogen sie eine Stunde nördlich nach Nauders, ein großes Dorf an der Schweizergrenze. Hier konnte ein Bäcker leichter seinen Unterhalt erwerben, weil in dem nahen Schweizerthal Unterengadin in damaliger Zeit kein Bäcker lebte und das Volk bei Hochzeiten und anderen Festlichkeiten gerne viel Weißbrot (*Bangformaint*) verzehrte. Die Einwohner sind romanische Calvinisten, haben eine eigene Tracht und andere Gebräuche und Sitten als die nahen Tiroler. Sie leben vom Wiesen- und Feldbau, viele ziehen in der Jugend in die Fremde, nach Italien, Spanien, werden Kaffeesieder, Zuckerbäcker, kommen meist wohlhabend zurück, bauen sich schöne Häuser, heiraten und werden wieder Bauern.

Anfangs ging bei meinen Eltern das Geschäft gut. Mein Vater kaufte sich Aecker, Wiesen, hielt Pferde und Kühe, und baute sich nach seinem eigenen Plane ein Häuschen. Die Familie wuchs heran, das erste Kind war noch in Graun gestorben. Die anderen neun wurden in Nauders geboren und groß gezogen. Alles mußte arbeiten und helfen, der älteste Bruder Franz besorgte die Pferde und das Fuhrwerk, der zweite, Jacob, wurde nach Innsbruck in's Gymnasium geschickt; Bruder Reinhart, die Schwestern Caroline, Victoria, Therese und Anna, alle wurden zur Arbeit angehalten und, soweit die Mittel reichten, auch für ihre Erziehung gesorgt. Vor und nach dem Essen und Abendmahl wurde gemeinschaftlich gebetet und auch sonst in Gottesfurcht und Eintracht gelebt. Mein Vater war kein gewöhnlicher Bauer, die Beamten des Landgerichtes, der Doctor und Geistliche suchten seinen Umgang, weil er ein gescheidter Mann war. 1809 hatte er als Commandant einer Compagnie Bauern den Landsturm mitgemacht, war öfters im Gefechte und hatte auch bei Hinterlan an der bairischen Grenze eine Kugel in die Wade erhalten. Später mußte er sich, um der Rache der Franzosen zu entgehen, über den Jaufen durch das Pusterthal nach Kärnten und Wien flüchten. Er war im Vintschgau und im Oberinnthal der beste Scheibenschütz und in seiner Jugend ein verwegener Gemsenjäger. Auf dem Schaft seines Stutzens hatte er sich selber auf der einen Seite eine Gemsenjagd, auf der anderen eine Bärenjagd geschnitzt, erst später verkaufte er ihn für ein gutes Stück Geld an einen Engländer. Er zimmerte sich selbst einen praktischen Landfuhrwagen und war überhaupt ein erfinderischer Kopf; tagelang rechnete er die schwierigsten mathematischen Aufgaben, machte Projecte zu neuen Häusern und baute nach und nach fünf Häuser, die schönsten und zweckmäßigsten in Nauders; leider konnte er sie nicht selbst oder nur kurze Zeit bewohnen, denn die Gläubiger zwangen ihn sie wieder zu verkaufen. Er gab die Bäckerei auf und trieb einen Handel mit Pferden, mit Getreide, Wein und Früchten und fuhr das Land auf und ab. Aber bei allem Glücke hatte er auch viel Unglück und konnte auf keinen grünen Zweig kommen. Drei Jahre vor meiner Geburt verpachtete er sein Gütchen, nahm in Tarasp, einem Dorfe in Graubünden, einen Bauernhof in Pacht und errichtete dort wieder eine Bäckerei. Tarasp ist der einzige katholische Ort im Engadin, heutzutage ein Curort, und weltberühmt durch sein schönes Hôtel, das von Engländern und Deutschen viel besucht wird. Damals kamen nur Bauern und Wirthe hin, um den Sauerbrunnen von dem nahen Schuls zu trinken.

Die Wirthschaft ging jedoch in Tarasp weniger gut als man hoffte und meine Mutter drängte den Vater nach Nauders zurück, denn sie wollte ihr letztes Kind in Tirol zur Welt bringen. Der Vater kaufte das Traubenwirthshaus und da er mit der Schwester Caroline und Bruder Reinhart schon einige Tage vorausgereist war, erwartete er die Mutter und die Anderen auf der Norwerzer Höhe.

Das erste Empfinden meiner Existenz fing im Jahre 1820 an. Ich erinnere mich noch an das Haus, in dem wir damals wohnten, an den Sonntag, an dem ich das erste Höschen trug und meine Mutter mich zu einer Nachbarsfrau mitnahm, an den schwarzen Pudel, den ich dort antraf und der mich in's Gesicht biß, daß mir das Blut von der Stirne rann. Wie andere Kinder liebte ich geschnitzte Pferdchen und Peitschen zum Knallen, mit denen ich sehr viel Lärm machte. Das Haus war nicht mehr dasselbe, in dem ich geboren wurde, und 1821 wurde wieder Wohnung gewechselt. Beim Einzug setzte mich mein ältester Bruder Franz auf das Pferd vor dem Möbelwagen, ich ritt zum erstenmale und zog mit Jubel in das Haus, an das sich viele meiner Erinnerungen knüpfen. Das erste Ereigniß war freilich ein schmerzliches. Als ich eines Sonntags, wo Niemand in der Küche war, eine Figur von einer Spielkarte, die ich mir als Hexe vorstellte, verbrennen wollte, verbrannte ich dafür meine eigenen kleinen Hände, daß ich jämmerlich schrie. Schwester Victoria, deren Liebling ich war, kam zu Hilfe und steckte meine Hände, um die Schmerzen zu mildern, in eine Schüssel mit Oel und frischen Eierdottern. Bald mußte ich auch in die Schule gehen; da ich aber sehr lebhaft und immer zerstreut war, lernte ich wenig; der Lehrer, ein grober Bauer, konnte auch nicht viel und im Sommer gab es gar keine Schule. Am liebsten war ich mit anderen Buben auf der Gasse; wir spielten Räuber, gingen in die Wälder und machten mit unseren Peitschen viel Lärmen. In der Nachbarschaft lebte eine Mutter mit mehreren Kindern, der Aelteste war in meinem Alter und mir sehr zugethan. Deswegen war ich oft in diesem Hause und die Frau liebte mich fast mehr als ihren Aeltesten, der beim geringsten Anlaß weinen konnte. Eines Tages saßen die Mütter vor unserem Hause auf einer Bank. Die Frau nahm mich auf ihren Schoß und sagte zu der Mutter: »Vesa, euer Karl wird einmal ein großer Herr.« »Warum?« fragte diese. »Weil er so gescheidt und von allen Knaben der muthigste ist.« Nun, ein großer Herr bin ich zwar nicht geworden, aber ich habe mich doch vor allen diesen Knaben auf eine bessere Lebensstufe geschwungen.

Damals war ich ein ausgelassener Bube; oft ergriff ich meine Schwestern, auch zwei auf einmal bei ihren Zöpfen und wollte sie als meine Pferde kutschiren. Im Winter kamen Weiber und Mädchen mit ihren Spinnrädern in unsere große Stube und spannen Flachs. Die Männer und Knaben saßen hinter dem großen Tische oder auf der Ofenbank. Dann wurde gesungen, oder ein altes Weib erzählte Gespenstergeschichten, die mich so aufregten, daß ich vor Furcht meine Füße unter dem Tische nicht mehr sicher wußte. Einmal kam mein Vater, der selten Abends zu Hause war, etwas früher heim. Er horchte auf die Geschichte, nahm jedoch die Alte bei der Hand und führte sie bei der Thüre hinaus, indem er ihr sagte, sie solle sich nicht mehr blicken lassen, er wolle nicht, daß die Erziehung seiner Kinder durch solchen Unsinn verdorben würde. Da er erkannte, wie ich mich seit diesen Geschichten fürchtete, erzählte er mir Geschichten des Gegentheils und überzeugte mich und die Geschwister, daß es gar keine Geister gebe, vor denen man sich zu fürchten brauche; destomehr müsse man vor bösen Menschen auf der Hut sein. Zur Nachtzeit schickte er mich zum Krämer um Schnupftabak, so daß ich mir die Furcht abgewöhnte und auch zeitlebens keine Furcht mehr vor Tod oder Gespenstern hatte.

Da ich der Liebling der Eltern und Geschwister war, wurde ich etwas verzogen und konnte mir viele Freiheiten erlauben. Ich machte alle Bubenspiele mit, gewöhnlich als Anführer, in der Schule wollte ich nicht lernen und wurde oft gestraft, die Aufgaben wurden entweder gar nicht oder im letzten Augenblicke vor der Schule gelernt; immer und immer den Katechismus auswendig lernen, war mir keine Freude. Dafür war ich mit meinem kleinen Schlitten der verwegenste Renner von dem Berge herab und das bei einer Kälte von 20° ohne Handschuhe in einem einfachen Spenser von Loden und Lederhosen spärlich gekleidet. Oft kam ich erst, wenn ich zum Abendessen nach Hause gerufen wurde, und wenn ich dann mit rothen Backen und vergnügtem Gesichte in die Stube trat, erzählte ich, wie ich dem Einem vorgeritten und den Anderen in den Schnee geworfen hatte.

In diesem Hause wohnten wir mehrere Jahre. Weil damals auf der Straße von Landeck bis Bozen keine Fahrpost eingerichtet war, erhielten 1814 mein Vater und ein gewisser Pali von der Regierung den Postbotendienst. Jeder mußte mit seinem eigenen Pferde einmal in der Woche nach Landeck und einmal nach Bozen fahren. Diese Post, mit der alles, Menschen, Waaren und Briefe befördert wurden, bestand aus einem sogenannten Steirerwagen; vorne waren ein oder zwei Sitze für die Passagiere, hinten im Wagen stand eine verschlossene Kiste mit den Briefen. Für diesen Dienst sowohl, als für die Wirthschaft hatten wir immer 3–4 Pferde, und da mein Vater immer den ältesten

Bruder fahren ließ, nahm mich dieser auf mein dringendes Bitten einmal nach Bozen mit. Ich war 7 Jahre alt und dies war meine erste Reise in die Welt. Den zweiten Tag der Reise kamen wir Abends nach Terlan, zwei Stunden von Bozen, wo der schiefe Thurm steht. Da wir sehr früh von Schluderns weggefahren waren, und ich auf dem Sitze eingeschlafen war, mußte mich der Bruder anbinden, daß ich nicht herunterfiel. Tags darauf wollte der Bruder wegen des Jahrmarktes zeitlich nach Bozen und überließ mich daher der Wirthin bis zum anderen Tag. Morgens früh 4 Uhr fuhr der Bruder fort, um 7 Uhr wollte die Wirthin nachsehen, ob ich schlafe oder wache, fand jedoch das Bett leer und die Kleider auf dem Stuhle daneben. Man suchte und rief mich im ganzen Hause, bis ich von dem Lärmen aufwachte und hinter dem Bette von dem Boden aufstand, wohin ich im Schlafe sammt dem Federkissen hinuntergefallen war. Nach dem Frühstück führte man mich in den Weinberg, wo die köstlichen Trauben wachsen, aus denen der berühmte Terlaner Wein gepreßt wird. Ich sah zum erstenmale die Rebe und genoß übermäßig viel Trauben. Wie glücklich war ich und wie viel erzählte ich nach der Heimkehr. Da mein Vater so viel als Postmeister war, gab es noch oft Gelegenheit mit meinem Bruder eine Reise zu machen, worüber ich immer sehr glücklich war.

Wie ich acht Jahre alt war, ging ich das erstemal beichten und communiciren; in meinem Leben war ich nie wieder so fromm wie damals, denn ich glaubte aller Sünden ledig dem Himmel zuzugehören.

Einen besonderen Gefallen hatte ich daran, die Pferde zum Brunnen zu führen; mein Bruder hob mich auf ein Pferd und ich konnte reitend die anderen führen und treiben. Eines Tags saß ich auf einem launigen Pferde und als wir vom Brunnen heimkehrten, lief das Thier in gestrecktem Galopp durch ein paar Gassen und dann in den Stall zurück. Ich hielt mich fest, aber meine Mutter hatte Todesangst, als sie mich vom Fenster aus in den Stall reiten sah; wenn ich mich nicht ganz auf das Pferd niedergelegt hätte, konnte es mich abstreifen oder ich mir an der niederen Stallthüre den Kopf zerschmettern. Dieses Pferd wurde mein Liebling und ich wollte es immer selbst füttern, bis es mich eines Tages in's Gesicht biß und ich mit einer Mistgabel auf dasselbe losschlug. Mein Bruder wies mich zurecht, freute sich aber über meinen Muth.

Wo es darauf ankam, war ich immer der Erste unter den Buben. Da ich gerne auf dem Kirchthurm die Glocken läutete, schlich ich mich in der Weihnacht um 11 Uhr ohne Erlaubniß der Eltern fort, die Mette zu läuten. Aber die Kirche steht eine Viertelstunde weit von unserem Hause auf einer Anhöhe und ich ging den kürzeren Weg in einem furchtbaren Schneesturm vorwärts, bis ich im tiefen Schnee stecken blieb. Wie es mir gelungen mich zu retten, weiß ich nicht mehr. Aber mißvergnügt und still kam ich zurück und ging verdrießlich in's Bett, während die Familie durch eine andere Gasse in die Kirche ging.

In der Dorfschule lernte ich durch drei Jahre nichts als schlecht lesen und noch schlechter schreiben. Von einer Orthographie war keine Rede, dafür lehrte uns der Bauer Schulmeister eine falsche Aussprache, in dem er *b* wie *p*, *d* wie *t*, *w* wie *b* u.a. betonte. Es ist kaum zu glauben, aber doch wahr, daß man sich eine so falsche Art zu lesen und zu schreiben nur schwer abgewöhnen kann. Bei mir hat sich das leider bewährt, denn ich mache noch im Schreiben und Sprechen solche Fehler. Für das Rechnen hatte ich kein Talent und gegen das Lernen des Katechismus einen Widerwillen, so daß mich der Pfarrer oft strafte. Er weissagte mir auch viel Schlechtes, was aber, Gott sei Dank, nicht in Erfüllung ging. In der Schule zeichnete ich lieber als ich lernte, und mein Vater konnte mir keine größere Freude machen, als wenn er mir Federmesser, Papier und Bleistift kaufte. Zu Hause, besonders im Winter, zeichnete ich Pferde, Hunde, Kühe oder schnitzte Figuren aus Zirbelholz. Mein Vater konnte alle Thiere in dem Umrisse ähnlich zeichnen, und es war mir immer das höchste Vergnügen ihm zuzusehen und es ebenso zu machen. Einmal brachte er mir von Bozen schlechte Aquarellfarben mit, aber der Pinsel ging verloren; meine Schwester Victoria machte mir dann einen neuen aus Katzenhaaren in einem Taubenkiel und damit fing ich zum erstenmale in meinem Leben zu malen an. Diese Schwester erkrankte bald darauf und starb im 15. Jahre am Nervenfieber. Ich war untröstlich darüber, denn sie war stets meine Beschützerin. Mutter und Geschwister erzählten mir von ihrer Güte und Unschuld, acht Tage vorher hatte sie die Stunde des Todes vorausgesagt.

Im Frühjahre, wo die Schule aufhörte, trieben wir Buben uns viel herum, singen Räuber, spielten Soldaten, wobei es manchmal Ernst wurde. Eines Tages ließ mich meine Mutter durch Bruder Johann, der drei Jahre älter als ich war, aber ein ruhiges, phlegmatisches Temperament hatte, zum Essen rufen; ich wollte nicht folgen und als er mich packte, hieb ich ihm mit meinem Holzsäbel über den Kopf, daß er blutete. Darüber wurde ich sehr traurig und auch von der Mutter gestraft.

Hinter unserem Hause waren Aecker und etwa 200 Schritte davon zog sich eine steile Wiese hoch hinauf, den Bergen zu. An einem Wintertage in den Weihnachtsferien machten wir Knaben von frisch gefallenem Schnee eine Kugel und wälzten sie herab, bis sie in der Ebene still stand. Da die Masse Schnee fast $1^1/_2$ Stock hoch und breit geworden war, nahmen wir Schaufeln, machten das Ganze zu einem Vierecke, gruben einen Eingang, eine Vorhalle und zwei Zimmer mit Fenster aus, und legten als Teppich Stroh auf den Boden. Ein anderer Schneeball wurde herabgelassen, aus dem wir einen Riesen machten, der mit einer langen Stange als Lanze das Haus bewachte. Der Gedanke und die Anordnung der Arbeit ging von mir aus, aber ich mußte auch die Klage und Drohung des Nachbarn anhören, daß ich so viel Schnee in seinen Garten gebracht. Erst die Juli-Sonne konnte die Masse Schnee zerschmelzen. Dann kam wieder der ersehnte Tag, mit welchem die Schule aufhörte. Die Pferde, welche nicht gebraucht wurden, mußten auf die Weide getrieben werden. Ich wurde ein Pferdehirt meines Vaters, und ich und andere Knaben, welche Pferde hüten mußten, trieben die Thiere in die Wälder und blieben den ganzen Tag draußen. Wir bauten uns im Walde Hütten gegen Regen und Wind, machten Feuer und brieten uns Erdäpfel. Da auch eine Kuhherde im Walde war, melkten wir die Kühe in einen Hut, um zu unserem Schmause gute Milch zu haben. Das wurde uns aber vom Beichtvater streng verboten, weil es unrecht war, und wir thaten es in Zukunft nicht mehr. Abends ritten wir um die Wette nach Hause. Mein Vater hatte einen jungen schwarzen Hengst gekauft, den ich auch eines Tages auf der Weide hatte. Da kam ein Fremder, der dieses schöne Pferd kaufen wollte, und der Vater schickte die Schwester Anna in den Wald, ich solle das Pferd nach Hause führen; weil sich aber das Pferd nicht fangen ließ, machte ich meinen Kameraden den Vorschlag, das Pferd langsam durch den Hohlweg zu treiben, ich wolle auf dem Aste eines alten Baumes sitzen, und wenn der Schwarze kommt, rasch herunterspringen. Das geschah. Das Thier kam ganz harmlos unter mir her und mit einem Satze war ich auf seinem Rücken. Wie besessen rannte es mit mir fort, wieder in den Wald hinein, aber ich klammerte mich mit Händen und Füßen an bis es müde wurde und zur Herde zurückkehrte. Dann gelang es mir, ihm die Halfter über den Kopf zu werfen, den Strick um die Nase zu drehen, es mußte mir pariren und ich ritt mit ihm nach Hause.

Im Winter schleiften wir mit kleinen Schlitten, wo nur ein Bube sitzen konnte, von der Höhe, wo die Kirche steht, fast eine halbe Stunde lang durch's Dorf herab bis zum Bach. Wie ich einmal auf dem spiegelglatten Wege herabfuhr, kam gerade hinter unserem Hause ein mit Ochsen bespannter Holzschlitten hervor. Da ich nicht aufhalten und nicht ausweichen konnte, duckte ich mich ganz ausgestreckt mit dem Kopfe zurück und kam unter der Zugstange zwischen den Ochsen und dem Schlitten unversehrt durch, aber mein Nächster hinter mir fuhr so unglücklich in den Schlitten, daß er sich ein Schenkelbein brach. Mit beklommenem Herzen ging ich zurück und fand viele Menschen bei dem Unglücklichen versammelt, die ihn in seine Wohnung trugen. Dieser Knabe hieß Cyprian Morriggi, war der Sohn eines Wirthes und ein Jahr jünger als ich. Da er amputirt wurde, so geht er heute noch mit einem hölzernen Fuße und lebt als armer Beamter in Tirol. Ich wurde immer verwegener und hatte auch Nachahmer und Gehilfen unter meinen Kameraden. So legten eines Tages ich und andere Buben von der Diele des Nachbarhauses, wo wir oft spielten, ein Brett zum Fenster hinaus, um uns darauf zu schaukeln; die lange Seite des Brettes blieb im Inneren und der eine Bub Nanz (Vinanzius) mußte sich als starkes Gewicht auf diese Seite setzen; ich kroch zum anderen Ende des Brettes hinaus und wir singen an zu schaukeln. Die Mutter, welche von ihrem Fenster mich in der Luft schweben sah, wurde ohnmächtig und die Drohungen einiger Bauern trieben mich auch in das Haus zurück; vom Vater bekam ich dafür meine wohlverdiente Strafe. Wie es in Tirol üblich ist, waren auf dem Dach desselben Hauses Steine und darunter einige Schiefersteine gelegt; um die Kreuzer für den Griffel zur Rechentafel anders verwenden zu können, krochen ich und Nanz bis auf den First des Hauses, um ein Schieferstück los zu machen; aber ein Brett brach unter mir, ich fiel in die Scheune hinab, zum Glücke nicht auf die Tenne, wo Leiterwägen standen, sondern auf eine erhöhte Bühne, wo etwas Stroh lag. Ich blieb eine Zeit betäubt, aber als mich der Onkel des Nanz auf einer Leiter herabnahm, lief ich davon, daß er mich nicht einholen konnte.

13

Ungefähr um dieselbe Zeit gingen zwei meiner Schwestern, Therese und Anna, mit mir und anderen Knaben und Mädchen, jedes mit einem Korbe oder Milchkübel versehen, gegen Finstermünz in ein Waldthal, wo immer sehr viele Himbeeren wachsen. Wir trafen alle Gesträuche von den edlen Früchten roth überhängt und ebenso Erdbeeren zur Genüge. Ich kletterte immer höher, suchte mir die schönsten Büsche und als ich meinen kleinen Kübel voll hatte, wollte ich auf ein erhöhtes Felsstück steigen und den anderen zujauchzen, als ich ein gewaltiges Rauschen hörte und gerade über mir einen riesigen Lämmergeier erblickte; ich erschrak so, daß mir der Kübel mit den Beeren aus der Hand fiel und den Berg bis in den Wildbach hinunterrollte. Der Lämmergeier hätte mich forttragen oder verwunden können, und noch heute, wenn ich gute Himbeeren esse, schwebt mir das Bild vor Augen.

Der Glücksstern meines Vaters schien nur selten klar und unbewölkt. Er konnte sich, wenn auch sorgenvoll, doch anständig und ehrlich mit der zahlreichen Familie durchschlagen, aber das Unglück kam bald wieder in unser Haus. Auf unserer Straße wurde, wie im ganzen Kaiserstaate, eine geregelte Eil- und Briefpost eingeführt, der Postbotendienst hörte auf, mein Vater konnte die Postmeisterstelle nicht erhalten, und die ergiebigste Quelle des Lebensunterhaltes für die Familie ging damit verloren. Wie selten ein Unglück allein kommt, so häufte sich damals, 1825, auch eines auf das andere. Eine Viehseuche vertilgte uns mehrere Schafe und Kühe, zwei schöne Pferde stürzten von einem Felsen und fielen sich todt. Mehrere Gläubiger verlangten ihr Geld und der Vater mußte seine Habe verkaufen. Die erwachsenen Söhne und Töchter gingen in die Fremde, um sich ihren Lebensunterhalt selbst zu erwerben, nur ich und Bruder Johann blieben zu Hause. Der Vater fing wieder das Bäckereigeschäft an; da nun in Nauders Bäcker genug waren, konnte er nicht aufkommen. Bisher hatten wir keine Noth gelitten, aber jetzt zog sie ein und wurde drückend. Ich erinnere mich noch, wie wir manche Tage nicht schwarzes Brot und Erdäpfel hatten, um den Hunger zu stillen. Der Vater dachte wieder an die Schweiz, pachtete in Martinsbruck ein Bauernhäuschen mit einem kleinen Gute und errichtete eine Bäckerei. Bruder Reinhart und die Schwestern wurden nach Hause gerufen und das Geschäft ging wieder besser, da die Kinder Brot auf Rückkörben in die Dörfer trugen und hausirten. Ich selbst trug schon einen Sack voll Semmeln in die hohen Berge hinauf; ich und mein Bruder Johann hausirten oft tagelang, aßen spärlich und schliefen auf der Ofenbank bei den Bauern. Ich half zu Hause auch Semmeln backen, d.h. ich wog die Stücke Teig ab, spaltete und trug Holz und griff alles mit viel Geschick an, so daß ich mehr leistete als der unbeholfene Bruder. Hatte ich freie Zeit und bekam ich ein Blättchen Papier, so zeichnete ich alles, was mir vorkam. Die Bauern in Martinsbruck sind Calvinisten. Ihre Kirche war öde, nichts als ein Tisch stand darin; sie sind fast nur schwarz gekleidet, denn sie sind fast immer in Trauer, weil sie für ihre Eltern fünf Jahre lang trauern müssen. Sie dürfen nicht einmal in Hemdärmeln auf dem Felde arbeiten. Die Mädchen sind außer der Trauer hochroth gekleidet. Ihre Sprache ist romanisch, weil sie von einer römischen Colonie abstammen. Auch in Nauders wurde vor 300 Jahren noch nicht deutsch gesprochen. Die Thäler, Berge und Hügel, sogar die Meierhöfe haben noch romanische Namen. So hießen die acht Bauernhöfe, welche links und rechts ober dem Dorf in den Bergen zerstreut liegen: *Stables* (von *stabile), Arbelles (aria bella), Bartitsch, Compatsch, Gufres, Tenres, Tif, Ariatsch (ariaccia,* d.h. schlechte Luft, weil in der Nähe ein großer Sumpf ist). Die Mehrzahl der Einwohner von Nauders scheint also lateinischer Abstammung zu sein. Der Name Blaas kommt auch in Spanien vor und vielleicht sind meine Ahnen vor der Inquisition aus Spanien geflohen und haben sich in diesen Bergen angesiedelt. Eine Viertelstunde außer dem Dorfe ist die Brücke über den Innfluß.

Auf der österreichischen Seite stehen das Zollamt und eine Capelle; dahin ging unsere Familie zur Messe, nur im Hochsommer nach Nauders, das eine Stunde weit über dem Berge liegt. Der Geistliche im Zollamte liebte mich, da ich ihn bei der Messe bediente, und er gab mir nach der Messe etwas Unterricht im Lesen und Schreiben. Als ich eines Tages bemerkte, daß er auf Elfenbein Porträte malte, wurde er auch mein Liebling und ich bat ihn mir etwas zum Zeichnen zu geben. Aber er hatte nur einige schlechte Vorlagen und war selbst nur ein schwacher Dilettant. Er hatte mehr Luft auf die Jagd zu gehen und nahm mich auch oft mit, um Wildtauben zu schießen, die er gut locken konnte. Auch mein Bruder Reinhart, der ein junger starker Mann war, ging öfters auf die Gemsenjagd in das Gebirge. Einmal machte ein Hirte großen Lärm, weil ein Bär eine Kuh getödtet und verschleppt hatte. Mehrere Schützen gingen auf die Bärenjagd und ich lief in der Nacht meinem Bruder bis zum Sammelplatz nach, daß er mich nicht zurückschicken konnte. Die Schützen wurden wie bei einem Treibjagen aufgestellt, mein Bruder stand am Rande des Waldes und hieß mich auf einen hohen Baum klettern, womit ich zufrieden war. Von dort sah ich, während die Treiber durch den Wald einen großen Lärm machten, den Bären gegen das Joch hinauslaufen und rief meinem Bruder zu: »Schau, dorthin gegen das Joch läuft ein zottiger Hund.« »Ja, das ist der Bär«, erwiderte er, »der schon lange von uns Wind hatte und nun sicher ist.« Die Jagd wurde eingestellt und alle gingen nach Hause, ohne mir gram zu sein, da sie sonst den ganzen Tag gepaßt hätten. Mit meinem Bruder ging ich noch öfter auf die Jagd und ich fing an ein kleiner Nimrod zu werden. Im Frühjahr nahmen mich der Vater und die Brüder mit, um Holz zu fällen, und ich wurde mit der Axt bald geschickter als der Bruder Johann. Im Winter gingen wir mit Handschlitten in's Gebirge, um das gespaltene Holz zu holen. Auf dem Schlitten wurde das Holz zusammengebunden, ich saß voran und kam glücklich den steilen Weg herab; aber mein Bruder fiel eines Tages in den Schnee und verwundete sich am Fuße. Ich verband ihn mit meinem Halstuch so gut als es ging, legte ihn auf den Schlitten und fuhr nach Hause. Wir hatten ein paar Kühe, ein kleines Pferd, einige Ziegen und Schafe, aber nur wenig Feld, so daß das Gras und Heu nicht zum Futter ausreichte. Wir mußten nun oft früh Morgens in's Gebirge, um von den Felsen und aus den Felsspalten Gras zu holen. Dabei kletterte und sprang ich von Stein zu Stein wie eine Gemse; Schwindel und Furcht kannte ich nicht. Wenn ich jetzt daran denke, glaube ich ein bleierner Mensch zu sein. Gegen Mittag kamen wir nach Hause, die Mutter hatte das Essen bereitet und Knödel und Kraut schmeckten uns wie die besten Leckerbissen.

Als der Jüngste hatte ich mehr Freiheit und konnte Nachmittag meine Wege gehen. Dann zeichnete oder schnitzte ich bald unseren Pintsch, bald eine Katze oder ein Pferdchen. An meiner linken Hand finde ich noch alle kleinen Narben als Erinnerung an die Verwundungen, die ich mir mit dem Messer beibrachte. Vom Vater hatte ich wohl von Malern und Bildhauern gehört, aber ich hatte noch keinen gesehen. Ich kannte nur die Bilder in den drei Kirchen zu Nauders und hielt sie für große Kunstwerke, besonders das eine in der Liebfrauenkirche, welches die heilige Nothburga vorstellt. Mir gefiel der

Lichtschimmer, den der Maler nicht ohne Geschick in das Zimmer, in dem sie betete, leuchten ließ. In Martinsbruck war kein Bild in der Kirche, aber ich fühlte mich doch als Knabe dort glücklicher als in Nauders, denn das Schweizerdorf liegt tief im Thal und ist fruchtbarer, während in Nauders nur Nadelholz und nur hie und da ein belaubter Strauch vorkommt. Ich war in Martinsbruck sehr glücklich, weil ich dort Haselnußsträucher, Weiden, Erlen und anderes Laubholz fand. Im Mai, wenn die Weiden im Safte sind, schnitten wir Buben die Rinde los, machten Pfeifen daraus und lärmten damit gewaltig. Gerne schnitt ich mir einen schlanken Haselnußstab ab, ja noch heute, wenn ich durch einen Wald gehe und eine Haselnußstaude finde, kann ich der Versuchung nicht widerstehen mir einen Stab abzuschneiden und mitzunehmen. Wie in der Jugend habe ich stets ein scharfes Messer bei mir, das mir im Leben, besonders auf Reisen und Landpartien, oft gut zu statten kam. Wenn ich als Bube so ein Messer verloren hatte, war ich ganz unglücklich und betete zum heiligen Anton von Padua, der bei uns als Finder für alles Verlorene gilt. Aber der heilige Anton hatte keine Rücksicht für mich und blieb unbarmherzig.

Der Zollcaplan, *P.* Stecher, auch Gaudl genannt, war ein fauler Priester, und mir nur gewogen, weil ich ihn bei der Messe bediente. Da ich bei ihm keine Fortschritte machte, wollte mein Vater, daß ich mich zu Hause üben sollte und gab mir einst ein Buch zu lesen, welches über die Ausgrabungen in Pompeji und Herculanum handelte. Den Titel und Autor dieses Buches habe ich vergessen. Ich verschlang damals mit steigender Bewunderung den Inhalt desselben und war ganz entzückt von den Kunstschätzen, die darin aufgezählt waren, von den Statuen und den Wandmalereien, welche noch gut erhalten aus dem Schutte ausgegraben wurden, wo sie seit 2000 Jahren, von Asche und Gerölle überschüttet, begraben waren. Da mich die anderen wenigen Bücher meines Vaters nicht interessirten, so nahm ich dieses Buch immer wieder zur Hand und ich habe erst daraus geläufig lesen gelernt. Der Vater war ganz vergnügt, wenn er mich so oft und so emsig beim Buche fand. Auf meine Frage erklärte er mir, was Fresco sei, so gut als er konnte. Und jetzt, da ich vieles in diesem Zweige der Kunst geleistet habe, erkenne ich, daß er so ziemlich unterrichtet war. Besonders begeisterte mich die Beschreibung eines Bildes: wie Achilles von Wuth entbrannt, auf Agamemnon mit gezogenem Schwerte zurennt und Pallas Athene ihn bei seinen goldenen Locken zurückhält

19

und besänftigt. Als ich 1840 zum erstenmale nach Neapel kam und die Studien im Museum besuchte, fiel mir sogleich dieses Bild auf, das in Pompeji aus der Mauer geschnitten und hierher gebracht worden war. Lange stand ich in Gedanken davor und dachte an das Buch, aus dem ich lesen gelernt und an die Knabenjahre in Martinsbruck. Auch ein Mosaikbild, das ich mir aus dem Buche gemerkt, fand ich in Neapel wieder: Tauben auf einer griechischen Vase theils badend, theils trinkend. Von der Zeit an, als ich jenes Buch kennen gelernt, zeichnete ich öfters als früher und mein Sinn war, Maler zu werden. Mein Vater, der manches über Kunst gelesen hatte, nannte mir Raphael, Rubens und Tizian als die größten Maler und sagte, daß auch in Tirol brave Maler wären, wie Paul Trogger, Unterberger, Knoller, Schöpf und Arnold in Innsbruck. Er hatte mehrere Werke von ihnen gesehen und erzählte mir besonders von der Kirche in Gries mit den Bildern von Knoller, von der Johanniskirche in Innsbruck, von Schöpf und anderen. Dabei hörte ich ihm mit der größten Aufmerksamkeit zu. Aber das Rechnen, worin er Meister war, und das er mir gerne gelernt hätte, ging mir nicht ein; ich habe es auch niemals gelernt, während mein Gedächtniß für alles, was die Kunst betrifft, scharf und ausdauernd blieb.

Weil ich damals sehr wenig lernte und der Vater sehr um mich besorgt wurde, dachte er daran mir eine bessere Erziehung zu verschaffen. Aber ohne Mittel war guter Rath theuer. Mein ältester Bruder Jacob, der fünfzehn Jahre älter war als ich, lebte damals in Innsbruck als Praktikant bei der Post und wartete auf eine Anstellung. Er war der einzige von meinen Geschwistern, der eine bessere Bildung genossen hatte. Im Beginne seiner Studien war er vom Vater und zum Theil von Wohlthätern unterstützt worden. Später kam zum Glück unser Onkel, der Bruder meiner Mutter, Franz Purtscher Freiherr von Eschenburg, von Lemberg als Oberlandesgerichts-Präsident nach Innsbruck. Er war aus Graun gebürtig, ein Schulkamerad meines Vaters und der Sohn eines armen kinderreichen Bäuerleins. In seiner Jugend war er Hirtenknabe, wurde dann von Studenten, die sein Talent erkannten, nach Innsbruck gebracht, lebte während der Gymnasialstudien von Wohlthaten, war aber seiner Zeit der ausgezeichnetste Student in Innsbruck. Durch Glück, Talent und eisernen Fleiß hatte er es zum Gerichtspräsidenten gebracht, besaß den Leopolds-Orden und wurde später Baron. Er war ein gewaltiger und gerechter Justizmann und

Kaiser Franz soll nach einer großen Tafel in Wien, wo Purtscher zu Gaste war, ihm auf die Schulter geklopft und gesagt haben: »Dieser Mann ist die lebendige Gerechtigkeit.« Gegenüber seinen Kindern und den Untergebenen galt er für sehr strenge, auch war er sehr stolz auf das Verdienst sich zu dieser Höhe aufgeschwungen zu haben. Als mein Vater 1809 aus Tirol nach Wien flüchtete, hatte er bei ihm nur eine kalte Aufnahme gefunden und wurde mit einem Reisegeld von 20 fl. kurz abgefertigt. Mein Vater hatte damals dem Schwager seinen Mißmuth tüchtig und aufrichtig zu verstehen gegeben. Wie nun der Onkel nach Innsbruck kam, führte die Mutter den Studenten Jacob zu ihm und der Besuch hatte das Resultat, daß dieser beim Onkel den Tisch der Dienerschaft, und ein Zimmer bekam. Nach einigen Jahren, als Jacob im letzten Curse der Philosophie war, hatte ihn der strenge Onkel einmal gesehen, wie er Abends ein hübsches Mädchen unter dem Arme in ein Wirthhaus begleitete. Das war ein zu großes Verbrechen, er wurde brotlos auf die Gasse gesetzt, konnte dann nicht weiter studiren und mußte sich mit Lectionen durchhelfen. Zur selben Zeit kam der Onkel als oberster Justizpräsident für die Lombardei und Venedig nach Verona. Alle ferneren Bitten meines Bruders und selbst der Mutter, die in der Jugend ihren Liedlohn oft mit dem armen Studenten getheilt hatte, halfen nichts. Die Härte und der Stolz thaten dem Vater sehr weh und er schrieb ihm einen derben Brief, der aber das Verhältniß nur schlimmer machte. 22

Ich war nun zwölf Jahre alt und mein Vater schrieb dem Sohne Jacob, daß er mich nach Innsbruck schicken wolle und beauftragte ihn, da er mich nicht unterstützen könne, Wohlthäter zu suchen, wo ich wenigstens das Essen bekäme, wie das in Innsbruck für alle armen Studenten der Brauch ist. Ich vertauschte das erstemal meine Bauernkleider mit einem neuen Anzug von rothbraunem Tuch und einer Studentenkappe nebst ein Paar Stiefel. Ich war stolz in diesem Anzuge und glaubte schon ein Student zu sein, obwohl ich erst lesen gelernt hatte. Von Innsbruck hatte ich schon viel erzählen gehört und eine unbeschreibliche Sehnsucht lebte in mir, recht bald dahin zu kommen, um etwas Rechtes zu lernen. Ich war aufgeregt und träumte von der Zukunft, welche sich meine Jugend so rosig vorstellte, da ich in meiner Unschuld und Unerfahrenheit nicht erkannte, was dazu gehört, und was man alles durchzumachen hat, um was Rechtes zu werden. 23

## II. Anfänge in Innsbruck, 1827–1832.

Es war an einem rauhen Novembertage 1827 und unsere Gegend war schon mit gefrornem Schnee bedeckt, als ich aufbrach. Mein Vater kannte einen Wirth und zugleich Bauer, aus dem Orte Remis im Engadin, welcher sehr oft als Fuhrmann nach Hall bei Innsbruck um Salz fuhr, um es in die Schweiz zu bringen. Er hieß Menteni, sprach gebrochen deutsch und war ein humoristischer kluger Mann, wenn er nicht betrunken war; leider war er auf Reisen beständig in diesem traurigen Zustande. Er hatte vier gute Pferde, die eingeschult waren, jedes an einem kleinen länglichen Schlitten oder einem schmalen kleinen Wagen für sich eingespannt, hintereinander zu gehen, schnell oder langsam, je nachdem das erste, welches der Fuhrmann lenkte, ging. Diese eigenthümliche Art zu fahren war damals, als Graubünden noch keine eigene Fahrstraße hatte, nothwendig. In Tirol war man an diese Fuhrleute gewöhnt, denn es waren solche auf der Reise nach Hall täglich zu sehen, da die Schweizer das Tirolersalz billiger zu kaufen bekamen, als die Tiroler. Diesem Manne vertraute mich der Vater an, da er mich nicht allein reisen lassen wollte. Ich nahm Abschied von den Eltern, erhielt ihren Segen, und setzte mich auf den Schlitten neben Menteni, der mich tröstete, und so fuhren wir über Nauders zwischen steilen Felsgebirgen der Finstermünz zu. Obwohl ich mich freute in die Ferne zu wandern, war ich doch in einer sehr wehmüthigen Stimmung und manchmal floßen mir die Thränen über die Wangen. Wir ließen einige Ortschaften zurück, wo mein Fuhrmann nicht ohne seinen Schnaps getrunken zu haben, vorbeifuhr. Nachmittag war Menteni so betrunken, daß man ihn zum Schlitten führen mußte, und bei jeder folgenden Station trank er Wein, so daß er nicht mehr sitzen konnte. Das erste Pferd war ein kluges Thier, kannte die Wege und Ortschaften, trabte auf ebener Straße, ging bergauf langsam und die übrigen Pferde folgten knapp nacheinander. Endlich fiel der Betrunkene vom Schlitten auf die beschneite Straße und war nicht mehr im Stande aufzustehen. Ich mußte still halten. Zum Glücke kamen zwei Wanderer, die ihn auf mein Ersuchen in den zweiten Schlitten hoben, wo er ausgestreckt liegen blieb, ich aber blieb allein im ersten Schlitten. Der gute Menteni gab keine Ruhe, wollte immer aufstehen und sang romanische Lieder, die kein Mensch verstehen konnte. Mir wurde bange, bis ich mich entschloß den Mann mit einem Stricke an den Schlitten fest zu binden. Er schlief endlich den Schlaf der Gerechten und ich ließ das gescheidte Pferd dort halten, wo es bei der vielmals wiederholten Reise zu übernachten gewohnt war. Man trug den Betrunkenen in ein Bett, fütterte die Pferde und behandelte mich auf das Freundlichste. Der Wirth und die Wirthin hatten eine große Freude, als ich ihnen erzählte, daß ich der Sohn ihres Freundes sei. Das war zu Landeck im Oberinnthal. Am Morgen hatte Menteni gut ausgeschlafen, war lustig und sang fromme calvinische Lieder. So fuhren wir im besten Einvernehmen weiter, und obwohl ihn immer dürstete, blieb er doch bei Vernunft und wir kamen noch Abends in Innsbruck an.

Glücklicherweise traf ich meinen Bruder zu Hause. Obwohl ihm angst und bange war, mir ohne Hilfe von den Eltern den Lebensunterhalt zu verschaffen, liebkoste er mich und nahm mich in's Gasthaus, wo er in Gesellschaft seiner lustigen Freunde vielleicht den letzten Kreuzer für unser Abendessen ausgab. Nun war guter Rath theuer. Er selbst lebte von Lectionen in italienischer Sprache und repetirte mit jungen Studenten. Er hatte ein Zimmer in Gemeinschaft mit einem ebenso armen Studenten aus Nauders. Mein Lager war neben ihm auf seinem einfachen Bette. Bei bekannten Familien bewarb er sich für mich um das Mittagessen, einen Tag da, den anderen dort, wie es in den Städten Tirols üblich ist, daß arme Studenten von Wohlthätern gespeist werden. Ich hatte aber nur vier Tage in der Woche das Mittagsmahl. Die anderen Tage bekam ich vom Bruder 5–10 Kreuzer, um mir Brod und Butter zu kaufen. Das Frühstück fehlte ganz und Abends aß ich ein Stück Brod, das mir ein Bäcker im Hause gab. Mein Bruder, der ohne Besoldung practicirte, war selbst in Noth, er konnte weder Schneider noch Schuster bezahlen, daher er mir nicht einmal diese kleine Unterstützung geben konnte. Was blieb mir übrig als beim Bäcker um Brod zu bitten. Ich war in die zweite Classe der Volksschule aufgenommen worden, wo ich wenig oder gar nichts lernte, denn Niemand bekümmerte sich um mich; mein Bruder ging schon vor Tagesanbruch zu seinen Lectionen, später in die Kanzlei und Abends gab er wieder Stunden bis 9–10 Uhr. Weil das Zimmer kalt war, konnte ich es oft nicht aushalten und trieb mich auf den Gassen herum, wenn mir nicht ein Schulkamerad erlaubte mich in seinem Zimmer zu erwärmen. Ich lernte Kälte und Hunger, zwei böse

Feinde des Menschen kennen. Wie hätte ich da Liebe und Luft haben können etwas zu lernen? Im Frühjahr und Sommer hatte ich wenigstens nicht von der Kälte zu leiden. An Sonn- und Feiertagen ging ich mit einigen lockeren Kameraden in die nahen Wälder spazieren, wir schlichen oft in die Obstgärten und füllten uns die Taschen mit Birnen und Zwetschken, wo wir es manchmal nur unserer Schnelligkeit zu danken hatten, daß wir nicht tüchtig durchgebläut wurden. Meine Stiefel waren zerrissen, ich flickte sie mir selbst; aber am Abend waren sie wieder im selben Zustande.

So lebte ich beinahe ein Jahr in Innsbruck und ich kann sagen, mir selbst überlassen; denn meinen Bruder sah ich nur früh, wenn er aufstand und spät Abends, wenn er nach Hause kam und mir manchmal ein Stück Brot mitbrachte, das ich im Bette im Halbschlaf verzehrte. Eines Tages ging ich wieder in die berühmte Hofkirche, wo die vielen Bronze-Statuen berühmter Männer und Frauen stehen, die als Kunstwerke seltener Schönheit gepriesen wurden. In der Mitte der Kirche ist das prachtvolle Grabmal des Kaisers Maxmilian I. und an den vier Wänden des Piedestals sind 24 Basreliefs (vielmehr Hautreliefs) in feinstem Marmor gemeißelt, welche die Geschichte des berühmten Kaisers darstellen. Die Figuren im Vordergrunde sind nicht einmal ein Schuh hoch; die Darstellung ist mehr malerisch als plastisch componirt, aber bis in's kleinste Detail mit der größten Feinheit ausgearbeitet, so daß man selten etwas von dieser Vollkommenheit zu sehen bekommt, wenn man auch Italien, Frankreich und Deutschland bereist. Ich sah, wie man einer fremden Familie das Gitter, welches das Grabmal umschließt, öffnete, um ihr diese Schätze zu zeigen. Ich schlüpfte nach und ersuchte den Sakristan mich auch alles sehen zu lassen und kann nicht beschreiben, mit welcher Begeisterung ich dieses wunderbare Kunstwerk betrachtete. Als ich vom Sakristan hinausgeschoben wurde, lief ich nach Hause und verlangte von der Hausfrau einen großen Nagel und Hammer, ging in einen wenig betretenen Gang im Hinterhause, und wollte dort in der Mauer einen Kopf ausmeißeln; der Mörtel war kein geeignetes Material, der Nagel taugte auch nicht viel und dennoch kam ein Kopf zum Vorschein, aber ich wurde in meiner plastischen Arbeit auf eine sehr unsanfte Weise vom Hausherrn gestört, da ich seine Mauer verletzt hatte, und nur durch schnelle Flucht konnte ich mich vor Schlägen retten. Eine fieberhafte Begierde blieb in mir, etwas der Art zu machen. Oftmals nahm ich

Bleistift und Papier und zeichnete. Ach es konnte mir nichts gelingen, so wie mir dieses Bild vorschwebte, und gar zu gerne hätte ich eine Marmorplatte gehabt, um ein Basrelief herauszumeißeln, indem ich glaubte, es müsse mir gelingen. So oft es möglich war, besuchte ich die Kirche und schlich den Fremden nach. Einmal ging ich mit den Fremden in das Museum Ferdinandeum und hatte Gelegenheit die Gemäldesammlung nebst verschiedenen plastischen Werken, Waffen, Rüstungen und Alterthümern zu sehen. Meine Begeisterung wurde immer größer als ich sah, wie dort ein junger Mann aus den hinterlassenen akademischen Studien des Malers Knoller nackte Mannsfiguren copirte. Das war das erstemal, daß ich ordentlich zeichnen und auch Studien eines Malers sah. Mir schwindelte vor Sehnsucht auch so zeichnen zu dürfen und ich dachte, hätte ich nur diese Gelegenheit, solches Papier und schwarze Kreide, so wäre mir alles ein Leichtes. Wenn ich ein Stückchen Papier erwischte, wurde gezeichnet. Eines Tages hungerte ich lieber und kaufte mir für meine fünf Kreuzer Papier und Bleistift. Ich hatte aber Niemanden, der mir etwas gezeigt oder eine Vorlage geliehen hätte. Auch hatte ich keinen Begriff, wie man die Kunst lernen könne, dafür aber ein solches Selbstvertrauen, daß ich glaubte, wenn ich nur Material und die Erlaubniß hätte, den ganzen Tag im Museum zubringen zu können, würde ich es allein lernen. In der Schule zeichnete ich und versäumte die Lectionen.

Es nahte der Namenstag des Schullehrers und ein seiner Knabe aus guter Familie, der mich öfters zeichnen sah, und mir auch für einige Kreuzer Zeichnungen abgekauft hatte, forderte mich auf einen Blumenkranz auf einen Bogen Papier zu malen, um einen Wunsch für den Lehrer hineinschreiben zu können. Ich sagte ihm: »Gib mir Farben und Pinsel, ich will es probiren.« Wie früher schlich ich mich einigen Fremden nach in's Museum, sah mir einige Blumenbilder an und hatte so viel Courage, den Blumenkranz zu malen. Dazu nahm ich mir aus dem Garten des Knaben mehrere Blumen nach Hause und malte in drei Tagen das Prachtstück fertig; es waren Rosen, Vergißmeinnicht, Nelken u.a. Mir gefiel die Arbeit gar nicht, aber der Knabe war glücklich, ließ mir auch den Spruch in Fracturschrift hineinschreiben und gab mir dafür einen Silbergulden. Dieser Knabe und einige der besseren Schüler übergaben dem Lehrer das Kunststück, der es bewunderte ohne es zu verstehen. Da man ihm sagte, daß ich es gemalt habe, wurde er mir etwas günstiger und gab mir den Rath Maler zu werden; auch verbesserte er mir die Note in den Sitten. Dann machte ich die Bekanntschaft eines Studenten der Medicin, der kleine Blumenbildchen malte und mir auch die Art und Weise seiner Fertigkeit beibrachte. Aber die Arbeiten gefielen mir nicht, weil keine Naturanschauung darin war, ich zeichnete nach manchen Bildern in der Kirche vor und nach der Schule, aber ohne Anregung und Unterricht und überließ mich dabei wieder dem alten Schlendrian. Die Gassenbubenstreiche, die ich mit meinen Kameraden ausführte, will ich nicht wieder erzählen. Mein Bruder strafte und schalt mich oft, als er hörte, daß ich ein schlechter Schüler war. Das Schuljahr ging zu Ende, ich erhielt ein mittelmäßiges Zeugniß, nur im Schönschreiben, worin ich der Erste war, in Geographie und Sitten hatte ich »sehr gut«, alle anderen waren nur mittelmäßig.

In den Ferien schickte mich mein Bruder zu den Eltern nach Hause zurück. Ich hatte von ihm zwei Gulden Reisegeld bekommen und ging allein zu Fuß. Mein kleines Gepäck übergab ich einem Fuhrmann, den ich auf der Reise einholte, und ging auch neben ihm her, bis es mir zu langsam und langweilig wurde. Ich schritt aus und wanderte nun ganz allein durch's Oberinnthal meiner Heimat zu. Meine Stimmung war gemischt, vor Freude die Eltern wieder zu sehen, und vor Furcht wegen des mittelmäßigen Zeugnisses. Auch gingen mir alle

Kunsteindrücke, die ich in Innsbruck erhalten, durch die Phantasie: die Bronzestatuen des Grabmals, die Kunstschätze und Alterthümer des Museums, und nun mußte ich zurück nach Martinsbruck in das elende alte Schweizerdorf ohne Hoffnung, die Kunst studiren zu können. Ich wußte nun wohl, daß man um Künstler zu werden, in einer Akademie studiren müsse, und daß die nächsten Akademien in München, Wien und Venedig waren. In solche Gedanken vertieft, voll von Wünschen und Sehnsucht, kam ich zur Pontlatz-Brücke bei Ried (berühmt durch das Gefecht 1809), wo in der Nähe eine Kirche von Maler Schöpf in Fresco gemalt ist. Ich besuchte sie, bewunderte die Bilder, fiel nieder auf die Knie und bat mit voller Inbrunst und Glauben, Gott möge mir helfen diese schöne Kunst zu erlernen, er möge es mir möglich machen in einer Akademie zu studiren und mich nicht so viel Hunger und Kälte erleiden lassen, wie in Innsbruck. In Ried hatte ich meinen letzten Kreuzer ausgegeben, um das Mittagessen zu bezahlen, dann wanderte ich mit einem Studenten aus Graun zwei Stunden weit durch Pfuns bis nach dem schauerlich romantischen

30

Engpaß Finstermünz. Er hatte mir zugeredet mit ihm bis Nauders zu gehen und dort zu übernachten, weil es spät würde und ein Gewitter am Himmel stehe. Aber ich hatte kein Geld mehr, und dazu die größte Sehnsucht heute noch nach Hause zu kommen. Er ging über die Brücke die steile Felsstraße hinauf nach Nauders und ich zog rechts einem schmalen kürzeren Fußsteig nach, auf dem nur Schmuggler und verwegene Bergsteiger gingen. Bisher brannte die Sonne heiß in das immer enger werdende Thal, dann überzog sich der Himmel mit schwarzen Gewitterwolken, Blitz und Donner ließen nicht lange auf sich warten, große Tropfen fielen nieder, als ich aus dem Waldesdunkel auf eine sehr steinige Lichtung kam. Ich hatte noch eine gute Stunde weit bis Martinsbruck und der Regen wurde immer stärker. Der Weg durch diese Wildniß war selbst bei gutem Wetter gefährlich, desto schlimmer bei anhaltendem Gewitter. Ich mußte Sturzbäche überspringen und durchwaten. Steine und Muren brachen vor und hinter mir von den Bergen herab und unten brauste der Inn mit furchtbarem Lärm durch die schmale Felsschlucht. Vor einer besonders gefährlichen Stelle blieb ich unter einem Felsenvorsprung stehen und sah, wie eine Lawine 50 Schritte vor mir große Steine und Baumstämme vor sich niederreißend, in den Abgrund des Inn herabstürzte. Nun kam das Entsetzen über mich. Ich blieb stille stehen, bis das Gewitter sich verzog, und betete zu Gott um Schutz. Endlich kam eine Pause, wo die Steine zu rollen aufhörten. Ich eilte in schnellem Laufe der gefährlichen Stelle zu, sprang von Stein zu Stein, watete bis zum Knie durch Schlamm und Wasser und kam glücklich hinüber. Der Regen hatte aufgehört, die lärmenden Wasser und Muren verminderten sich und so kam ich nicht ohne Lebensgefahr, mich manchmal mit den Händen an den Felsen anklammernd, aus der engen Schlucht in ein weites Thal heraus. Nachdem die Gefahr vorüber war, steigerte sich mein Muth und nach drei Stunden kam ich glücklich nach Martinsbruck. Vor der Thüre des kleinen Bauernhauses, wo wir wohnten, stand meine Mutter; als sie mich erschöpft und ermüdet daher kommen sah, eilte sie auf mich zu, umarmte mich, überhäufte mich mit Fragen und führte mich in die Stube. Es war 8 Uhr Abends am 4. August 1828.

In Martinsbruck ging die Bäckerei und Wirthschaft schlecht. Die Aecker und Wiesen waren verwahrlost, der Pachtzins war zu groß. Ich half nach meinen Kräften, ackerte, mähte, spaltete Holz und trug auf einer Kraxen Semmelbrot in die hohen Schweizer Bergdörfer. Im Spätherbst gaben die Eltern die erbärmliche Wirthschaft auf, zogen nach Nauders zurück und wohnten hier am Ende des Dorfes in einem Zubau an einem uralten großen Hause, das Kößlerhaus genannt. Mein Vater baute einen Backofen und trieb das Bäckereigeschäft. In dem Hause wohnte eine Schusterfamilie, bestehend aus zwei Brüdern; der eine hatte Weib und Kinder, der andere, Christelkrump genannt, war bucklig, wußte aber schöne Geschichten zu erzählen und lustige Lieder zu singen. Die Schusterstube war Abends voll Menschen und Kinder, und Christelkrump gab jedem einen besonderen Namen: Hoftischler, Hofschneider, Hofweber, Hofschuster, Hofschmied, mein Vater hieß der Hofbäcker, ich der Hofmaler, und ein junger kranker Mann, der mit seiner alten Mutter ebenfalls im Hause wohnte, der Burggraf. Es gab viel zu lachen und manches Ereigniß hätte Stoff für eine Dorfgeschichte geboten.

Da die Bäckerei wenig trug, indem mein Vater nur für zwei Wirthshäuser die Semmeln zu backen hatte, mußte mein Bruder Johann wieder als Bäckergeselle nach Zams und später nach Innsbruck gehen. Ich blieb allein bei den Eltern, half ihnen arbeiten, und zeichnete und schnitzte in den freien Stunden. Den Vater schmerzte es, mich so aufwachsen zu sehen, und da meine Handschrift gut war, überredete er mich beim Landgerichte als Schreiber einzutreten. Obwohl ich keine Luft hatte ein Beamter zu werden, ergab ich mich aus Noth, in der Hoffnung, einstmals ein Kanzelist zu werden mit 300–400 fl. Gehalt. In der That wurde ich aufgenommen, ging täglich auf das Schloß, in welchem das Landgericht untergebracht war, schrieb Berichte an das Kreisamt und das Oberlandesgericht ab, versah das Paßwesen und vidirte insbesonders die Pässe der Handwerksburschen, wobei ich sehr nachsichtig vorging. Einmal brachte ein Gendarm einen jungen armen Maler, dem im Passe die letzte Visa fehlten. Ich bat für ihn und half ihm weiter, obwohl er nur ein Dorfmaler war, der Todtenkränze, Martyrersäulen und alte Bilder auffrischte. Er war ein Jahr in der Münchner Akademie gewesen, war jedoch ein Pfuscher geblieben, obwohl er viel über Kunst zu sprechen wußte. Da er einige Zeit in Nauders blieb, zeigte ich ihm meine Zeichnungen, aber er fand sie kleinlich und hart. Ich zeichnete dann sein Porträt, welches von jedem erkannt wurde.

In der Zeit meines Schreiberdienstes erschien einmal plötzlich von der Regierung ein Aufgebot für alle Urlauber des Tiroler Kaiserregiments. Die drei Amts- oder Gerichtsdiener wurden eiligst nach allen Richtungen in die Dörfer und Bauernhöfe ausgeschickt, um die Urlauber einzuberufen und da einer der Urlauber, der in dem Bergdörschen Spieß hoch oben an der Schweizergrenze wohnte, vergessen war, sprach mich der Landrichter an, den Botendienst zu übernehmen, indem er mir schmeichelte, ich sei so flink wie eine Gemse und könne noch heute den Mann einberufen. Ich nahm den Antrag an, da ich mir zwei Zwanziger verdienen und zugleich meinen Muth zeigen konnte, und machte mich, obwohl mein Vater nicht ganz einverstanden war, auf den Weg. In einer kleinen Stunde war ich unten in Finstermünz, erkundigte mich nach dem Weg und ging dann außer der Innbrücke links von der Straße den steilen Wald hinauf, bis ich einen besseren Weg fand, der zwar nur für Ochsen fahrbar, aber doch der rechte Weg von Pfunds nach Spieß war. Immer bergan wanderte ich hinauf in das Felsendorf, das aus wenigen zerstreuten Häuschen bestand. Als ich mich aber nach dem jungen Bauern erkundigte, hieß es: er arbeitet hoch oben im Holzschlag für Senn in Pfunds, wenn du ihn sprechen willst, mußt du hinauf, denn er bleibt auch in der Nacht oben. Ich erbat mir nur einen Knaben der mich begleitete und in der Dämmerung kam ich an die Stelle, wo die Holzknechte arbeiteten. Der arme junge Urlauber machte ein trauriges Gesicht und wanderte nun mit mir nach Spieß hinunter zu seiner alten Mutter. Weil er sich erst morgen zu melden hatte, so blieb er zur Nacht in Spieß und rieth auch mir hier zu übernachten, und nicht den gefährlichen Weg in der Finsterniß allein einzuschlagen. Aber ich wollte meinen Muth zeigen, und beschloß, da der Mond leuchtete, die drei guten Stunden nach Nauders zurückzugehen. So lange der Weg durch die Lichtungen abwärts ging, lief ich schnell vorwärts; im Walde ging es langsamer, und als der Mond hinter schwarzen Wolken verschwand, sah ich gar nichts mehr und bereute meinen Leichtsinn. Obwohl ich mit meinem Bergstock tastete, stürzte ich doch auf dem schlechten Wege mehrmals zur Erde; ich fing bereits zu beten an, als ich auf einmal hinter mir Schritte hörte und Jemanden mit einer Laterne erblickte. Es war der Wirth und Müller Senn aus Pfunds, der mich auch kannte, denn ich hatte oft für meinen Vater Mehl mit einem Einspänner bei ihm abgeholt. Nachdem ich ihm von meinem Auftrage erzählt hatte, zwang er mich mit ihm nach Pfunds zu gehen und dort zu übernachten. Ich genoß die Gastfreundschaft des wackeren Mannes und ging dann wieder gegen Finstermünz zurück.

Das Thal wird hier immer enger. In der Mitte des Inn steht ein mittelalterlicher Thurm, zu dem eine Brücke führt, und jenseits führt die Straße durch einen langgewölbten Gang des alten Schlosses, das damals ein Gasthaus war. Das Schloß war von dem österreichischen Herzog Sigismund gebaut und hieß früher Sigmundseck, später Finstermünz, weil es so finster ist, daß monatelang keine Sonne hineinscheint; aber man kann sich nicht leicht etwas romantischeres und malerischeres denken, als dieses Schloß auf dem Felsen. Wo sich der Steig nach Rebella hinaufzieht, gerade dort, wo ich vor anderthalb Jahren von Innsbruck herkam, saß ein Herr auf einem Felsstück und malte in Aquarell Thurm, Schloß und Brücke. Ich schlich mich hinter ihn an und sah neugierig zu, wie er malte. Wie vermöchte ich den Eindruck zu beschreiben, den dieses Zusehen auf mich machte. Er brachte in mir den festen Entschluß hervor, ein Maler zu werden. Ich sah wie er jeden Farbenton wiedergab, begleitete sein Auge mit dem meinen, verglich die Natur mit dem Kunstwerk und erkannte, daß dieser der erste Künstler sei, welchen ich je gesehen. Er sah und hörte mich nicht, scheu und schüchtern blieb ich in meiner ruhigen Stellung und fühlte nicht die Ermüdung, sondern nur die Glückseligkeit, ihm unbelauscht zusehen zu können. Als es Abend wurde, packte er seine Mappe und seinen Farbenkasten zusammen, indessen ich mich unbeachtet entfernte. Er ging gegen Pfunds zu und ich nahm in dem Gasthaus, da ich noch nichts genossen hatte, ein Glas Wein und ein Brod. Dann ging ich die steile Straße zwischen Felsen und den Wasserfällen des Wildbaches aufwärts und kam um 7 Uhr Abends nach Nauders zurück. Meine Eltern hatten große Sorge um mich ausgestanden, aber ich war glücklich wie nie in meinem Leben zuvor. In fieberhafter Begeisterung erzählte ich, wie es mir ergangen und wie ich endlich einmal künstlerisch malen gesehen habe. »Ich will Maler werden, und wenn ich mit Hunger, Noth und mit der ganzen Welt zu kämpfen habe«, sagte ich zum Vater. Er sah mir wehmüthig in's Gesicht mit dem Kummer im Herzen, mir nicht helfen zu können. Mich überfiel der Unmuth, so hilflos zu sein, und ohne Schonung sprach ich zu der weinenden Mutter über die Herzlosigkeit ihres Bruders, des obersten Justizpräsidenten in Verona, Franz Purtscher,

36

Baron von Eschenburg, weil er uns ganz verlassen und nichts von uns wissen wolle. Meine Mutter weinte bitterlich und sagte dann, als wir sie trösten wollten: »Karl, mir ist als dürfe er dich nicht so elend aufwachsen lassen; er wird dich doch die Malerkunst lernen lassen.« Tags darauf schrieb der Vater einen Brief an den strengen Herrn Schwager, schilderte ihm mein Talent, und meine Freude an der Kunst und bat ihn um seine Hilfe, mich studiren zu lassen; aber Wochen und Monate vergingen und es kam keine Antwort, wie es immer der Fall war, wenn der Vater schrieb.

In dieser Hoffnungslosigkeit führte ich mein Schreiberleben fort. Wohl verdiente ich mir von den Parteien durch Abschriften von Rechnungen, Klageschriften und Kaufbriefen manchen Gulden, aber ich hatte einen Widerwillen gegen das Schreiberleben. Auch war ich dabei zerstreut, machte Fehler und zeichnete daneben mit der Feder auf die Unterlage, die manche ähnliche Porträte der Beamten enthielt. Eines Tages sagte der Actuar Lindner zu mir; »Karl, du hast mehr Luft und Talent zum Malen als zum Schreiben; deine Zeichnungen auf der Unterlage verrathen viel Talent; ich will dir einige Skizzen vom Maler Degler und manchem anderen zum Copiren geben; besuche mich, ich habe von Jugend auf gezeichnet, auch meine Frau hat einige Uebung darin.« Ich ging zu ihm und sah Vieles, was mich begeisterte; als ich ihm von dem Maler in Finstermünz erzählte und wie ich es auch machen wollte, lachte er über mein Selbstvertrauen, gab mir aber Farben, Pinsel, Bleistift, Zeichenpapier und einige Stücke lithographirte Baumstudien. Ich hatte eine unbeschreibliche Freude, konnte kaum sprechen und lief eilends nach Hause, wo ich mich sogleich an die Zeichnung des ersten Bildes machte. Gewisse Momente, Erlebnisse, Menschen und Dinge stehen als stumme Wegweiser wie Obelisken von Granit auf meiner Lebensbahn; dazu gehören das Lesenlernen aus dem Buche über Pompeji, der Tag wie ich zum erstenmale in die Hofkirche zu Innsbruck kam, der Maler in der Finstermünz und der erste Unterricht im Zeichnen von dem hochverehrten Actuar Lindner in Nauders. Im Verlaufe meiner Lebensbeschreibung werden noch andere Granitsäulen und Wegweiser dazukommen.

Nach der Baumschule, die ich mit größter Genauigkeit zeichnete, gab mir Herr Lindner zwei Landschaften in Aquarell von Degler und einige in Aquarell gemalte Porträts zum Copiren. Dann versuchte ich ein Porträt meines Vaters mit schwarzer Kreide zu zeichnen und ich machte damit im Kößlerhaus gewaltiges Aufsehen. Alle drängten sich herzu und wollten porträtirt sein. Auch meine Mutter wollte ich zeichnen, aber sie meinte, sie wolle nicht so schwarz gemacht, sondern mit Farben gemalt sein und dazu habe es noch Zeit. Leider starb sie frühzeitig und in meiner Abwesenheit, während ich in Innsbruck war.

Da ich meinem Vater die schwere Arbeit erleichterte und auch die Kanzlei nicht verlassen konnte, mußte das Zeichnen und Malen oft unterbrochen werden. Um meine Eltern zu unterstützen, benützte ich jede Gelegenheit etwas zu verdienen, und wurde sogar bei den sonntäglichen Scheibenschießen Schützenschreiber. Als solcher hatte ich jeden Schuß im Protokoll zu notiren und die Einlaggelder einzunehmen. Mein Vater war der älteste und beste Schütze im Oberinnthal und Vintschgau und gewann oft den Preis. Aber ich konnte mit einem schweren Stutzen nur schlecht schießen; dafür war ich ein Gebirgsjäger und es war mein Vergnügen mit dem Gewehr auf dem Rücken die höchsten Berge zu erklimmen, wenn ich auch ohne Beute zurückkehrte. Einst beobachtete ich über unserem Dorfe zwei große Geier, die ich für Steinadler hielt, und sah sie in einer hohen Felswand an der Schweizerseite verschwinden. Mit einem Fernrohre konnte ich sehen, wie der eine sich zu seinem Neste niederließ und ich nahm mir vor, die Alten zu tödten und das Nest auszunehmen. Des anderen Morgens, an einem kalten Regentage, ging ich mit meinem einläufigen Gewehr, mit einem Seile und Strick versehen, durch den steilen Wald auf die Höhe des Felsens, wo ich schon das Geschrei der Jungen hörte und ich den einen Geier hoch über mir in der Luft kreisen sah. Ich band das Seil an einen jungen Baum und ließ mich vom Rande des Felsens auf eine schmale Steinstufe, wo eine Fichte stand, nieder. Wenig Schritte vor mir sah ich das Nest mit den vier Jungen. Zusammengekauert lauerte ich hinter dem Bäumchen, das Gewehr am Gesicht, und als der alte Geier wie ein Pfeil auf mich zuschoß, drückte ich in Schußweite los und das Thier fiel, sich überschlagend, in die unsichtbare Tiefe. Gleich nach dem Schusse hörte ich das Geschrei des zweiten Geiers, lud in fieberhafter Geschwindigkeit das Gewehr und, als er wie der erste auf mich zustieß, schoß ich und sah ihn halb fallend in die Tiefe hinunterfliegen. Ich war nun außer Lebensgefahr, denn beide hatten ihren Theil. Ich näherte mich dem Neste, aber der Weg war gleich gefährlich; mit den Händen hielt ich mich an den schroffen Vorsprüngen, den Fuß stützte ich auf einzelne Felsstücke, bis ich beim Neste war. Ich band dann die jungen Geier bei den Füßen zusammen, schwang sie über meine Schulter und mit ausgebreiteten Armen, das Gesicht gegen den Felsen gekehrt, Schritt für Schritt, kletterte ich wieder zu dem Bäumchen zurück, schleuderte hier die Jungen und das Gewehr hinauf und zog mich dann selbst mit dem Stricke hinan. Im Walde legte ich die Jungen auf dürre Fichtenäste und schleifte sie die steile Holztrift hinab bis unter den Felsen; dort fand ich den todten Geier und schoß auch den anderen, der mit seinem angeschossenen Flügel durch den Wald hüpfte und flatterte. Meine Last schleifte ich abwärts über die Wiesen bis zur Straße, wo mir dann einige Knaben tragen halfen. Immer mehr Knaben und Mädchen kamen hinzu und ich zog in Nauders wie im Triumphe ein. Mein Vater freute sich herzlich über diese Jagdbeute. Die Geier maßen in der Flügelweite mehr als eine Klafter. Auch der Landrichter und die Beamten staunten über meinen Muth und mit Vergnügen nahm ich das Schußgeld in Empfang, wofür ich von jedem Geier eine Klaue hinterlassen mußte. Die Beamten rissen auch, so viel sie wollten, Federn aus. Die Jungen legte ich in ein großes Faß auf Stroh; da sie aber nur Fleisch fressen wollten und mir das zu kostbar war, verschenkte ich die Bestien. Die Geiergeschichte hatte mich vierzehn Tage vom Zeichnen abgehalten und ich war froh, davon befreit zu sein.

Da mich das Schreiberleben wenig ergötzte, konnten auch die Vorgesetzten wenig Freude an mir haben; der alte Landrichter geizte um jeden Bogen Papier und gab ihn nur mit Vorwürfen und Verweisen heraus. Dessen ungeachtet zeichnete ich einmal eine solche Scene auf einen halben Bogen Papier, der für ein Decret bestimmt war; die Zeichnung ging von Hand zu Hand, aber glücklicherweise hat sie der Landrichter nicht gesehen. Der alte Herr war ein Unglück für den Bezirk. Da er bei allen Processen nur vergleichen wollte, gab er den ehrlichen Leuten Unrecht und den Schlechten wenigstens ein Stück Recht; dabei war er ein Betbruder und vertrauter Freund des Pfarrers Kleinhans. Dieser Herr Pfarrer war von corpulenter Gestalt und hatte einen großen Magen. Nach seiner Siesta ging er heute zu diesem wohlhabenden Bauer, morgen zu einem anderen, wo er mit gutem Käse, Schinken und Kaffee bewirthet wurde. Von da ging er in's Gasthaus, brachte dort mit dem Landrichter und Wirth den Abend bis 9–10 Uhr zu und, da er gewöhnlich benebelt war, mußte ihn der Meßner nach Hause führen. Diese zwei alten Herren waren damals die Tyrannen in Nauders. Wenn irgendwo eine Zither gespielt wurde, kam sogleich der Pfarrer und verdammte das Instrument, welches die Jugend verführe. Im Einverständniß mit der weltlichen Behörde wurde auch die unschuldigste Tanzunterhaltung verboten, so daß das Tanzen von der Jugend, welche mit mir aufwuchs, gar nicht gekannt wurde. Der Pfarrer donnerte auf der Kanzel wie im Beichtstuhl gegen die Sittenlosigkeit, gab aber selbst ein schlechtes Beispiel, und die Heuchelei nahm mit dem Sittenverderbniß überhand. Vor ihm war die Geburt eines unehelichen Kindes eine große Seltenheit und nun tauchten jährlich einige solche traurige Fälle auf, besonders unter der ärmeren Classe, da man die Armen nicht heiraten ließ. Der Pfarrer wurde wüthend, sobald er von einem neuen Scandal hörte. Sobald so eine Verunglückte entbunden hatte, mußte sie des Sonntags vor dem Hochamte bei der Kirchenthüre sich niederknieen; der Pfarrer stand vor ihr in kirchlichem Anzug, hielt der Armen vor allen Kirchengängern ihre Schandthat in der rohesten und grausamsten Weise vor, schalt und beschimpfte sie öffentlich, so lange es ihm gefiel; dann besprengte er sie mit Weihwasser, sie konnte aufstehen, durfte ihm seine fette Hand küssen und in die Kirche hineingehen, wo sie jedoch auch einen besonderen Schandplatz hatte. Ich sah selbst einmal ein solch armes Geschöpf, welches vor Schamgefühl und Angst beim Wüthen des Pfarrers ohnmächtig zusammenbrach. Einige aufgeklärte Bauernburschen wollten sich rächen, aber ihre Verschwörung wurde verrathen und wer sich nicht einsperren lassen wollte, mußte flüchten. Da ich Sonntags nicht in die Christenlehre ging, verklagte er mich beim Landrichter, aber ich ging doch nicht, las lieber den Schiller in dem nahen Walde und zeichnete zu Hause nach Kupferstichen. Leider war ich mir selbst überlassen mit dem traurigen Bewußtsein, so hilflos zu sein und ohne Hoffnung an einer Akademie studiren zu können. Beim Landesgerichte practicirte damals ein absolvirter Jurist, Herr Mathoy, ein gebildeter junger Mann, gegen 30 Jahre alt. Er gewann mich lieb und ich durfte mich seines Umganges erfreuen. Wir machten oft große Bergpartien und erlegten vor Tagesanbruch manchen Auerhahn. Er gab mir angenehme und nützliche Bücher und im Verkehr mit ihm lernte ich mein bäurisches Wesen etwas abstreifen.

Weil mir der Schreiberdienst immer verhaßter wurde, entschloß ich mich endlich auf Gott und meinen Willen vertrauend, wieder nach Innsbruck zu wandern. Mein Bruder Jacob war jetzt Postofficial, vielleicht konnte ich von einem der Maler Flatz oder Arnold, welche in Innsbruck lebten, unterrichtet werden. Auch hatte ich mir einige Gulden Reisegeld zusammengespart. Herr Lindner billigte meinen Plan und versprach mir einen Empfehlungsbrief an seinen Schwiegervater, der ein angesehener Bürger von Innsbruck war. Auch mein Vater war zufrieden, da er meine Liebe zur Kunst kannte, nur die Mutter klagte, daß sie jetzt von allen Kindern verlassen werde und weinte, bis sie sich endlich ergab. Ich verabschiedete mich beim Landesgerichte und von meinen Bekannten, und an einem kalten Decembertage 1831 machte ich mich, in dürftige Kleider gehüllt, mit einer Rolle Zeichnungen zu Fuß auf den Weg nach Innsbruck. Die Mutter gab mir das Geleite den Finstermünzberg hinab bis zur sogenannten »Stube«, wo die Straße in eine Schlucht einbiegt und der Bach in Wasserfällen geräuschvoll zu dem Inn hinunterstürzt. Hier bat ich sie umzukehren; sie drückte mich an ihr Herz, Thränen erstickten ihre Stimme, sie gab mir den Segen, und sagte, indem sie sich mit Gewalt lostrennte: »Wir sehen uns nicht mehr.« Ich eilte weinend über die Felsenbiegung und sah auch meine Mutter nicht wieder. 43

Nach und nach trocknete ich meine Thränen und wanderte schnellen Schrittes in den Engpaß Finstermünz hinunter. Rechts von der Straße sind hohe Felsen und steile Wälder. Wo das Thal enger ist, sieht man durch die Schlucht hinauf zu den riesigen Granitfelsen von Waldigestö und dem Schmalzkopf. Die schauerlich romantische Gegend stand im Einklange mit meinen Gedanken, denn rauh und wild war meine Jugend und wie der schäumende Fluß wollte ich auch aus dieser Wildniß fort, fort in ein sonniges Land, in eine heitere Zukunft. In Finstermünz hielt ich mich nicht auf, wohl aber kletterte ich auf der anderen Seite zu dem Steine hinan, wo ich ein Jahr früher dem Maler zugesehen, und betrachtete mir noch einmal die schöne wilde Ansicht.

Zwei und einen halben Tag wanderte ich nach Innsbruck, ohne etwas Besonderes erlebt zu haben. Mein Bruder Jacob, der im Post- und Mauthgebäude ebenerdig wohnte, nahm mich einstweilen zu sich und wir schliefen in einem Bette zusammen. Bald stellte ich mich dem alten Herrn Meixner, dem Schwiegervater des Actuars Lindner vor, der mich liebevoll aufnahm. Er war ein alter Mann, hatte noch die Maler Knoll und Schöpf gekannt, und besaß von den älteren Tiroler Malern eine Reihe von Skizzen und Zeichnungen, die er mir zum Nachzeich- 44 nen anvertraute. Er wohnte nicht weit vom goldenen Dachl und hatte eine Kunst- und Musikalienhandlung im eigenen Hause, welches Geschäft er jedoch dem Gemal seiner zweiten Tochter überlassen hatte. Er selbst lebte als Privatmann, war sehr fromm, ging Vormittag in mehrere Kirchen und ministrirte bei der Messe. Nachmittag ging er spazieren und in mehrere Wirthshäuser, um da und dort ein halbes Seitel Wein zu nippen. Seine Tochter und ihr Gemal, Herr Groß, welcher noch lebt, bildeten mit ihren Kindern eine der verehrungswerthesten Familien, die mir im Leben vorgekommen sind. Ich speiste oft bei ihnen und brachte die meisten Abende dort zu. Der alte Herr führte mich zu dem Maler Arnold, dem ich meine Zeichnungen aus Nauders zeigte. Arnold hatte an der Wiener Akademie studirt, blieb jedoch in der alten Kunstzopf-Periode, wo die Natur nach einem unverstandenen Griechenthum zugestutzt wurde, stecken. Er hatte viel Praxis im Malen; seine Heiligenbilder malte er herunter, daß es wetterte. Damals war er einer der besten lebenden Maler Tirol's, aber ein unholder mürrischer Kauz. Er durchblätterte meine Zeichnungen: die Baumschule in fünfzehn Blättern, einige Federzeichnungen, Aquarelllandschaften, Porträt-Copien, meines Vaters Porträt und eine ausgeführte Zeichnung nach einem schönen Kupferstich einer Raphael'schen Madonna, dessen Original sich im Louvre zu Paris befindet. Er sprach kein Wort, bis er alles gesehen und sagte dann trocken und verletzend: es wäre gescheidter ein Handwerk zu erlernen, als nach 15jährigen Studien ein Hungerleider zu werden. Obwohl ich noch unerfahren war und alles glaubte, was mir die Leute sagten, war ich doch überzeugt, daß er sich irren könne. Herr Meixner war über die Aeußerung sehr betrübt und suchte ihn noch für mich zu gewinnen, wozu er aber keine Luft zeigte. Endlich gab er mir zwei Contouren von Statuen zu copiren und meinte, ich solle nach acht Tagen wieder kommen. Ich war jedoch schon am nächsten Tage damit fertig und zeigte sie Herrn Meixner, der mich aber nicht früher als nach den bestimmten acht Tagen zu Arnold gehen ließ. Dieser war noch mürrischer als das erstemal, sah meine Zeichnungen kaum an und gab mir wieder zwei Acte, die nach nackten Modellen gezeichnet waren, und die ich nach vierzehn Tagen wieder bringen sollte. Auch diese Aufgaben waren schon den dritten Tag fertig. Ich brachte sie ihm in der bestimmten Zeit, aber er arbeitete ruhig weiter, würdigte mich keines Wortes und sah meine Zeichnungen gar nicht an. Das war mir zu toll. Nachdem

45

ich fast eine halbe Stunde dagestanden, empfahl ich mich und verließ den unheimlichen Sonderling, ohne ihn je wieder zu besuchen. Nach sechs Jahren wurde ein Bild von mir für die Innsbrucker Gemäldegalerie im Ferdinandeum angekauft, »die Maria-Heimsuchung« und bei Herrn Arnold eine Copie davon bestellt, die er für einen Innsbrucker Priester zu malen hatte. Dies war die schönste Rache und Genugthuung für mich gegen seine Prophezeiung und sein Benehmen.

Im Laden des Kunsthändlers Unterberger waren immer gute und gewählte Kupferstiche ausgestellt, z.B. einmal die Schule von Athen und die Disputa von Volpato nach Raphael's Fresken gestochen. Stundenlang stand ich davor und konnte mich nicht satt sehen. Der Handlungsjunge, Joseph Helf, beobachtete mich, wir wurden bekannt und gute Freunde. Er lernte von mir und ich von ihm. Er zeichnete und malte mit vielem Geschick damals in Aquarell Tirolertrachten für seinen Herrn. Ein anderer Aquarellmaler, Schönherr, machte für Unterberger Tiroleransichten in Aquatinta-Manier (eine Art in Kupfer zu stechen oder vielmehr zu ätzen) und illuminirte sie dann. Er bot mir an, solche kleine Landschaften, das Stück zu acht Kreuzer, zu illuminiren. Anfangs brachte ich mit seiner Hilfe nur vier Stück fertig, aber nach und nach konnte ich 6–8 im Tage malen und mir etwas ersparen, da ich zu meinem Unterhalte nur täglich an 15–20 Kreuzer brauchte. Auch bekam ich zwei Lectionen im Zeichnen und dafür das Mittagessen. In Wilten unterrichtete ich ein junges Mädchen in der Ornamentik und im Blumenzeichnen. Da sie keine Vorlagen hatte und ich selbst derart nichts gezeichnet hatte, pflückte ich auf dem Wege durch die Wiesen vom Angerzoll her, der jetzt ganz verbaut ist, einige schön geformte Blätter, zeichnete darnach und componirte so eine Verzierung nach der anderen. Das Mädchen, deren Mutter sich mit Sticken von Meßgewändern beschäftigte, machte Fortschritte, ist heute eine der besten Meßgewänder-Stickerinnen, und eine brave Mutter von mehreren Kindern.

Mit dem Maler Schönherr machte ich einst eine Fußpartie über Jenbach an den Achensee, den er aufnahm und ich auch zeichnete. Dann gingen wir durch das Volders Thal auf einen Berg, von wo aus er ein Panorama in Umrissen zeichnete, und nach drei Tagen kamen wir über Rinn und Amras nach Innsbruck zurück. Ich wurde immer trauriger, weil ich mir durch die Arbeit von Früh bis Abends kaum einen halben Gulden verdienen und nichts lernen konnte. Und doch mußte ich froh sein, denn mich hungerte nicht mehr. Auch für Herrn Groß illuminirte ich kleine Heiligenbildchen für geringen Lohn. Endlich machte ich mit einem jungen Zeichner Bekanntschaft, Kaspar Iele, einem Bauernsohn aus dem Oberinnthal, der von dem Maler Flatz Unterricht erhielt. Ich sah seine Arbeiten, wurde aber zunächst von den Originalen begeistert, denn es waren lithographirte Köpfe nach Raphael's Disputa und der Schule von Athen. Ich beneidete Jeke um sein Glück und dachte ernstlich daran, auch in eine so gute Lage zu kommen. Aber wie sollte ich es anfangen! Noch lange mußte ich mein Schicksal tragen und Prüfungen aller Art bestehen. Wenn bei Schönherr keine Arbeit war, copirte ich für meine Studien Miniaturbilder auf Elfenbein, worin mir der gefällige Schönherr Unterricht ertheilte.

In dieser Art malte ich mein eigenes Porträt durch den Spiegel, das meines Bruders auf Bristol-Papier in Miniatur und dann einen Officier, wofür ich zwei Zwanziger erhielt. Auch eine hübsche junge Frau ließ sich von mir malen, die aber wenig Geduld zum Sitzen hatte und lieber schwazte und zuschauen wollte; das Bild kostete viel Zeit, woran nicht ich, sondern die hübsche junge Dame Schuld war; sie setzte sich immer ganz nahe zu mir, und ich verstand wohl beiläufig, nach was sie strebte, aber ihr Muth reichte doch nicht aus, den schüchternen Jüngling von sechzehn Jahren zu drängen. Das Porträt wurde mit harter Noth fertig, wurde mir aber besser als die anderen honorirt. Ich bekam noch zwei Lectionen, wo ich das Mittagsessen dafür hatte. Anfangs benahm ich mich bei Tische sehr schüchtern, aber ich trachtete, mir allmälig ein anständiges Benehmen anzueignen und die Familie wurde mir wohlgewogen. Da ich keine Originale hatte, zeichnete ich nach den Kindern selbst, die ich unterrichtete: ein Auge, eine Nase, oder das Profil in Lebensgröße, besonders diente mir ein schönes Mädchen von zwölf Jahren als Modell. Ich lernte selber bei der Lection und hatte gute Originale für andere Kinder. Nun ging es mir besser. Ich konnte mich anständig kleiden und lernte mehrere junge Studenten kennen. An Sonn- und Feiertagen machten wir Ausflüge, wobei ich immer in mein Skizzenbuch etwas zeichnete. Es war mein erstes und noch habe ich einige Blätter daraus aufbewahrt.

Eines Sonntages gingen wir unserer sieben nach der Martinswand. Als wir den schmalen Steig an der Felswand hingingen, verstummte das Jauchzen und Jodeln; mein Vormann wurde schwindlich, kauerte sich zusammen und jammerte, bis ich ihn unterstützte und half, daß er zurückkriechen konnte. Auch drei andere blieben zurück, nur ich und die zwei Ersten, geübte Bergsteiger, stiegen in die Höhle, wohin sich einst Kaiser Maximilian I. verirrt hatte und wo jetzt zur Erinnerung daran ein lebensgroßes Crucifix mit Maria und Johannes steht. Meine zwei Freunde schrieben ihre Namen mit rothem Stift zwischen die hundert und tausend Namen, die hier verzeichnet sind, ich aber stellte mich auf die Schulter eines Anderen und schrieb wenigstens zehn Schuh hoch meinen Namen auf eine glatte lichte Stelle. Ich hoffe, daß er noch dort zu lesen ist, denn ein deutscher Maler sagte mir in Rom nach vielen Jahren, daß er dort mit Staunen meinen Namen so hoch geschrieben gefunden habe. Ein Student, ein schöner, kräftiger junger Mann von sechzehn Jahren, faßte eine große Neigung zu mir und besuchte mich oft. Auch ich liebte ihn wegen seines biederen Wesens. Nach einem Ausfluge in das schöne, anmuthige Mittelgebirge bei Innsbruck waren wir noch in einer Familie bis zehn Uhr beisammen und gingen fröhlich auseinander; aber früh Morgens war der schöne starke Jüngling eine Leiche, er war in der Nacht an einem Schleimschlag gestorben. Dieser traurige Fall machte mir einen unauslöschlichen Eindruck.

Meine Wohnung war noch bei meinen Bruder und wir erhielten eines Tages die Nachricht von der Krankheit unserer Mutter und nicht lange darauf die ihres Todes. Ich habe nie an Geister oder Gespenster geglaubt, aber es begegnete mir damals doch etwas Seltsames. Ich hörte nämlich ganz deutlich in der Nacht am Fenster klopfen, stand auf und öffnete die Thür; da Niemand eintrat, überfiel mich ein Frösteln und ich schlüpfte wieder in das Bett. Als mein Bruder heimkam, erzählte ich ihm davon. Zwei Tage nachher kam die Todesnachricht meiner Mutter, sie war in derselben Stunde, als es an das Fenster geklopft hatte, gestorben. Habe ich geträumt oder hat sich meine Mutter im Sterben noch bei mir gemeldet?

Die Quartierfrau des Jele, eine Wäscherin aus Nauders, hatte Platz und Bett für mich, ich zog zu ihr und wir wohnten drei, Jele, ich und ein Student, Johann Jung aus Nauders, in einem Zimmer. Mir gefiel es bei diesen Leuten wohl. Auch sonst ging es mir gut, ich verdiente manchen Gulden und sparte mir so gut es ging einen Nothpfennig zusammen. Endlich führte mich Jele zum Maler Flatz, der meine Zeichnungen ansah und mich ganz anders als Arnold behandelte. Er erlaubte mir die Vorlagen, die er dem Jele gab, auch zu copiren, gab uns Compositionen und die Fischer'sche Anatomie des menschlichen Körpers, aus der wir die gestochenen Originale mit der Feder nachzeichneten. Den Text dazu, d.h. die Benennung der Knochen und Muskeln lernten wir auswendig. Flatz war zufrieden mit mir und zog meine Arbeiten jenen des Jele vor. Leider konnte ich aber nicht bei den Arbeiten wie mein Freund bleiben, denn ich mußte noch immer Lectionen geben und für Schönherr um schmalen Lohn Landschaften illuminiren, während er eine Unterstützung genoß, die für seinen Unterhalt hinreichte. Ich muß noch erwähnen, daß ich durch Jele einen gewissen Franz Stecher aus Nauders kennen lernte, der schon ein Jahr in Wien auf der Akademie studirt und den ich schon als Knabe in Nauders als Maler, Franz nennen gehört hatte. Er war vier bis fünf Jahre älter als ich und ein Neffe des unbeliebten Pfarrers. Er machte den Vorschlag, wir sollten einander abwechselnd entkleidet Modell stehen und die anderen zwei darnach zeichnen. Wir gingen darauf ein und mich traf das Loos zum erstenmale als Act zu stehen, wornach die anderen zeichneten. Nun kam Jele an die Reihe, den ich zeichnen konnte. Stecher aber wollte nicht als Modell stehen, sondern immer zeichnen. So wurde dieses nützliche Unternehmen aus Egoismus des Stecher und zugleich unsere Freundschaft aufgelöst.

Es traf sich nun, daß ein Postconducteur krank wurde, und mein Bruder an dessen Stelle den Eilwagen nach Verona begleiten sollte. Wir besprachen uns, daß er in Verona unseren Onkel besuchen, von mir erzählen und für eine Unterstützung zu meiner Ausbildung in der Malerei bitten sollte. Nur mit beklommenem Herzen wagte es mein Bruder, ihn zu besuchen, indem er sich erinnerte, wie er wegen eines leichten Jugendstreiches die Unterstützung verloren hatte. Aber diesmal war der Onkel gnädig, besonders die Frau Tante. Er hörte die Erzählung von meinem künstlerischen Hang und Talent geduldig an und verlangte einige Zeichnungen von mir, die er von Künstlern beurtheilen lassen wollte. Zugleich beschenkte er meinen Bruder und gab ihm für mich ein Packet Wäsche und Kleider mit, die mir sehr zu Gute kamen. Als mein Bruder die Reise wiederholen mußte, brachte er dem Onkel meine Arbeiten und bald nachher berief mich ein Brief nach Verona. Ich war glücklich in der Hoffnung, in einer Akademie studiren zu können.

51

Im September 1832 verließ ich nach anderthalb Jahren Aufenthalt Innsbruck, verabschiedete mich von meinem Bruder und von den Wohlthätern, besonders von den guten Familien Meixner und Groß. Einige Kameraden begleiteten mich bis Zirl und ich wanderte zu Fuß zuerst nach Nauders, um meinen Vater zu sehen. Auf dem Wege zeichnete ich einige flüchtige Ansichten in mein Skizzenbuch. Als ich auf der Finstermünzer Bergstraße zu der Stelle kam, wo ich von meiner guten Mutter Abschied genommen hatte, wurde mir so wehmüthig um's Herz, daß ich mich auf einen Stein setzte und weinte. In Nauders traf ich den alten Vater und Schwester Caroline. Ich schaute mich in der Wohnstube um und es schien mir unmöglich, die Mutter nicht wiederfinden zu können. An der Stelle, wo sie gewöhnlich saß, ließ ich mich nieder, hielt die Hände vor die Augen und weinte bitterlich, auch der Vater und die Schwester konnten die Thränen nicht zurückhalten. Der Vater war bereits durch Briefe von dem Glücke für meine Zukunft unterrichtet und freute sich mit mir. Ich blieb nur vier Tage zu Hause, denn der Trieb vorwärts zu kommen und die Malerei zu studiren, drängte mich fort. Durch den Vintschgau, wo ich Bekannte und Verwandte besuchte, ging ich zu Fuß. In Schlanders, als ich in der Post zu Mittag aß, sah ich unter Glas und Rahmen ein Aquarellbild, welches das Begräbniß eines Jägers vorstellte. Bier Rehe trugen den Jäger, Hasen gingen mit Fackeln, der Bär mit dem Kreuze voran, und hintennach folgten alle möglichen Thiere aufrecht, wie Menschen gehend und weinend. In der Luft wimmelte es von Vögeln: Wildenten, Geiern, Rebhühnern, Fasanen, Auerhähnen u.s.w. Das Bild war sehr mangelhaft, aber es fehlte ihm nicht an Leben und Empfindung. Ich mußte herzlich dabei lachen. Der Wirth, der eben in die Stube trat, fragte: »Warum lachen Sie, ist das nicht ein Kunststück; das hat ein junger Maler aus Nauders gemalt, sein Vater hat es mir geschenkt.« »Ja deswegen lache ich, denn der Maler der dieses Bild vor zwei Jahren gemalt hat, bin ich.« Der Wirth hatte eine große Freude, denn er war ein alter Freund meines Vaters und hatte 1809 neben ihm gekämpft. Er bewirthete mich auf das Beste und wollte, daß ich bei ihm übernachten sollte. Auch die Wirthin und die zwei hübschen Töchter wollten mich nicht fortlassen, aber der Drang nach der Kunst trieb mich fort. Der Wirth kutschirte mich mit seinem Fuchsen bis Meran, wo ich im Gasthaus beim »Gstör« (jetzt Sandwirth) einkehrte. Er nannte der Wirthin meinen Namen und da sie meinen Vater gut kannte, war ich wohl aufgehoben. Es kostete mir nichts, ja die Wirthin zahlte noch für mich den Platz bei einem Lohnkutscher. Um zwölf Uhr war ich in Bozen und von hier fuhr ich mit dem Eilwagen nach Verona.

Hier ließ ich mich sogleich von einem Postpacker zu dem Herrn Onkel führen, der mit seiner Familie den alten schönen Palast Negrelli bewohnte. In dem großen Vorsaal, der mit alten Bildern behängt war, harrte ich in großer Angst bis ich in sein Schreibzimmer geführt wurde: »Nun was soll mit dir geschehen?« sprach er mich an; »du willst Maler werden, weißt du, daß dir, wenn du nicht ein Genie bist, eine traurige Zukunft bevorsteht? Es wird besser sein, du wirst Kaufmann und ich werde dich hier in ein Handlungshaus geben.« Mir ward zu Muthe als wie einem, der zum Galgen verurtheilt wird; denn gerade das letzte war mir verhaßt, weil ich weder Talent noch Liebe zum Rechnen hatte. »Nein Excellenz, gnädiger Herr Onkel, eher als Kaufmann werden, gehe ich in Gottesnamen zurück und werde lieber die Kühe auf der Alm hüten.« So sagte ich ihm furchtlos und muthig, was ich mir bei meiner Schüchternheit gar nicht zugetraut hätte. Diese meine Entschlossenheit schien ihm nicht zu mißfallen. Er lächelte und sagte weiter: »Aber dennoch ist es eine Gewissenssache und muß wohl überlegt werden; ich mochte lieber, daß du das Gymnasium und die ferneren Studien absolvirst, um entweder Geistlicher oder ein tüchtiger Beamter zu werden.« »Auch das kann ich nicht«, erwiderte ich »denn ich habe keine Vorbildung und kenne die italienische Sprache nicht; ich habe nur Lust und Liebe zur Malerei und bitte darin mich unterstützen zu wollen.« »Nun habe ich Vertrauen zu dir

und du sollst Maler werden; ich habe dich nur prüfen wollen«; aber mit einer erschreckenden Miene setzte er hinzu: »Du wirst wissen, daß ich deinen Bruder Jacob wegen seines Leichtsinnes verlassen habe und seine Bitten nie mehr er hörte. Bedenke, daß bei dem kleinsten Vergehen, sei es Unfleiß, Undankbarkeit gegen den Herrn, an den ich dich empfehle, wo du wie ein Kind des Hauses versorgt wirst, und wofür ich bezahle, oder wenn du dir irgend etwas zu Schulden kommen lassen wirst, dir dasselbe Loos bevorsteht. Du wirst heute noch mit der Diligence nach Venedig abreisen, hier ist die Adresse an Herrn Rögla, einen deutschen Beamten beim Tribunal in Venedig; zu ihm gehst du zuerst, er wird dich zu dem Herrn Tribunalrath Corvi führen, bei dem du Aufnahme findest. Dieser Corvi ist unser Verwandter, von dem du aber wahrscheinlich nichts wissen wirst. Seine Mutter war die Schwester meiner Mutter und deiner Großmutter, und heiratete einen Herrn Corvi aus Sondrio im Valtellin: er ist mein Untergebener und mir sehr verbunden, umsomehr wird er dich wie ein Kind behandeln.« Die Frau Tante erschien auch und war sehr freundlich; sie war die zweite Frau des Onkels, eine geborne Edle von Rotterheim. Ich erhielt einige Gulden und etwas zum Essen auf die Reise und wurde gleich durch den Diener auf die Post geführt, wo er bis Venedig für mich bezahlte.

## III. In der Akademie zu Venedig, 1832–1834.

Ich saß nun in einem großen Postwagen, in dem sich zwölf Passagiere so gut als es ging bequem machten. Das Cabriolet war mit drei Reisenden besetzt. Ich war der einzige Deutsche in der Gesellschaft und verstand kein Wort, was sie in ihrem venetianischen Dialect sprachen. Zum erstenmale fühlte ich mich in der Fremde und etwas Heimweh überkam mich, aber ich ermannte mich wieder in dem Gedanken, daß ich mich jetzt ohne Sorge ganz der Kunst widmen könne. Ich hatte mich in der Kunstgeschichte so weit umgeschaut, daß ich die venetianischen Meister in ihren Hauptwerken, wenn auch nur aus Kupferstichen oder schlechten Copien kennen gelernt hatte. Der Dogenpalast, die Akademie, die Tizian und Veronese schwebten mir immer vor den Augen. Dabei malte ich mir den Aufenthalt in der Familie Corvi sehr behaglich aus und hoffte besonders meinen Magen befriedigen zu können. Ich war siebzehn Jahre alt und der Appetit ist in diesen Jahren bei gesunden Jungen sehr groß. Die Diligence rollte auf der staubigen Straße fort, von einer Post zur anderen, es wurde Abend und Nacht, die fernen Tiroler Berge verschwanden im Dunkel, auch das Gespräch der Reisenden verstummte und einer nickte nach dem anderen ein. Ich fand jedoch in meiner Aufregung keinen Schlaf. Als wir um 1 Uhr Nachts nach Padua kamen, sprach mich ein Italiener wohlwollend an und führte mich in das Kaffee Pedrocchi. Der Eingang, die Marmorsäulen und weißglänzenden Tische, die Wände von Marmor und die Fresken an der Decke, alles bemuberte mich. Die Räume waren noch sehr bevölkert, meist von Studenten der Universität. Ich nahm einen Kaffee, wurde wieder frisch, verlangte dann durch einen

Dolmetscher Papier und Schreibzeug, und schrieb hier den ersten Brief aus Italien an meinen Bruder. Von Padua fuhren zwei große Postwägen weiter, ich saß in dem einen nahe beim Fenster. sah die Sonne aufgehen und ihre Strahlen über die fruchtbaren Ebenen und die prachtvollen Villen der venetianischen Nobile glänzen. Alles war mir neu und machte einen guten Eindruck. In Fusina wurde Halt gemacht, und nachdem ein Polizeimann die Pässe verlangt hatte, fuhren wir auf dem Postschiffe in die Lagunen ein. Ich hielt den Kopf durch's Fenster und sah Venedig vor mir zwischen Wasser und Himmel dastehen. Obwohl dies nicht die günstigste Ansicht von Venedig ist, war ich doch entzückt. »Das ist mein Ziel, hier soll und muß ich glücklich werden«, rief es in mir. Immer näher traten die Thürme und Paläste, Gondeln und Barken fuhren vorüber und alles spiegelte sich im Wasser wie der Narcissus. Wir fuhren in den Canal grande, und beim kaiserlichen Postpalaste machte die Barke Halt. Alles stieg aus, ich übergab meinen kleinen Koffer und die Adresse an Herrn Rögla einem Träger und lief ihm über die Brücken und durch schmale Gäßchen im Zickzack nach. Ich glaubte in einer anderen Welt zu sein. Endlich hielt er vor einer Thür und schellte. Eine schmächtige Frau empfing mich sehr freundlich und schickte sogleich nach ihrem Manne, der auch nicht lange warten ließ. Herr Rögla, ein Mann von ungewöhnlicher Größe und noch größerer Corpulenz, begrüßte mich herzlich als Landsmann. Er war aus Kaltern in Tirol gebürtig und führte mich ungesäumt zum Herrn Corvi, welchem ich vom Herrn Onkel empfohlen war. Rögla wohnte bei Ponte dei Dai, beinahe bei San Marco und Corvi hinter San Giovanni e Paolo, also ziemlich weit entfernt.

Endlich kamen wir zu dem Hause, welches der Tribunalrath Luigi Corvi mit seiner Familie bewohnte. Wir traten durch das Gitterthor in einen Vorgarten und zuerst empfing uns die Frau Corvi, die aber nicht deutsch, sondern nur einen schlechten lombardischen Dialect sprach. Es wurde dann die Tochter herbeigeholt, welche sich so ziemlich in deutscher Sprache ausdrücken konnte. Herr Rögla empfahl sich und ich wurde in mein Zimmer geführt. Das Haus ist ein Palazzetto aus dem 14. Jahrhundert. Im ersten Stockwerk wohnte die Familie, im zweiten, das nicht im besten Zustande war, die Dienstleute und ebenerdig neben einer großen Halle waren das Speisezimmer und die Küche. Mein Zimmer war jedoch im Hofgebäude und eigentlich eine Küche. Der Herd und der Rauchfang waren noch zu sehen und nichts

stand darin als ein alter Tisch, einige alte Strohsesseln und ein soge-
nanntes Bett, d.h. zwei Holzböcke, mit langen Brettern, darauf ein
Strohsack mit einem Leintuch und einer Wolldecke. Auf dem einen
Stuhl stand ein Wasserkrug und eine weiße Schüssel als Lavoir. Die
Aussicht ging in den Hof und Garten; von dem Stiegenfenster konnte
man in den großen Garten am Ospitale dei Pazzi sehen, wo die Narren
herumgingen.

Es war am 15. März 1832 um 11 Vormittag, als ich in das Haus
Corvi einzog. Als ich mein Zimmer betrachtete, fand ich mich nicht
sehr angenehm berührt und in meinen Hoffnungen getäuscht, obwohl
ich nichts Gutes gewohnt war. Hatte doch der Herr Onkel gesagt: »Du
wirst im Hause Corvi wie der eigene Sohn behandelt werden.« Eine
Magd brachte mir eine Schale Kaffee mit einem venetianischen Brot
und die Tochter, die sie begleitete, sagte: ich möge frühstücken, denn
das Mittagessen wäre erst um 4 Uhr, wenn der Vater nach Hause
käme. Der Milchkaffee hatte eine abscheulich aschgraue Farbe, aber
er schmeckte mir doch, denn ich hatte noch nicht gefrühstückt.
Nachdem ich mich umgezogen, setzte ich mich zum Fenster und
langweilte mich herzlich. Gerne wäre ich auf die Gasse gegangen, um
die Stadt zu sehen, aber der Empfang der Hausfrau war zu unerquick-
lich. Um 2 Uhr kam der Sohn nach Hause und besuchte mich sogleich.
Er sprach etwas deutsch, denn die Kinder hatten einen deutschen
Lehrer. Andrea war achtzehn Jahre alt, schmächtig, von mittlerer
Größe und angenehmen Gesicht, nur hatte er einen unheimlichen
Blick und konnte mir nicht in die Augen sehen. Doch sprach er
freundlich zu mir und wir gingen in den Garten. Auch die Tochter
Signora Luigia kam zu uns und schien jetzt weniger schüchtern und
furchtsam. Ihr Gesicht war schön und hatte den Ausdruck von Güte
und Liebe, aber sie war etwas ausgewachsen. Die Kinder sahen ihrer
Mutter gar nicht ähnlich, denn diese war graugelb, ganz ordinär gekleidet und schien sehr scheu zu sein. Nun schellte die Glocke sehr
stark und Herr Corvi, ein kleiner corpulenter rothbackiger Herr mit
einem glatten runden Gesichte, trat ein. Auch er sprach sehr wenig
deutsch, aber er verstand alles, was ich ihm zu antworten hatte. Auch
seine Blicke waren unheimlich und seine Freundlichkeit schien mir
mehr gezwungen als aufrichtig. Man ging zum Essen und ich aß mit
gutem Appetit, aber ich hätte noch das Doppelte essen können. Um
6 Uhr Abends führte mich Herr Corvi auf den Marcusplatz unter die

Procuratien. Ich sah zum erstenmale die Marcuskirche, den Dogenpalast, und zwar vom Mond beleuchtet in feenhafter Schönheit. Der Sohn, den wir trafen, begleitete mich nach Hause und ich merkte mir alle Gäßchen und Brücken, daß ich künftig allein gehen konnte. Den ersten Abend durfte ich im Wohnzimmer zubringen, die Mutter nähte, die Tochter studirte, und ich lernte aus einer italienischen Grammatik. Der Sohn war seine Wege gegangen und kam erst nach Mitternacht zu Hause. Abends neun Uhr bekam ich ein Stück Polentabrot, wie es für die Dienstleute gebacken wurde. Ich ging in mein Zimmer zurück und legte mich nicht mit heiteren Gedanken schlafen. In der Frühe wurde ich in die Küche gerufen, um dort meinen grauwässerigen Kaffee zu trinken.

Um 9 Uhr kam Herr Rögla um mich in die Akademie zu führen. Er war so wohlwollend für mich, daß es mich glücklich machte. Auf dem Wege passirten wir den Platz di S. Maria formosa, den Marcusplatz, Moisé, den Platz Stefano, San Vitale, und dann sah ich jenseits des großen Canals die Akademie. Die Freude, die ich beim Anblick dieses Gebäudes empfand, war so groß und mächtig, daß ich es nicht zu beschreiben vermag. Jemand, der zehn Jahre im Kerker gesessen und plötzlich die Freiheit erhalten hat, konnte nicht freudiger bewegt sein als ich, wie ich die Göttin der Kunst auf dem Löwen oben sah. Ich hätte mögen laut aufjauchzen wie der Alpenjunge, wenn er seine Geliebte in der Ferne erblickt. Wie lange und wie oft hatte ich mich darnach gesehnt und jetzt war es Wahrheit. Wir stiegen in eine Gondel zur Ueberfahrt und traten in das Gebäude, wo uns der Portier zum Professor Lipparini führte. Es war ein langer Saal, wo die Schüler den Elementarunterricht genossen und nach Vorlagen zeichneten; links war ein anderes großes Zimmer, wo die Schüler nach Gypsköpfen zeichneten. Lipparini war noch ein junger, schmächtiger, aber schöner Mann, mit schwarzen lebendigen Augen, und hatte ein sehr einehmendes Wesen. Herr Rögla stellte mich vor, ich verstand nur »*presidente* Eschenburg«, dann zeigte ich meine Rolle Zeichnungen, die er durchsah und lobte. Er schrieb mich gleich in den Katalog ein und ich war nun Schüler der Akademie. Es war Samstag und am nächsten Montag konnte ich mit Papier und Zeichenmaterial erscheinen. Herr Rögla führte mich zu einem Tiroler Geistlichen, Herrn Schmalzl, der Garnisonscaplan in Venedig war, einem corpulenten Mann mit einem runden rothen Gesichte voll Biederkeit. Er lud mich sogleich ein, ihn recht oft zu besuchen, denn er liebe seine Landsleute. Mir wurde ganz heimlich bei diesem guten Manne und ich hätte gleich bei ihm bleiben mögen. Herr Rögla führte mich dann in die Kirche San Marco und ich konnte nicht aufhören über die Pracht und Eigenthümlichkeit dieses Baues zu staunen. Dann sahen wir die Piazzetta, den Dogenpalast, gingen eine Strecke auf der Riva dei Schiavoni und dann zu den 61 Kirchen San Zaccaria, dei Greci und nach San Giovanni e Paolo, eine der größten und schönsten Kirchen Venedigs, und in der Nähe des Hauses Corvi. In dieser Kirche sah ich das erste Bild von Tizian: *San Pietro martyre*. Man kann wohl sagen, daß dieses Bild das größte Meisterwerk Tizian's war, denn er ist darin so großartig und dramatisch wie Raphael und Michel Angelo, aber im Colorit unübertrefflich. Dieses Wunderbild ist vor einigen Jahren sammt an deren Kunstschätzen in der Sakristei ein Raub der Flammen geworden.

Am folgenden Morgen war ich pünktlich um 8 Uhr in der Akademie. Professor Lipparini setzte mich zu einem Schüler, einem Wiener, der mein Dolmetscher wurde, bis ich nach und nach mehr italienisch verstand. Ich zeichnete Anfangs nach Vorlagen und der Professor war sehr zufrieden mit meiner Geschicklichkeit und Schnelligkeit. Schon in der ersten Woche geschah mir etwas Unangenehmes. Die Stunde der Schule war vorüber, die Schüler gingen fort und die Kameraden sammelten sich. Da waren einige Neugierige und kamen hinter mir herum meine Arbeiten zu sehen; einer sagte: »*guarda sto fiol d' un cang d' un tedesco come fa beng*« (venetianisch). Ich verstand es nicht und fragte meinen Wiener Nachbar, was er gesagt habe; er verdolmetschte es wörtlich, aber nur die erste Hälfte und sagte: Ihr Vater wäre ein Hund gewesen. Ohne weiter zu hören stand ich auf und gab dem Venetianer eine derbe Ohrfeige, daß dieser mit der Hand im Gesichte und weinend hinausging. »Um Himmelswillen, was haben Sie gethan«, sagte der Wiener, »er hat sie ja nur gelobt.« »Was, hier lobt man mit einem Schimpf?« »Hören Sie, ich will Ihnen erklären, 62 was er sagte.« Und so berichtete er mir, daß venetianisch *fiol d' un cang* so viel wie »Kerl« bedeutet, man könne es wohlwollend oder schlecht gebrauchen, z.B. guter Kerl; so sei es hier gemeint gewesen, und der Venetianer habe nur sagen wollen: Schau wie dieser Deutsche gut zeichnet. »So, warum haben Sie denn das nicht gleich gesagt?« Ich war sehr böse über den Wiener und sagte ihm, daß es seine Pflicht sei mich zu dem armen Jungen zu begleiten, um ihm abzubitten Die

Schule war schon fast leer und im Hofe hatte der Junge, umgeben von Anderen, noch immer die Hand am Gesichte. Der Wiener mußte die Abbitte für mich thun und sich selbst die Schuld geben. Ich konnte nur sagen: *iò prego pazienza avere* und gab ihm die Hand. Ich wurde mit diesem schönen blonden Venetianer, der in meinem Alter war, näher bekannt, wir wurden Freunde und blieben es auch in späteren Jahren, bis er 1857 in Paris eines traurigen Todes starb. Er hieß Fortunato Bello. Schön war er und ein nur allzu großer Liebling der Frauen, aber nicht glücklich, da er schon in seinen schönsten Jahren an einer schrecklichen Krankheit sterben mußte. Er war ein guter Porträtmaler. Diese Geschichte machte Aufsehen unter den Akademikern und ich war gefürchtet und respectirt. Nach vierzehn Tagen ließ mich der Professor schon nach antiken Gypsköpfen zeichnen; ich wählte mir den Kopf des Caracalla und setzte mich neben Fortunato Bello, während mein kleiner Wiener noch bei den Vorlagen im großen Saale zurückblieb. Die Vormittagschule dauerte von 8–12 Uhr, dann war Abends Ornamentik-Schule, die ich anfangs auch besuchen mußte, und diese dauerte von 6–8 Uhr. In dieser Schule war der alte Professor Borsato, dem mich Lipparini vorstellte. Auch hier mußte ich mich neben die Vorgerückteren zu den Gypsabgüssen setzen, um nach dem Runden zu zeichnen. Ohne mir zu schmeicheln, kann ich sagen, daß ich der fleißigste Schüler war, und ich war ganz glücklich und zufrieden. Die Zeit verschwand schnell und es wurde mir immer zu früh aus. Es ärgerte mich, wenn der alte Pedell um 12 Uhr in die Schule trat und laut ausrief: *è termina*! Ich machte nun den weiten Weg nach Hause, wo ich nicht glücklich war.

Corvi war früher Bezirksvorstand in Sondrio und erst seit zwei Monaten in Venedig. Den ersten Tag in seinem Hause habe ich beschrieben. Er war ein Mustertag, wie wenn die Kaufleute zuerst ihre schönsten Waaren als Muster zeigen. Allmälig wurde es schlechter, bei Tische wurde mir das fetteste Fleisch und die Knochen gegeben und ich mußte zusehen, wie die Familie einen guten Braten oder eine andere delicate Speise verzehrte. Wenn ich um 12 Uhr nach Hause kam, war mein Kukuruz- oder Polentabrot in der Küche für mich bereitet, und Abends konnte ich ebenso ein Stück haben. Gewöhnlich war es alt und ungenießbar. Einst gab ich vor unserer Wohnung ein solches Brot einem Bettler; aber wie er es nicht essen konnte, warf er es mir in voller Wuth nach, daß es bei meinem Kopfe vorbeiflog. So lange ich noch einige Gulden von meinem Reisegeld übrig hatte, konnte ich mir auf der Straße etwas Genießbares kaufen, aber diese dauerten nicht lange und Noth und Hunger kehrten bei mir ein. Ich erinnere mich, daß ich, um die zwei Soldi für die Ueberfahrt beim großen Canal, den ich täglich viermal zu passiren hatte, zu ersparen, den weiten Umweg über die Rialtobrücke zur Akademie ging. Die Stunden von 1–4 mußte ich während des kalten Winters in der ungeheizten Küche zubringen und ich fror jämmerlich an Händen und Füßen. Um mich vor dem ärgsten Luftzuge zu schützen, verstopfte ich den Rauchfang mit Stroh. Da der Diener aus dem Hause ging, mußte ich allerhand Dienste verrichten, ja der Frau vom Markte die eingekauften Eßsachen heimtragen; und doch duldete ich alles, um die Kunst studiren zu können.

Im Hause des *P.* Schmalzl wohnte ein Maler aus Tirol, Herr Kirchebner, mit dem ich in der Akademie bekannt wurde, da er Abends beim Modell zeichnete. Er war ein stiller wohlwollender Mensch, ich durfte ihn besuchen und somit wurde ich auch mit dem guten Schmalzl näher bekannt. Er hatte zwei Knaben, die Söhne seiner Schwester, die in Venedig studirten, bei sich und eine Nichte, welche ihm die Wirthschaft führte. Ich besuchte diese guten Leute sehr oft und ruhte dort manche Stunde nach der Akademie aus. Wenn ich vor oder nach der Abendschule zu ihnen kam, konnte ich mir den Hunger stillen oder ich fand ein Papier mit kaltem Braten, Käse und Brot. Herr Schmalzl munterte mich auf dem Herrn Onkel zu schreiben, und ihm mein trauriges Loos im Hause Corvi getreu zu erzählen. Da ich aber nicht den Muth dazu hatte, konnte er mir auch keinen anderen Rath geben, als auszuharren, bis es Gott besser fügen würde.

Aber ich mußte noch andere Prüfungen durchmachen, die fast ärger als der Hunger waren. Es kam mir vor als wenn ich ohne Bezahlung bei Herrn Corvi wäre. Nur sparsam von Zeit zu Zeit gab er mir auf mein furchtsames Bitten einen Zwanziger Geld für's Zeichenmaterial. Meine Wäsche und meine Kleider waren sehr dürftig. Auf der Gasse konnte ich mich durch schnelles Gehen erwärmen, aber im Zimmer hatte ich kalt und ich ersehnte das Frühjahr mit seiner erwärmenden Sonne. Wenn ich um 1 Uhr nach Hause kam, fand ich fast täglich meine Zeichnungen durch eine boshafte Hand verunstaltet; Schnurrbärte, Nasen, schwarze Striche waren darauf gemalt. Da ich keinen Kasten hatte und die Thür selbst nicht zum Sperren war, konnte ich mein Reißbrett nicht verbergen. Durch den Diener erfuhr ich, daß der Signore Andrea in meinem Zimmer war. Er war der Liebling der Mutter, ein verzogener Sohn, ging Abends in das Fenice-Theater, kam erst nach Mitternacht um 1 oder 2 Uhr nach Hause und stand erst um 11 Uhr auf. Da er oft nach Mitternacht noch Clavier spielte und die Eltern das nicht vertragen konnten, stellte er das Instrument in mein Zimmer und spielte um 1 oder 2 Uhr darauf los, ohne Rücksicht, ob ich schlafe oder wache. Als ich ihn bat, mir doch Nachts Ruhe zu gönnen, verspottete er mich und sagte höhnisch: ich könne froh sein bei seiner Familie leben zu können, ich sei so nur für Almosen da, und wenn ich mich beklagen wolle, würde ich es gewiß bereuen; der strenge Onkel würde mich in das deutsche Bärenland zurückschicken. Manchmal, wenn er mich schlafend fand, ging er mit der Kerze zu mir und ließ die heißen Unschlitttropfen auf mein Gesicht fallen, um mich zu wecken. Ja er war so frech, daß er sich im Bette auf mich hinsetzte, und wenn ich mich ärgerte, sagte er, daß ihm das ein Ver- gnügen mache und er würde mich nur in Ruhe lassen, wenn ich ihn bitte, recht lange auf dem Piano zu spielen. Vor innerer Wuth konnte ich mich nicht dazu entschließen und da die Thüre nur angelehnt war, setzte er seine Besuche oft bis 3–4 Uhr früh Morgens fort. Bei Tage zwischen 2 und 4 Uhr, wenn er zu Hause war, mußte ich mit ihm im großen Hofe Kugel spielen (*il giocco delle boccie*), und wenn ich Sieger war, kam er in Wuth; einst warf er mir die Kugel durchs Fenster und zerschlug den einen Flügel. Seine Mutter sah oft, wie er mich neckte, aber sie sagte nichts dazu, ja sie konnte dann lachen. Ich wußte, daß Herr Corvi und besonders seine Frau wohlhabend, ja reich waren, daher konnte ich in meiner Unerfahrenheit die Herzlo- sigkeit, die sie an mir ausübten, nicht begreifen und doch erbarmte mir die Frau. Sie war häßlich, mager wie ein Gerippe. Der Herr sprach nie mit ihr, antwortete nicht einmal auf ihre Fragen. Sie war immer in düsterer Stimmung und hatte auch kein Verlangen mit mir zu sprechen oder in meinem Zimmer nachzusehen. Meinen Strohsack mußte ich mir selbst aufmischen, und um meine Wäsche mußte ich betteln gehen, und zwar immer erst nach einem Monat. Einst fiel es Andrea im Garten ein, eine Schnur von einem Rosenstrauche zum anderen zu binden und mich einzuladen darüber zu springen. Der Weg war naß und schlüpfrig, ich machte ihn aufmerksam, daß die Schnur zu hoch sei und er vielleicht fallen könne, aber er verhöhnte mich: ich als plumper Tiroler fürchte mich davor. Da nahm ich einen Anlauf und sprang mit Leichtigkeit darüber, er aber probirte es zweimal und fiel das drittemal so unglücklich, daß er sich den Vorderarm brach. Ich hob den todtblassen Jüngling auf, führte ihn in die Küche, und da ich die Anatomie gut kannte, richtete ich die Knochen in gerader Richtung zusammen, dann holte ich den Wundarzt Stephani, der sehr nahe wohnte. Als die Frau vom Fenster aus den Arzt kommen sah, erschrak sie, kam herab, und machte mir Vorwürfe, daß ich an dem Unglücke schuld sei. Aber der Doctor legte sich in's Mittel und lobte meine Geschicklichkeit, daß ich den Arm gleich anfangs in die beste Richtung gelegt habe, die Heilung sei dadurch leichter geworden, und der heftige Schmerz verhindert, was der Verunglückte bejahen, mußte. Ich hatte nun wenigstens in der Nacht vor dem Unholde Ruhe, aber bei Tage mußte ich ihm oft Gesellschaft leisten, und er konnte mir auch dann viel Unangenehmes sagen. Es blieb nichts übrig als mich zu gedulden und den lieben Gott um ein baldiges besseres Loos zu bitten.

Meine Nahrung war ganz dazu geschaffen, meinen ohnehin schwachen Magen ganz zu verderben. Das fette Fleisch und das Polentabrod mit dem trockenen geriebenen Käse machten mir Sodbrennen, Kopfschmerzen und Erbrechen, endlich fühlte ich keinen Appetit mehr und bekam Fieber. Doctor Stephani, der gut deutsch sprach und mir wohl wollte, schickte mich in's Bett und verschrieb Ricinusöl, das bekannte Purgirmittel in Italien. In der Frühe langte ich nach dem Fläschchen und wollte es austrinken, aber das Oel war in dem kalten Zimmer wie gefroren, ich mußte das Fläschchen in den Händen erwärmen und die Medicin förmlich aussaugen. Man kann sich meinen Ekel denken, und Niemand sagte mir, wie man es leicht und ohne Ekel nehmen kann. Durch das Fasten und die Bettwärme wurde ich nach acht Tagen wieder hergestellt. Aber das fette Fleisch ließ ich hinfort liegen. Freilich brummte die Frau auf lombardisch, daß ich ein delicater Herr geworden.

Da ich für mein Zeichenmaterial Geld brauchte, sagte mir der Tribunalrath einmal: »Sie müssen Geld durch Arbeit erwerben, gehen Sie in's Arsenal Schiffe malen, wie die anderen Schiffmaler, ich werde sprechen, daß Sie hinkommen.« Obwohl mich bei dieser Aeußerung ein Schauer überfiel, hatte ich doch den Muth zu erwidern: »dann würde ich aber kein Künstler werden und es würde Sr. Excellenz dem

Herrn Onkel gewiß nicht angenehm sein, daß ich nicht mehr in die Akademie gehe.« Darauf lachte er und sagte verächtlich: »Oho, sehr hoch, wollen schon Künstler sein« und dann im strengen Tone: »Wenn ich wollen, müssen Sie folgen; ich müssen wissen ob gut ist und Excellenz haben mich beauftragt für Sie zu sorgen.« Mit Entschiedenheit sagte ich ihm, daß ich das nicht thun würde, und daß mein Onkel, der mich unterstütze, es gewiß nicht wünsche. Er warf mir ein Zwanzigerstück auf den Tisch und sprach nie mehr vom Schiffe-Anstreichen. Aber er haßte mich und wie ich glaube, aus bloßem Haß gegen die Deutschen, denn er war ein Deutschenfresser. Alle Beamten beim Tribunal waren ihm wegen seines Geizes, seines Jähzorns und seiner Bosheit gehässig, aber durch sein heuchlerisches Benehmen hatte er sich beim Herrn Onkel in hohe Gnade zu setzen verstanden und galt als Ehrenmann. Ich war überzeugt, daß, wenn ich geklagt hätte, mir der Onkel nicht glauben und mich als Verleumder mit Schimpf und Schande fortjagen würde. Das Unglück meines Bruders Jacob und des Onkels eigene Drohungen, daß er mich bei dem geringsten Vergehen verlassen werde, schwebten mir immer vor. Mein Benehmen war so, daß ich mir ja keinen Vorwurf zu Schulden kommen ließ. Um 8 Uhr früh war ich schon als der erste Schüler in der Akademie, den Rückweg machte ich ebenso schnell, um zeitlich zu Hause zu sein, und Abends, wenn die Schule aus war, lief ich nur durch die Gassen. Ich benützte jede Stunde zum Zeichnen und zum Lernen der italienischen Sprache. Um keinen Preis wollte ich Corvi Anlaß geben mich beim Onkel anzuschwärzen, und wie es schien, paßte er nur auf eine Gelegenheit dazu. So blieb nichts anderes übrig als mich zu gedulden. Ich nahm alles schweigend hin; nur um meine geliebte Kunst nicht verlassen zu müssen. Nehmt es mir nicht übel, meine geliebten Kinder und Freunde, für die ich diese Erinnerungen als ein Mann von 59 Jahren niederschreibe, wenn ich gestehe, daß ich einst nach einem traurigen Tage, es war ein Sonntag, auf den Fondamenti nuovi mit Selbstmordgedanken auf und nieder ging. Aber der Gedanke an meinen alten Vater und Gott riß mich aus dieser Verzweiflung; ich ging in mein Zimmer zurück, weinte bitterlich und flehte zu Gott um die Erlösung aus diesem Hause. Wenn ich dann einem blinden oder verkrüppelten Menschen begegnete, tröstete ich mich wieder, indem ich mir sagte: der ist doch noch unglücklicher als ich.

In der Akademie machte ich Fortschritte. Professor Lipparini lobte mich wegen meines Talentes und meines Fleißes; er gab mir immer gute Originale mit nach Hause um die Zeit gut zu verwenden. Und ich durfte ihn auch besuchen, so oft ich wollte. Durch Herrn Schmalzt machte ich auch die Bekanntschaft des deutschen Pfarrers Unterbacher, der mein Beichtvater war. Schmalzt erzählte ihm und einem anderen Tiroler, Peter von Giovanelli aus Bozen, der damals als absolvirter Jurist in Venedig lebte, mein trauriges Loos. Letzterer, ein vortrefflicher junger Herr, übergab ihm sogleich für mich einen Napoleonsd'or. Peter von Giovanelli, den ich erst später kennen lernte, half mir noch öfters aus der dringendsten Noth und wurde mein Freund. Durch den Umgang mit ihm gewann ich viel, denn er gab mir Bücher und manche gute Lehre für den Verkehr mit Menschen. Mit dem Goldstück des Herrn Giovanelli schaffte ich mir insgeheim einiges Nothwendige und Material zum Zeichnen, ja sogar Farben und Pinsel an. Die Farben kaufte ich mir im rohen Zustande und rieb sie selbst mit einem gläsernen Reiber auf eine dicke Glasplatte. Auch Lipparini schenkte mir einmal ausgemusterte alte Pinsel, die mir doch gute Dienste gethan. Ich copirte zwei Studienköpfe nach Lipparini in Oelfarben und malte auch nach Gypsköpfen grau in Grau. Die große Kälte hatte etwas nachgelassen und ich konnte auch fleißig zu Hause malen. Aber wie oft hatte Andrea meine Köpfe durch Schnurrbärte und andere Zuthaten verunstaltet, so daß ich vor innerer Wuth mich an ihm hätte vergreifen können. Mit teuflischem Lachen sagte er mir einmal: »Ich will Sie doch noch einmal in Wuth bringen.« »Dann«, erwiderte ich, »stellen Sie sich aber sicher vor mir, das rathe ich Ihnen.« Es dauerte nicht lange, so kam es wirklich dazu. Nachdem sein Arm geheilt war, hatte er seine Besuche nach Mitternacht fortgesetzt und mich wie früher gepeinigt. Aber diese Besuche blieben auf einmal aus und ich konnte durch einige Tage ungehindert schlafen. Wie wohl that mir diese Ruhe.

Als ich mich eines Abends wieder zur Ruhe begeben und einschlief, wurde ich durch ein furchtbares Brausen, Zischen und Krachen erweckt; ich glaubte von der Hölle zu träumen, denn mein Zimmer war hell in Flammen. Raketen schossen auf und an die Wände, ein Pulverdampf drohte mich zu ersticken, in der Mitte des Zimmers loderten die Flammen hoch empor und drohten das Bett anzuzünden. Ich sprang aus dem Bette, um mich zu retten, gleichzeitig aber überwältigte mich eine unbezähmbare Wuth, ich ergriff einen dicken Stock, der neben der Thür lehnte, und verließ das Zimmer, um den Bösewicht Andrea aufzusuchen, der mir das jedenfalls angethan hatte. Ich weiß nicht mehr wie schnell ich in sein Zimmer kam, ich schlug auf und unter das Bett, hörte und sah nichts, dann ging ich in das Zimmer seiner Schwester und als diese erschreckt fragte, was ich wolle, sagte ich, daß ich den Andrea umbringen werde; da ich ihn auch hier nicht fand, ging ich in das Zimmer der Eltern und weckte sie aus dem Schlafe. Herr Corvi erschrak fürchterlich, als er mich so in Wuth sah, die Frau war vielleicht in Ohnmacht gelegen. Ich schrie wie ein Tiger voll Zorn: »Wo ist der Schurke, ich muß ihn todtschlagen.« Corvi glaubte, ich sei verrückt geworden und bat mich zitternd, mich zu beruhigen. »Nein, rief ich, ich will mich rächen, geben Sie ihn mir heraus, er ist gewiß hier verborgen.« Ich suchte überall und fand ihn nicht. Indeß Herr Corvi sich aus dem Bette wand, den Schlafrock umnahm und mich mit aufgehobenen Händen zu beruhigen versuchte, bis er zur Thüre kam, um seinen Diener zu rufen, der aber im oberen Stockwerke schlief. Ich ging ihm nach, nahm ihn bei der Hand, die er vergebens zurückziehen wollte, und sagte zu ihm mit lauter Stimme: »Kommen Sie mit, um zu sehen, was für ein Teufel ihr Sohn ist.« Er wollte nicht und zitterte an Händen und Füßen. »Es nützt Ihnen nichts, Herr Corvi, rief ich, Sie müssen selbst Zeuge der verruchten That ihres Kindes sein; ich bin nicht zum Narren geworden, wie Sie glauben, ich bin nur durch die Grausamkeit, die Ihr Sohn schon seit Monaten alle Nächte an mir verübt, in solche Wuth gerathen; Sie müssen kommen.« Und so führte ich ihn vom Diener begleitet, der inzwischen gekommen war und ein Licht trug, mit Gewalt in mein Zimmer. Schon auf der Treppe kam uns ein Pulverrauch entgegen und im Zimmer war es zum Ersticken, bis der Diener die Fenster öffnete. Corvi sah nun selbst wie Papiere und auch mehrere meiner Arbeiten, die an der Wand hingen, halb verbrannt waren; Andrea hatte nämlich einen Getreidesack mit Zeitungen und anderem Papier angefüllt, Schießpulver und Raketen hineingelegt, ihn in mein Zimmer gestellt und angezündet. Herr Corvi wurde nun, wie er dieses sah, außerordentlich zahm. »Mein lieber, lieber Carlo, haben Sie Geduld«, rief er mit aufgehobenen Händen, »ich werde Andrea strafen, sagen Sie Niemandem etwas davon, ich will alles wieder gut machen.« »Nein«, schrie ich, »ich will dem Onkel alles schreiben; ich will, ich muß fort aus diesem Elend.« Er wiederholte seine Versprechungen, aber er mußte dafür die Geschichte von der Bosheit hören, die mir Andrea seit so langer Zeit angethan hatte. Die Hausbewohner, kamen nach und nach in mein Zimmer, selbst die Hausfrau, alle mit blassen Gesichtern, und wurden Zeugen meiner Leiden. Sie brachten mich endlich durch Bitten und Versprechungen zur Ruhe.

Drei Tage sah ich Andrea nicht, bis endlich Herr Corvi mit ihm zu mir kam und dieser mir gezwungen eine Abbitte leistete mit dem Versprechen, mich nie wieder zu belästigen. Man behandelte mich die erste Zeit etwas menschlicher, ich hatte Ruhe und Muße, und konnte, da auch der lange Tag und die wärmere Luft mich begünstigten, nicht nur in der Akademie, sondern auch zu Hause meinem Studium ungehindert obliegen. Herr Corvi sprach öfters freundlich mit mir und Andrea war scheu wie ein schlauer Fuchs. Diese gezwungene Freundlichkeit kam mir unheimlich vor, und doch war ich vergnügt, weil ich Ruhe hatte. Dies geschah im März 1833. Aber das Maß meiner Leiden war noch nicht voll, bis ich endlich auf gute oder schlechte Art aus diesem Hause befreit wurde.

Es kam nach Venedig ein Tiroler Mechaniker, Namens Tschugmal. Er hatte Automaten, zwei Schuh hohe Figuren erfunden und zwar so künstlich construirt, daß, wenn er sie aufgezogen und auf ein Seil gesetzt hatte, diese alle Bewegungen der Seiltänzer von selbst nachmachten. Als ich ihm bei Herrn Schmalzl vorgestellt wurde, gab er mir eine Freikarte und lud mich ein, seine Automaten zu besuchen. Die Vorstellung war des Abends im Redoutensaale nahe bei San Moise. Auch Herr Schmalzl, seine Nichte und seine Neffen, zwei Studenten, gingen mit, wir wollten uns zusammen diesen Genuß verschaffen. Wohl äußerte ich meine Furcht von Corvi, den Abend außer der Schule zuzubringen, aber Schmalzl beruhigte mich und meinte, Herr Corvi, der ein Feind der Deutschen sei, werde wohl dieses Spiel nicht besuchen. Ich ließ mich bereden, ging in's Automatentheater und setzte mich wie die andern in die ersteren Sitze. Aber ich hatte doch ein beunruhigendes Gefühl; sähe mich Corvi, dachte ich, hätte er einen Grund mich beim Onkel anzuklagen. In diesen Gedanken sah ich mich um und sah zwei flammende Augen auf mich gerichtet. Es war Corvi. Ich sah und hörte nichts mehr und dachte nur an eine furchtbare Zukunft. Traurig verließ ich meine Landsleute, die mich vergebens zu trösten versuchten. Die ganze Nacht schlief ich nicht und machte alle möglichen Pläne, denn ich wußte, daß mir Furchtbares bevorstände. Des

anderen Tages, als ich mich zu Tische gesetzt hatte, fing Herr Corvi
an: »Sie sind ein sehr braver Junge, Sie gehen fleißig in die Akademie,
ja mit H.... in's Theater; ich kenne Sie jetzt ganz, auch in einer gewissen
Gasse habe ich und Andrea Sie öfters gesehen, Sie wissen schon, ja,
ja, der fleißige Maler, ich werde das dem Onkel schreiben.« Ich wollte
mich entschuldigen und von Tschugmäl, und wie sich die Sache verhielt erzählen; aber er schrie mir voll Zorn entgegen: »Still, Sie Ver-
fluchter!« Und als ich nun erwiderte; »Nun, in Gottes Namen«, warf
er mir einen Löffel voll Suppe in's Gesicht; ich stand auf und entfernte
mich. Da flog mir der ganze Teller nach, daß ich die heiße Suppe bis
auf die Haut verspürte. Ich ging mit meinem einzigen, nun beschmutz-
ten Rocke in mein Zimmer, verrammelte die Thür und weinte bitterlich. Nach einer Weile brachte mir der Diener das Essen, dem ich
aber nicht öffnete. Abends nahm ich Papier und Kerzen genug, um
die ganze Nacht an einem langen ausführlichem Briefe zu schreiben,
in dem ich meinem Onkel die ganze Leidensgeschichte in voller
Wahrheit, ohne Jemanden zu schonen, erzählte. Zuletzt bat ich um
Hilfe, mich zu befreien. Zwei Tage vergingen, ohne daß ich Jemanden
im Hause gesprochen hätte. Ich malte gerade an meinem eigenen
Porträt aus einem dreieckigen Stück Spiegel, das nicht mehr als vier
Zoll Flächenraum hatte, denn einen Spiegel, den ich mir einmal gekauft
hatte, hatte mir Andrea in seinem Muthwillen zerschlagen. Indem ich
so emsig malte hörte ich am dritten Tage auf der Stiege Tritte, und
Herr Corvi trat blaß vor Wuth in mein Zimmer. Er blieb vor mir
stehen, während ich entschlossen und ohne Furcht mich mit demselben
Stocke, der mir als Malerstock diente, umdrehte. »Was haben Sie an
Excellenz geschrieben«, rief er, den Brief des Onkels noch in der Hand
haltend, »Sie schlechter Kerl.« Ich trat auf ihn zu und wollte ihn die
Stiege hinunter werfen, denn mir war jetzt Alles einerlei, was ich that;
aber feige und ohne ein Wort zu sagen, floh er davon. Ich verrammelte
wieder die Thüre und malte in meiner Aufregung weiter. Nach unge-
fähr drei Viertelstunden hörte ich wieder schwere Tritte auf meiner
Treppe. Herr Rögla klopfte an die Thür und sagte: »Ich bitte, Herr
Blaas, machen Sie auf, ich komme sie abzuholen.« Die Stunde meiner
Erlösung war gekommen. Rögla erzählte mir, während ich meine
Zeichnungen von der Wand nahm und meine Sachen in den ärmlichen
Koffer packte, daß der Herr Präsident ihm geschrieben habe, mich
augenblicklich abzuholen, in sein Haus zu führen und für mich in

jeder Hinsicht zu sorgen. Ein Träger war schon bereit und sehr froh ging ich aus diesem Jammerhause, mit der Empfindung, als ginge ich an der Seite eines Engels, der mich vor dem Teufel in Schutz genommen.

Ich war somit dem Corvi mit meinem Brief an den Onkel zuvorgekommen, er muß nicht vermuthet haben, daß ich den Muth hätte zu schreiben. Wie ich später erfuhr, hatte ihm der Onkel unter Anderem geschrieben: »Und wenn nur die Hälfte von dem, was mir mein Neffe schrieb, wahr wäre, so sind Sie und Ihr Herr Sohn wie Verbrecher in meinen Augen.«

Im Hause des guten Herrn Rögla wurde ich von seiner braven Hausfrau herzlich aufgenommen. Bei Tische konnte ich vor Aufregung fast nichts zu mir nehmen und hatte so viel zu erzählen, da die guten Leute mir eine so warme Theilnahme bewiesen. Des anderen Tages reiste Corvi nach Verona, um sich persönlich aus der Klemme zu ziehen, in der er sich fühlte. In seiner Hitze und Schlechtigkeit stellte er es aber sehr ungeschickt an, denn er verleumdete mich und log schreckliches Zeug über mich zusammen, auch daß ich anstatt in die Akademie mit schlechten Weibspersonen in's Theater gehe, und daß alles, was ich geschrieben, nicht wahr sei. Mein Onkel schrieb aber sogleich an Professor Lipparini, ob dieses und jenes wahr sei, was ihm Corvi gesagt hatte. Lipparini schrieb umgehend, daß ich in jeder Hinsicht sein bravster und ausgezeichnetster Schüler wäre, daß er in seinen Studienjahren nie einen so fleißigen Mitschüler und ietzt, so lange er Professor wäre, keinen geschickteren und fleißigeren Jüngling gehabt habe als ich sei. Da ihm der Onkel geschrieben, mich gleich nach Verona abreisen zu lassen, um mich in Gegenwart des Corvi vertheidigen zu können, bat Lipparini dieses jetzt nicht zu thun, denn es hätten die Concurse begonnen und er hoffe zuversichtlich, daß ich wenigstens zwei erste Preise erhalten werde, die mir sonst bei meiner Abwesenheit entgehen würden. Diesen Brief des Professors zeigte der Onkel dem Corvi und verbot ihm ferner sein Haus. Zur selben Zeit schrieb auch der strenge Onkel, um volle Gewißheit zu haben, an einen Appellationsrath, an dessen Namen ich mich nicht mehr erinnere, damit er mich in's Verhör nehme. Ich mußte dem Herrn alles erzählen, was ich bei Corvi erlebt und gelitten hatte; ich erzählte es auch der Wahrheit getreu und er schrieb alles dem Onkel, was mit meinem Briefe übereinstimmte.

Die Ferien waren herangenaht, ich hatte zwei erste Preise in silbernen großen Medaillen bei der öffentlichen Preisvertheilung erhalten, und reiste mit dem frohen Bewußtsein, meine Pflicht erfüllt zu haben, nach Verona, wo ich nach einem kurzen Verhöre vom Onkel auf das väterlichste und herzlichste aufgenommen wurde. Ich lernte nun die Familie des Onkel kennen, vor der ich so große Ehrfurcht hatte; die Frau Tante, eine sehr gute sanfte Frau, die mir gegenüber beinahe schüchtern und wortkarg sich verhielt, drei Söhne, Heinrich, Adolph und Karl, der aber erst ein Kind von fünf Jahren war, und die Tochter Antoinette, ein Mädchen von fünfzehn Jahren. Ich fühlte mich nach und nach sehr heimlich, da mir die Kinder wohlwollten, besonders Adolph, der ein sehr talentvoller gutherziger Junge war. Sie nahmen viel Antheil an meinen Leiden und äußerten bei meinem Erzählen manchmal ihr Rachegefühl durch. Drohungen gegen Vater und Sohn
Corvi.

## IV. Bessere Zeiten, 1834–1837.

Als die Familie des Onkels im August nach Meran ging, reiste ich nach Venedig zurück. Ich besuchte die Kunstausstellung und fand dort auch mein eigenes Porträt. Es war der erste Versuch nach dem Leben zu malen, nachdem ich mich früher nur eingeübt hatte nach Gypsköpfen und Studien meines Meisters zu malen. Das kleine Bildniß des Jünglings von siebzehn Jahren fand allgemeinen Beifall und Kenner zweifelten, daß es von der Hand eines Schülers sei. Herr Rögla las am Abend einen Zeitungsartikel vor, der ein großes Lob über das Porträt enthielt. Es war das erste öffentliche Lob über meine Kunstleistungen und ich habe das Zeitungsblatt noch heute aufbewahrt. Im Hause des Rögla, der ein Tiroler und Beamter beim Tribunal war, ging es mir sehr gut und seine Frau war immer höflich und dienstfertig. Er hatte zwei Söhne: der ältere war schon Doctor der Rechte und ein sehr edler Mensch, der mit mir viel verkehrte; der zweite war noch ein Knabe, der durch die große Nachsicht der Mutter etwas schlimm, aber mir
nie lästig wurde.

Mein kleines Porträt hatte mir den ersten guten Ruf gemacht und ich erhielt mehrere Bestellungen für Porträte, die ich für zehn Thaler malte. Das Erste war das des Präsidenten Abram. Da ich nicht blos für Geld, sondern auch zu meinem Studium malte, machte ich nur die Bedingung, mir so viel Sitzungen zu geben als ich bedurfte. Dadurch gewann ich Zeit, meine Arbeit gewissenhaft durchzubilden, das Porträt gefiel allgemein und ich bekam genug zu thun. Dabei versäumte ich nicht die akademischen Studien und man sah mich täglich mit meinem Malerkästchen unter dem Arme durch die Gäßchen nach der Akademie und von da in die Häuser, wo ich Porträte malte, eiligst dahin schreiten. Ich wohnte jetzt nahe bei San Marco al Ponte dei Dai, in einem Dachzimmer, das leider nicht für das Malen geeignet war, da es nur ein kleines Fenster hatte. Deswegen mußte ich immer außer dem Hause arbeiten. Ich malte die Familie des Appellationspräsidenten Orefici und andere Beamtenfamilien, wobei ich viel studirte und es mir besser ging. Ich kleidete mich nun anständig und fing an meinen alten Vater zu unterstützen. Da ich öfters dem Onkel über mein Ergehen und die Studien berichtete, so fand er, daß es nicht mehr nöthig sei für mich täglich zwei Zwanziger zu bezahlen; er schrieb mir, daß er nur die Hälfte geben würde, das andere solle ich selber an Herrn Rögla bezahlen. Ich erhielt nun auch Erlaubniß, mich freier zu bewegen. Und obwohl ich ungern von Herrn Rögla auszog, war ich doch geneigt, ein Atelier mit einem Zimmer unweit der Akademie zu miethen. Ich wohnte im Palazzo Giustiniani am Canal grande an der Piazzetta Squelini im zweiten Stocke, hatte ein gutes Atelier, und ein Schlafzimmer daneben. Das Geld von meinem Onkel, ungefähr fünfzehn Zwanziger im Monat, reichte gerade für den Zins aus. Mein Hausherr war ein alter Priester und seine Wirthschafterin, Signora Bettina, eine gute beleibte Frau, bediente mich. Sie machte mir jeden Morgen den Kaffee, zum Essen ging ich zum Traiteur. Im Frühjahr begann das Modellstudium schon um 6 Uhr Früh an der Akademie, wo ich keine Minute versäumte und bis gegen 8 Uhr eifrig nach der Natur malte. Den Tag über malte ich Porträte und zeichnete oder malte in der Galerie. Auch benützte mich schon mein Professor, dem ich Repliken von Bildern und Porträten untermalte. Manche beneideten mich um den außerordentlichen Nutzen, mich in die Manier des Professors, die damals viel Beifall hatte, einstudiren zu können; aber ich sah die Natur ganz anders an, als Lipparini mit seinen gesuchten koketten Pinselstrichen und hingelegten Farbenflecken. Gewöhnlich nimmt der Schüler die Malweise des Lehrers an, bei mir war gerade das Gegentheil der Fall, ich sah darin nur auffallende mit Studium

und Mühe hingeklexte Striche und vermißte den Ausdruck der Naturwahrheit, sowie eine klare charakteristische Zeichnung. Ich sagte mir
oft, Tizian habe ganz anders gemalt, und wenn ich aus der Galerie
Manfrin oder sonst einer Galerie ging, sah ich die Menschen und die
Natur so, wie sie Tizian malte. Aber obwohl ich mich ganz anders zu
malen bestrebte als Meister Lipparini, wurde ich doch täglich mehr
sein Liebling. Auch ich liebte ihn, da er mich beim Onkel so sehr
vertheidigt hatte, wir blieben Freunde und bis zu seinem Tode in be-
ständigem Briefwechsel.

81

    Mein Freund und Gönner Peter von Giovanelli wollte seinem Bruder
in Bozen ein Geschenk mit einem Bilde machen; er berieth sich mit
mir und ging auf meinen Vorschlag ein, für ihn die heilige Magdalena
von Tizian in der Galerie Barbarigo zu copiren. Ich malte, konnte
aber keinen Gefallen an meiner Malerei finden; gegen das Original
wurden meine Farben ledern, schwer und undurchsichtig, obwohl
Zeichnung und Ausdruck sehr genau waren. Da besuchte Cornelius
auf seiner Durchreise nach Rom diese Galerie in Gesellschaft eines
Malers, der mich kannte und dem großen Meister, vor dem ich eine
hohe Ehrfurcht hatte, vorstellte. Ich bat ihn mir meine Fehler an der
Copie zu nennen, indem ich mich beklagte, daß ich diesen Silberton
nebst der Tiefe und Wärme im Colorit des wunderbaren Originals
nicht erreichen könne. »Ja«, sagte er, »das ist nicht leicht, mein Lieber,
das müssen Sie ganz anders anfangen. Sehen sie«, fuhr er fort und
führte mich zu einem halbvollendeten Bilde Tizian's, »Tizian untermalte und modellirte schon fast fertig das Fleisch grau, fast mit Weiß
und Schwarz; dann malte er mit brillanter aber dünner Farbe darüber,
so daß der graue Ton und die Modellirung sehr durchsichtig erscheinen und doch mit dem Ganzen so warm in Harmonie verbunden
sind.« Das Bild, das Cornelius mir zeigte, war ein *Ecce homo*. Kopf,
Brust und Arme waren sehr schön colorirt, die Hand aber, die auf
die Brust drückte, war noch grau untermalt und daher nicht fertig.
Das war genug, um es vollkommen zu begreifen. Nachdem ich in der
Nacht vom Grauuntermalen geträumt hatte, malte ich Tags darauf
gleich den Kopf der Magdalena grau, dann alle übrigen Fleischtheile

82

und, wie es genug ausgetrocknet war, übermalte ich es wie Cornelius,
gerathen; es gelang mir und zwar zur Bewunderung meiner Mitschüler
und zur Zufriedenheit des Professors, der aber diese neue Methode
tadelte. Ich malte in der Folge alle meine Porträts in dieser Weise und

fand darin eine große Erleichterung, weil ich die Schwierigkeit in zwei Theile theilte, nämlich in jene der Form und die im Colorit. Merkwürdig ist dabei, daß Cornelius, der ein großer Compositeur und Poet in der Malerei, aber ein schlechter Colorist war, mich zuerst auf die Malweise Tizian's oder Manier der venetianischen Schule aufmerksam gemacht hat.

In der Akademie hing ich mit Fleiß an meinen Studien, besonders des nackten menschlichen Körpers und versäumte dabei nicht das Zeichnen nach der Antike, der Falten der Gewänder, nebst dem sehr nothwendigen Studium der äußeren Anatomie. Da ich für meinen Unterhalt sorgen mußte und daher bei Tage Porträt zeichnete und malte, so blieb mir im Winter nur der Abend und im Sommer die frühen Morgenstunden um die Akademie zu besuchen. Das Studium der Anatomie betrieb ich sehr eifrig, weil man nur dadurch den menschlichen Körper verstehen und darstellen lernt. Der Professor für Anatomie stellte den Schülern in den kalten Monaten immer Präparate vor, wirkliche Theile des menschlichen Körpers, die er im Spital von Leichen nahm, z.B. Arme, Beine, Köpfe, einen Rumpf, von welchen er die Haut abnahm, so daß man die Muskeln deutlich sehen und darnach zeichnen konnte. Diese Präparate heftete er in der Mitte des Anatomiesaales an eine Kette, die vom Gewölbe herabhing, so daß die Schüler das Bein oder den Kopf von allen Seiten zeichnen und studiren konnten. Neben diesen menschlichen Fleischtheilen stand das Skelet, so daß man auch noch die Knochen in derselben Stellung zeichnen konnte. Da ich meist erst Abends zu diesem Studium kam, so traf es sich, daß ich öfters ganz allein bei dieser düsteren Arbeit war. Eines Tages, Anfangs November, ging ich um 4 Uhr hinein. Vor dem Thore traf ich ein paar Kameraden und sie behaupteten, ich würde heute, wenn ich allein zeichnen wollte, gewiß davonlaufen; sie wollten darauf wetten, denn es sei fürchterlich den Kopf zu sehen. Ohne sie weiter anzuhören ging ich den langen Corridor hinein bis zum Anatomielocal. Obwohl es schon Dämmerung war, trat ich doch mit festen Schritten in den Saal, näherte mich dem scheußlichen Präparate, setzte mich mit meinem Buche auf dem Schoß und zeichnete. Aber der Kopf war wirklich grauenerregend. Die Hälfte war geschunden, das Auge glotzte mich furchtbar an, die andere Hälfte sah noch fürchterlicher aus, weil der Haken die Haut in die Höhe zog, so daß der Ausdruck des Gesichtes entsetzlich war. Ich muß gestehen, daß mir unheimlich wurde; dabei wurde es immer dunkler und niemand zündete die Lampe an, da alle Schüler fertig waren; aber ich zeichnete doch fort mit rother und schwarzer Kreide auf graues Papier und machte mit weißer die Lichter darauf. Weil es Nacht wurde, beeilte ich mich, aber ich fing an mich zu fürchten; die Stille, der Geruch, das schreckliche Doppelgesicht des Todten trieben mich zur Eile, bis auf einmal der Kopf abriß, mit einem dumpfen Knalle zur Erde fiel und ich mit meiner Zeichnung davonlief. Im Modellsaale, wo alle Schüler zeichneten, zeigte ich den Kameraden meinen Todtenkopf als Zeugen meiner langen Anwesenheit bei dem Todten. Damals wohnte

ich noch bei Rögla und da ich die Zeichnung an der Wand meines Zimmers befestigte, lief beim Anblick derselben die Hausmagd schreiend davon und wollte nicht eher das Zimmer in Ordnung bringen, bis ich die Zeichnung in die Mappe steckte. Vor dem Schlafengehen componirte ich, las Geschichte und die deutschen Classiker, dann lernte ich aus einer italienischen Grammatik, schlief aber gewöhnlich auf gut deutsch ein.

In diesem Jahre erhielt ich wieder zwei erste Preise und zwar den höchsten, den der Composition, obwohl ich der jüngste Preiswerber war. Die Aufgabe war: »Tullia, wie sie über den Leichnam ihres Vaters fährt.« Da der Professor diese Geschichte italienisch vorlas, konnte ich sie nicht verstehen und bat ihn, er möge sie mir im venetianischen Dialect erzählen, den ich besser verstand, weil ich eben mehr aus der Praxis italienisch lernte. Meine Composition war die lebendigste, deutlichste und auch in Linien und der Gruppirung allen andern vorzuziehen, daher mir auch der erste Preis zukam. Professor Zandomenichi, Bildhauer, machte mir darüber ein überschwengliches Lob, was ganz dazu angethan war mich eitel zu machen. Weil ich diesen Preis erhalten hatte, durfte ich im nächsten Jahre nicht mehr um die Preise concurriren.

Es war Ende des Jahres 1834 und die Ferien hatten begonnen; ich schrieb dem Onkel meine Erfolge und bat um Erlaubniß nach Verona und zu meinem Vater nach Nauders reisen zu dürfen, was er mir sogleich gewährte. Diesmal kam ich schon weniger schüchtern in das Haus des Onkels und wurde mit mehr Freude aufgenommen. Die Familie reiste einige Tage darauf nach Meran und ich blieb noch zwei

Tage bei einem anderen Neffen des Onkels, der von ihm unterstützt wurde: Cassian Purtscher aus Graun. Er war mein Cicerone in Verona

und ich machte ihn auf die Schönheit der Gemälde und Kirchen aufmerksam. S. Zeno, die alte Kirche, welche der letzte Longobardenkönig
erbaut hatte, machte mir einen erhabenen und unvergeßlichen Eindruck. Dann reiste ich ab und machte in Bozen Halt, um mich dem
Herrn Baron Joseph von Giovanelli vorzustellen, wo schon die Copie
der heiligen Magdalena neben andern Bildern den Salon zierte. Ich
wurde von diesem Freunde der Künstler und Gelehrten auf das
freundschaftlichste aufgenommen und speiste zweimal in dem Hause,
wo man mich längere Zeit behalten wollte. Mich zog es aber in die
Heimat. In Meran blieb ich beim Onkel und machte mit den Söhnen
Ausflüge nach Schloß Tirol und Schönna, dann ging es mit einem
Landkutscher durch das Etschthal bergan nach Nauders. Außer der
Freude des Wiedersehens meines Vaters und zweier Schwestern erwähne ich, daß ich damals zweimal das Porträt meines Vaters malte: das
eine besitze ich und das andere meine noch lebende Schwester Therese,
die in Lana bei Meran glücklich verheiratet ist. In Nauders ging ich
viel auf die Jagd, weil aber in Tirol Jedermann schießt, so war fast
kein Wild zu finden, außer einigen Auerhähnen, mit denen ich aber
kein Glück hatte. Ich übte mich im Scheibenschießen und zeichnete
einige Ansichten von Nauders und Martinsbruck in mein Skizzenbuch.
Der Herr Landrichter und Actuar Lindner, die ich besuchte, hatten
große Freude an mir und zeigten meine Diplome und Preise beim
Bezirksgericht, damals Landesgericht, vor, wodurch ich nach dem da-
maligen Gesetze vom Militär befreit wurde. Ich traf einige Schulkame-
raden, die als Studenten zu Hause waren, und wir brachten schöne
frohe Stunden auf Bergpartieen zu.

Nachdem ich fünf Wochen in Nauders zugebracht hatte, kehrte ich
mit Freude und großen Vorsätzen nach Venedig zurück. In Verona
gab mir der Onkel den Bescheid, daß ich mich nun selbst erhalten
müsse, weil ich mit der Kunst Geld verdiene. Da ich mein erspartes
Geld dem Vater gegeben hatte, kam ich mit leerer Börse an, aber
Freund Peter von Giovanelli ließ mich nicht im Stiche. Er gab mir
einen Napoleonsd'or und als ich ihn später zurückzahlen wollte, nahm
er ihn nicht. Ich malte gleich zwei Porträts, einen Appellationsrath
und seine Frau, dann eine schöne üppige Dame für einen Herrn und
zwar als büßende Magdalena, wie er es wollte. Der bejahrte Herr war
nicht der Gemahl der schönen Dame und war immer zugegen, wenn
ich malte. Sie entblößte sich so weit, daß ich ihre Arme und einen

Theil der üppigen Brust vor mir hatte; zum erstenmale malte ich nackte Theile nach der Natur, und ich ärgerte mich nur, daß sie nicht schön genug waren, denn die mediceische Venus und andere weibliche Statuen waren nicht so voll und rund. Mein Besteller war mit der Arbeit sehr zufrieden und ich mit dem Honorar, denn er zahlte das Doppelte was ich verlangte. Für den Herrn Onkel copirte ich nach Sassoferrato eine Madonna mit dem Kinde, welche ich als Neujahrsgeschenk nach Verona schickte. Für den deutschen Pfarrer, Herrn Unterbacher in Venedig, copirte ich eine sehr schöne, kleine Madonna aus der Kirche San Sebastian nach Paolo Veronese; für mich zeichnete und malte ich mehrere Studien nach Carpaccio, Tizian und Bonifacio. Abends aber machte ich Compositionen zu Bildern, denn ich wollte nun selbst schaffen. Da ich meinen alten Vater unterstützte, hatte ich immer zu wenig Geld und mußte verdienen. Ich lithographirte auf Stein das Porträt der Sängerin Unger und ein Bild »Kain und seine Familie« nach Professor Lipparini, was mir aber wegen der anatomischen Unwahrheit und wegen des fehlerhaften Ausdruckes wenig Freude machte. Auch gab ich einer häßlichen Jüdin Zeichenunterricht, aber ich hatte kein Vergnügen dabei, sie war ohne Talent und ich mußte nach mehreren Monaten mein Honorar selbst begehren. Ich malte einen Fischer aus Chioggia, Halbfigur, und als Gegenstück eine Bigolante (Wasserträgerin), welche von einem Herrn von Caris bestellt war. Ich hatte noch keine Idee vom Stilisiren und malte mit der größten Naivetät und Treue die zwei Bilder nach der Natur, die ich gerne sehen möchte; ich weiß aber nicht, in welche Hände sie gekommen.

Ich versäumte nie im Sommer schon um 6 Uhr Früh beim Modellstudium in der Akademie zu sein. Da wir viele Freiheit hatten, so wurde in Abwesenheit des Professors und zur Ruhezeit mancher Unfug und, wie es unter jungen Leuten geschieht, auch oft Uebungen angestellt. Da war ein kleiner untersetzter aber herculisch gebauter Bursche, der auch nicht mehr jung war, ein gewisser Lodi aus Ferrara, der jeden herausforderte und behauptete, Jeden im Ringen zu Boden zu werfen. Nun ging der Spaß los; einen schönen großen Mailänder und drei andere Bursche warf er ohne Anstrengung und mit viel Geschick auf die Erde. Ich beobachtete genau die Vortheile, die er anwendete, wodurch er Männer von 20–25 Jahren, die um zwei Köpfe größer waren, besiegte. Er ging nämlich bis zur Wand zurück und im schnellen

Laufe näherte er sich gebückt seinem Opfer, welches aufrecht und in
keiner festen Stellung dastand, er faßte seine Beine bei den Kniegelen-
ken, hob es auf und mit einer Seitenbewegung lag der große Mailänder
auf der Erde. F. Bassi, ein Wälschtiroler, der es zwar nicht wagte den
Kampf aufzunehmen, sagte zu mir, ich solle doch den Tirolern Ehre
machen und den kleinen dickschädligen »*uomo romano*«, wie wir ihn
nannten, demüthigen. Da auch Andere mich zum Kampfe aufforderten,
nahm ich ihn an und sagte: weil ich der jüngste unter den Besiegten
sei, werde die Schande nicht so groß sein. Mein Gegner ging nun
wieder zur Wand zurück und indem er seinen Lauf wie ein Tiger gegen
mich nahm, stellte ich mich nicht so gemüthlich wie meine Vorkämp-
fer hin, sondern spreizte meine Beine weit auseinander, eines vorwärts
und die Hand in Bereitschaft, gebückt den *uomo romano* zu empfangen. Schon wollte er mit seinen kurzen Armen meine Beine umfassen,
allein diese standen fest und weit auseinander. Indeß er zappelte und
mit meinen Beinen nichts ausrichtete, bückte ich mich über ihn, faßte
mit aller Kraft seine Beine von rückwärts, riß sie vom Boden los und
hob sie in die Höhe, so daß sein Kopf auf den Boden kam und er
nun anstatt mich zu werfen, auf den Kopf gestellt wurde. Der Beifall
wollte kein Ende nehmen. Der schöne große Mailänder, der die
Deutschen haßte, war mir des Sieges neidig und versuchte auf alle
mögliche Weise seinen Haß zu offenbaren. Im Antikensaale war eine
Draperiefigur, eine weibliche Gliederpuppe mit einem sammtenen
Schleppkleide, das ich zu meinem Studium auch mit malte. Der Mailänder, der übrigens nicht viel Talent, aber desto mehr Lust hatte über
die Deutschen lächerliche Anekdoten zu erzählen, war unermüdet,
mich bei dieser Arbeit zu reizen. Ich ließ ihn plauschen und malte
unverdrossen fort; als er aber hinter mir herkam und mich spöttisch
fragte, ob ich den Kopf dieser Dame für eine Tabakspfeife gemalt
hätte, nahm ich voll Wuth meine Palette und schlug sie ihm in's Gesicht, so daß alle Farben auf dem Gesichte blieben und ihm das Blut
aus der Nase rann. Der Professor, der in einem Nebenzimmer den
Lärm und das Gelächter hörte, kam herüber und als er den Mailänder
so zugerichtet sah und ihm einer den Vorfall erzählte, mußte er selbst
lachen. Ich bekam jedoch einen gütigen Verweis, daß ich meinen
Jähzorn bekämpfen und künftig ihm die Sache zur Schlichtung vortra-
gen solle. Mein großer Mailänder wurde nun sanft wie ein Lamm,

reiste aber bald nachher ab, da er sich lächerlich gemacht und als feig erklärt wurde.

Mein Lebenselement war die Kunst, eine unsichtbare Kraft zog mich zu ihr. Obwohl mir tausend Hindernisse den Weg versperrten, obwohl ich mit bitterer Noth und Drangsal aller Art zu kämpfen hatte, war mein Sinn nur nach ihr gerichtet und ohne Rast und Ruhe strebte ich vorwärts. Eines Tages, als meine Casse wieder leer war, und ich mir schon bei einem Freunde einige Gulden borgen wollte, machte mir Professor Lipparini den Antrag, zu dem Herrn Baron Treves nach Padua zu gehen und dort an seine Kutschen das Baronswappen zu malen. Es war nichts bei dieser Arbeit zu lernen, aber sie war mir willkommen, da ich ohne Geld war. Auf der Reise dachte ich, noch erinnere ich mich lebhaft daran: wäre es nicht besser von Haus aus bemittelt zu sein, als ein so armer Junge in die Welt geschleudert zu werden, der Muse mich ganz zu ergeben und ein echter Künstler zu werden, als jede Arbeit wie ein anderer Armer zum traurigen Erwerb machen zu müssen. Es war eine langweilige Beschäftigung, ich hatte viel Mühe und mußte das Wappen achtmal malen. Uebrigens lebte ich in der Familie des reichen Treves, wurde gut honorirt und kehrte wieder nach Venedig zurück.

Mich drängte es ein Genrebild zu malen, das ein Herr Kiesele in Bozen auf Empfehlung des Peter von Giovanelli bei mir bestellt hatte, einen »Meeressturm«. Ich dachte mir einen Fischer aus Chioggia, der mit seiner Tochter, einer jungen Frau mit einem kleinen Mädchen und dem Haushunde bei einem heftigen Sturm am Meeresufer steht und wie Alle vor Angst in die brausenden hochschäumenden Wogen hinausschauen, ob nicht die Barke zu sehen sei, auf welcher der Fischer, der Mann des jungen Weibes, in Gefahr ist. Das Bild fand viel Beifall und ist noch bei den Erben des Herrn Kiesele. Es war dies mein erster Versuch eine eigene Composition auszuführen; ich hatte dabei strenge nach der Natur studirt und auch sehr geeignete Modelle gefunden.

In dieser Zeit kam ein junger Mann in meinem Alter von München nach Venedig, Namens Heinrich Petz. Er studirte ebenfalls in der Akademie und wir malten in der Frühe zusammen nach dem Modell. Er war ein gebürtiger Ungar, ein schöner blondgelockter lieber Mensch, zu dem ich mich hingezogen fühlte, nicht wegen seiner Kunst, denn er war kein Genie, aber er hatte, was mir fehlte: eine allgemeine Bildung, Sprachkenntnisse, war sehr belesen und ein guter Fechter. Nach und nach wurden wir sehr gute Freunde. Da ich ihm den Antrag machte sein Bildniß zu malen, gab er sich viel mit mir ab, lehrte mich Fechten und er profitirte wieder von mir im Malen. Wie schon erwähnt, wohnte ich im zweiten Stockwerk des alten Palastes Giustiniani. 91 Unter mir im ersten Stocke war eine Bandfabrik, wo viele Weiber und Mädchen arbeiteten. Es war an einem heißen Sommertag und ich malte eben an dem Porträt des Freundes Petz, wobei er mir den Faust vorlas. Da unsere und die Fenster des ersten Stockes offen waren, hörten wir den lärmenden Gesang aus Hunderten von Kehlen, wodurch das Lesen nicht möglich war. Da uns das lästig fiel, kam ich auf einen Einfall, dem Lärm abzuhelfen. Ich nahm einen Todtenschädel vom Kasten herab, den ich wegen meiner anatomischen Studien angeschafft hatte und band ihn an eine lange Schnur mit Kreuzbändernso, daß er mit geradem Gesichte daran hing, Freund Petz nahm die volle Wasserflasche und ich ließ nun den Todtenschädel zum Balconfenster des großen Saales, wo die Mädchen arbeiteten, hinab und hin und her schwingen. Nach der ersten Schwingung war der Lärm und Gesang verstummt, aber bald hörten wir ein allgemeines Angstgeschrei und einige Köpfe erschienen am Fenster. Die Mädchen drohten und schimpften, aber Petz, der mit der Wasserflasche bereit stand, goß ihnen, als sie herausschauten, einen Wasserfall in's Gesicht. Es getraute sich wohl keine mehr zum Fenster, aber wir hörten, wie sie sich mit Stöcken bewaffneten, und verriegelten deswegen unsere Thüre. Die Mädchen kamen herauf, stießen mit Stöcken und Hämmern an die Thüre und wollten uns züchtigen, aber wir beruhigten sie mit Scherzen und Lachen und die jungen Mädchen zogen ab, sie nahmen auch die alten Weiber und Furien fort und besänftigten sie.

In der Gemäldesammlung des Baron Treves in Venedig war ein Bild meines Meisters Lipparini. Es stellte vor, wie Sokrates zu Alcibiades kommt, ihn bei seinen Freudenmädchen findet und ihm Vorwürfe macht. Herr Caris bestellte bei mir eine Copie des Bildes im kleineren Maßstabe. Das Gegenstück an der anderen Wand war vom Maler Hayez gemalt. Obwohl Hayez nie ein großer Colorist war, auch seine Figuren nicht genug charakterisirte und sogar oft Sklave des Modells blieb, so hatte er doch eine so wunderbare Zeichnung und Modellirung im Nackten und einen so geschmackvollen Vortrag im Pinsel, daß ich in seine Kunst ganz verliebt war, und ich gestehe es, heute noch bin. 92

Jenes Bild stellte Hektor vor, wie er zu Paris kommt, ihn bei der schönen Helena seine Waffen reinigend findet und auffordert, in die Schlacht zu gehen. Ich stand oft stundenlang vor dem Bilde; vieles fand ich zu tadeln, aber mir gefiel seine unübertreffliche Zeichnung und Modellirung. Ich habe mir fast das ganze Bild in mein Skizzenbuch gezeichnet und als ich zurückkehrte, fand ich die Figur des Lipparini wie von angestrichenem Holz. Die Copie nahm ich sammt dem Fischer und der Bigolante mit mir, da die Ferien angebrochen waren, nach Verona, wo Herr Caris sich damals aufhielt.

In Verona war zu dieser Zeit mein Bruder Jacob als Postcontrolor angestellt, verheiratet, hatte ein Söhnchen und ich wohnte bei ihm. Zu Mittag war ich immer beim Onkel zu Tisch und hielt mich auch den ganzen Tag bei der Familie auf, weil ich dort ein Arbeitszimmer hatte und die zwei Söhne im Landschaftszeichnen unterrichtete. Damals malte ich auch das Porträt meines Onkels. Während des Sitzens erzählte er mir seine Lebensgeschichte, die mich sehr interessirte, und viel Aehnliches mit der meinigen hatte; er war auch Hirtenknabe und ohne Mittel, und hatte es mit Talent und Fleiß zum Präsidenten des Senates und zum Freiherrn gebracht, was in jenen Zeiten schwer war. Ich malte auch seine Frau und zeichnete alle Kinder mit Bleistift. Dabei copirte ich ein kleines Bild von Hayez, das ich später zu Geld machte und zwei Landschaften nach Canella, die sehr viel Naturwahrheit hatten. Auch malte ich das Porträt meines Bruders und seiner Frau. Ich wurde der Liebling der Kinder des Onkels und Adolph, ein heiterer, witziger Junge, wollte mir besonders wohl.

Nach sechs Wochen kehrte ich nach Venedig zurück und setzte meine Studien fort. Von einigen Malern, welche ich kennen lernte, konnte ich viel profitiren, besonders von Malatesta, der jetzt Director in Modena ist; er hatte ein schönes Colorit und eine breite angenehme Malweise. In jener Zeit copirte ich die heilige Barbara, das Meisterwerk des Palmavecchio in der Kirche S. Maria formosa in gleicher Größe, und es wurde mir erlaubt auf dem Altar selbst neben der Staffelei zu stehen um das Bild, das für die Ferne nicht genug beleuchtet war, näher sehen zu können. Das Bild gehört zu den schönsten Schöpfungen, die je hervorgebracht wurden, denn Raphael hat nie schöner gezeichnet und Tizian nie besser gemalt. Mit wahrhaft himmlischem Wohlbehagen steht die schönste Jungfrau, das schönste Weib da, mit der Siegespalme in der Hand. Ich malte das Bild mit wahrer Vergötterung des Meisters, der nie wieder etwas Aehnliches geschaffen, und habe auch sehr viel dabei gelernt. Meine Copie diente zu einer Mosaik für einen polnischen Grafen, den ich nicht kennen lernte, da ich die Arbeit für Lipparini malte.

94

Man bewunderte zu dieser Zeit ein großes Genrebild des Franzosen Leop. Robert, der sich nach Vollendung desselben selbst getödtet hat. Es stellte den Abschied der Fischer von Chioggia von ihrer Familie dar. Auch ich war davon begeistert und malte später denselben Gegenstand, aber in einer ganz anderen Auffassung, mit weniger Figuren und in kleinerem Maßstabe. Es wurde auch von Caris gekauft. Dieser Caris war der Sohn eines Wiener Bankiers, ein schöner Mann und ein Verschwender; später machte er falsche Wechsel, floh in die Schweiz, wo er internirt wurde und starb. Wo meine vier Bilder jetzt sind, ist mir unbekannt. Ich malte noch ein kleines Bild, das einen Fischer vorstellte, wie er seine Fische verkauft. Diese Arbeit sehe ich jetzt, so oft ich bei Baron Härdtl die Tante Spurni besuche, eine Schwester der Frau des Onkels. Von meinen lithographischen Arbeiten, deren ich mehrere zeichnete, will ich nur mein eigenes Porträt erwähnen, das ich auf Stein zeichnete und mir auf Briefpapier statt eines Monogrammes abdrucken ließ.

Die Ferien kamen und da ich mir ein wenig Geld erspart hatte, wollte ich München sehen, wovon mir Freund Petz so vieles erzählt hatte. Auch hatte ich in München einen Freund Dreselli, der mit mir in Venedig studirte und wie sein Vater Lithograph wurde. Ich glaube es war Anfangs September 1835 als ich mit der Diligence über Treviso nach Ceneda reiste und von da zu Fuß auf der neuen Fahrstraße, welche über Ampezzo in's Pusterthal führt, mit meinem Ränzchen auf dem Rücken, weiter marschirte. Zur Nacht kam ich in ein einsames, unheimliches Wirthshaus am Lago di S. Croce. Es sah wie eine Räuberhütte aus; von der Gasse trat man in einen großen Raum, am Ende desselben stand ein Herd, auf dem ein Baumstamm brannte. Ein altes Weib rührte die Polenta in einem Kessel um und sah wie eine Hexe aus. In der Mitte des Raumes war ein großer Tisch, auf dem eine kleine Lampe brannte und ringsherum saßen die Bauern und Knechte und rauchten ihre Pfeifen. Die Wirthin machte mir endlich einen Braten zurecht und nachdem ich gegessen und getrunken, bezahlte ich sogleich meine Zeche und ging in meine Kammer, in's erste Stockwerk. Die Bettwäsche war rein, aber wegen des vielen

95

Ungeziefers konnte ich nicht schlafen. Da der Vollmond leuchtete, brach ich noch in der Nacht auf und wanderte auf der Straße neben dem See fort. Das Mondlicht schimmerte auf dem Wasser, eine erfrischende Luft wehte von den Bergen, ich habe die wunderbare Nacht nie vergessen. Bei Tagesanbruch kam ich in ein Dorf, dann in eine zweite Ortschaft, wo ich in einem Kaffeehause frühstückte. Ich ging noch weiter, bis ich mich müde und matt in einem Walde niederlegte; dort schlief ich, mein Ränzchen unter dem Kopfe, mehrere Stunden. Abends kam ich nach Venas, war aber sehr ermüdet, da ich diesen Tag 38 italienische Miglien zurückgelegt hatte. Am anderen Tag übernachtete ich in Cortina und wanderte durch das Höllenthal zwischen den zackigen Dolomitfelsen in's Pusterthal. Ich zeichnete mir Skizzen in mein Buch, aber die Bleistiftstriche gefielen mir nicht, weil sie der Wahrheit nicht entsprachen; auch hatte ich noch zu wenig Uebung im Landschaftenzeichnen. In Brunecken blieb ich einen Tag, weil mein Stiefel zerrissen war, aber die Ruhe that mir wohl und die Wirthin mit ihren zwei hübschen Töchtern leistete mir angenehme Gesellschaft. Ich überstieg dann den Brenner und kam nach Innsbruck, wo ich acht Tage blieb. Ich fand viele bekannte Familien und Freunde, auch meinen ältesten Bruder Franz, den Postconducteur. Ich hatte ihn mehrere Jahre nicht gesehen, denn er war früher in Wien und hatte sich erst jetzt nach Innsbruck versetzen lassen. In Innsbruck malte ich drei Porträts, jedes an einem Tage, freilich nur skizzenhaft, aber ich verdiente mir einen Zehrpfennig für die Weiterreise. In Rattenberg besuchte ich Herrn Lindner, der nun hier Landrichter war und mich mit Freude und Rührung aufnahm. Er war der erste, der mein Talent erkannt und mich angespornt hatte, Maler zu werden. Er hatte im Tiroler Boten von meiner Auszeichnung in der venetianischen Akademie gelesen. Ebensoviel Freude zeigte seine Frau und ich mußte Abends so viel erzählen, daß es Mitternacht wurde. Tags darauf zeichnete ich das Schloß Rattenberg und da ich noch eine dritte Nacht bei ihnen bleiben mußte, kam ich erst am dritten Tage nach Jenbach. Im Gasthaus fand ich in der schönen Kellnerin eine Bekannte, eine Nachbarstochter aus Nauders, welche mit mir die Schule besucht und oft mit mir gespielt hatte. Sie bediente mich vortrefflich; wenn sie einen freien Augenblick hatte, setzte sie sich zu mir und wir plauderten vergnügt von unseren Kinderjahren. Sie begleitete mich dann auf mein Zimmer, stellte Wasser und Licht auf den Tisch und als ich ihr einen

Kuß gab, lief sie erröthend davon. Ich habe sie nie wieder gesehen; im Jahre 1860, als ich Professor an der Akademie in Venedig war, erhielt ich einen Brief, in dem sie mich bat, mich ihres Sohnes, der bei der Marine diente, anzunehmen, und später schrieb sie mir dankend, weil er auf meine Empfehlung avancirt war.

Am anderen Morgen ging ich durch das Achenthal, bewunderte die schönen Farben des Sees und marschirte bei dem herrlichsten Wetter, auch an die schöne Felicitas zurückdenkend, immer weiter. In dem Wirthshause, wo ich Mittag hielt, fand ich zwei Münchener Studenten, denen ich mich anschloß, da sie denselben Weg nach München zogen. Abends, als es schon finster war, kamen wir in einen Markt, an dessen Namen ich mich nicht mehr erinnere. Da es Sonntag war, trafen wir in dem Wirthshause, wo wir bleiben wollten, viele zechende Bauern. Kaum hatten wir uns an einem kleinen Tische, welchen die Wirthin in einem Winkel bereitet hatte, niedergesetzt, als ein großer dicker Mann sich hinsetzte, die Ellenbogen aufstützte und fragte: »Wer seids denn ös!«, »Maler sind wir.« »Maler, Maler seids, Lumpen seids, alle Maler sein Lumpen, und i laß mir halt do nit mein – malen; sechts.« Dann lachte er und wiederholte sein »sechts«. Meinen Reisegefährten wurde unheimlich, wir zahlten und gingen in ein anderes Gasthaus; die Wirthin brachte uns Bier und Essen; wir ließen es uns behagen, als der Strolch von drüben wieder kam und uns in Rausch und Lachen wieder »Lumpen« titulirte. Die Wirthin führte ihn dann zur Ofenbank, wo er sich ausstreckte und mit dem »I laß mir halt do nit mein … malen« einschlief. Der Grobian war der Wirth in diesem Hause und hatte uns auf diese Weise aus dem früheren Wirthshause verjagt, um uns zu zwingen, bei ihm zu zehren und zu übernachten. Dank der braven Wirthin waren wir auch gut aufgehoben. In Tegernsee verließ ich meine Reisegefährten, weil ich über die Kreuzalpe und über Schliersee nach München wollte. Durch ein tiefes Thal kam ich zu einem Fußsteige, der mich auf die Höhe der Alpe führte, wo ich eine herrliche Aussicht genoß: vor mir hatte ich das bairische Flachland, München und viele Ortschaften, hinter mir die Tiroler Alpen und Gletscher. Ich ging nun den Berg hinunter, der steil bis zum Schliersee abfällt und kam hungrig in das Gasthaus am See, wo eine Malerpalette das Schild war. Nach einem ergiebigen Mittagmal wanderte ich noch bis zur nächsten Ortschaft. Da aber die

Fußreise in der bairischen Ebene langweilig wurde, nahm ich einen Einspänner und fuhr so der Stadt München zu.

Der erste Gang war zu meinem Freund Dreselli, der mir gleich in seiner Nachbarschaft ein Zimmer fand. Ich besichtigte die Kunstsammlungen, Glyptothek und Pinakothek, den Königsbau, die neuen Kirchen und alle Sehenswürdigkeiten des neuen Athens. König Ludwig, dessen Kunstsinn und wahres Verständniß München seinen Aufschwung zu danken hat, war damals noch in den schönsten Jahren und fuhr unermüdlich fort, die Stadt mit neuen Kunstschätzen zu bereichern. Er wählte sich selbst die Künstler, gab ihnen Aufträge, besuchte sie, berieth sich mit ihnen, war so zu sagen ihr Freund und im vollsten Sinne des Wortes der größte Gönner und Förderer der Kunst in unserem Jahrhundert. Sein Beispiel erweckte Nachahmer, wie den Hof in Petersburg, wo nun ein großer Kunstsinn eingewurzelt ist, den Hof von Berlin, der auch nicht zurückbleiben wollte, sowie verschiedene kleine deutsche Höfe. Sie blieben aber nur Nachahmer ohne das Verständniß des Königs Ludwig von Baiern. Seine Thätigkeit war ein Glück für die Kunst, besonders für die monumentale. Die Meister Cornelius, Schwanthaler, Schnorr, Heß und viele Andere wurden groß, weil ihnen König Ludwig Gelegenheit gab ihr Talent entwickeln zu können. Von Cornelius waren die Fresken aus der Ilias in der Arbeit. Ich hatte viel Rühmliches gehört, fühlte mich aber damals sehr enttäuscht. In der Composition fand ich wohl viel Erhabenes, Großartiges, aber mir mißfiel die schroffe Härte und Farblosigkeit der Bilder. Mein Auge war durch Tizian, Veronese, Giorgione an andere Farben und mehr Wahrheit gewöhnt, auch war mein Studium bisher streng auf das Reale, auf die Natur gerichtet, daher ich von den Bildern des Cornelius nicht entzückt sein konnte, die als idealistisch mir fremd und unverständlich waren. Ich war auch gewöhnt, das Griechenthum aus den Darstellungen der Reliefs vom Parthenon anders zu sehen, als es Cornelius darstellte. Mehr gefielen mir die Recken aus den Nibelungen, auch die von Schnorr. Da mißfiel mir diese Schroffheit nicht, im Gegentheil, sie könnte noch kräftiger sein, aber Gesuchtheit, Unwahrheit und Härte mißfielen mir immer. Freund Dreselli war sehr für diese Kunst eingenommen und stritt mit mir, weil ich mich so wenig dafür begeisterte. Auch ein paar andere ausgezeichnete junge Maler waren mit mir über diese neue große Kunst im Hader, so daß ich den kürzeren ziehen mußte und sogar anfing zu zweifeln, und mit

mir uneins zu werden. Einige Jahre später wurde ich in Rom für diese
strenge Kunst ganz begeistert.

In der Pinakothek war ich entzückt von der alten niederrheinischen
Schule und von den Niederländern: Rembrandt, Teniers, van Dyk und
besonders von Rubens »Amazonenschlacht«. Dieses Bild hat mir vor
allen anderen einen guten Eindruck gemacht, denn Raphael verstand
ich noch nicht. Auch blieben mir die großen Evangelisten Dürer's
unvergeßlich. In Schwanthaler's Atelier wurde eben an der Riesenstatue
der Bavaria modellirt, er selbst war krank. Von den neueren Bauten
gefiel mir die Allerheiligencapelle sehr, weil sie mich an die Marcuskirche erinnerte; die Frescobilder darin sind von Heinrich Heß. Ich
empfand zum erstenmale, daß die religiöse Kunst anders als blos na-
turalistisch sein solle. Die Darstellung erweckte in mir Andacht und
Frömmigkeit und ich fing an zu begreifen, daß man mit Naturnach-
ahmung allein ohne höheres Studium und frommes Empfinden solche
Bilder nicht schaffen könne. In München blieb ich beinahe den ganzen
Monat October (1836) und machte die Octoberfeste mit. Durch meinen
Freund Dreselli, den ich porträtirt hatte, bekam ich eine Bestellung
zwei Schweizer Priester zu malen. Da sie in drei Tagen abreisen
wollten, übernahm ich es die zwei Herren in einem Tage zu malen,
damit die Bilder den zweiten Tag austrocknen und dann eingepackt
werden konnten. Die Bilder waren wohl mehr skizzirt und nicht wie
meine gewöhnlichen Arbeiten durchgebildet, aber sie waren ähnlich
und machten für die Ferne einen guten Effect. Ich verdiente mir in
vier Stunden vierzig Gulden und hatte nun wieder mein Reisegeld
beisammen. Wegen Schneewetter und Kälte fuhr ich mit der Post über
Partenkirchen und die Scharnitz nach Innsbruck, wo ich wieder sechs
Tage blieb und das Porträt einer sehr beliebten Frau, die Mutter vieler
Kinder war, malte. In Schneegestöber und Kälte kam ich am vierten
November nach Nauders und blieb acht Tage bei meinem Vater, den
ich nochmals für meine Geschwister malte. Er war noch immer der
beste Schütze im ganzen Oberinnthal und Etschthal; bei einem Scheibenschießen traf er immer in's Schwarze und der vierte Schuß schlug
das Centrum heraus. Auch ich versuchte mit dem schweren Stutzen
zu schießen, traf jedoch nur einmal den Rand des Schwarzen. Ich gewann nichts, der Vater aber hatte sich einen Widder und Geld erschos-
sen und behielt seinen guten Ruf als Schütze.

Von Nauders reiste ich mit der Diligence nach Bozen, blieb als Gast zwei Tage bei Baron Joseph Giovanelli und fuhr über Verona nach Venedig zurück. Der Onkel schrieb mir, ich möge ein historisches Bild auf die Wiener Kunstausstellung schicken, um dadurch ein Reisestipendium zu erhalten und als Pensionär nach Rom reisen zu können. Ich wählte auf Anrathen der Professoren eine Skizze, die ich gemacht hatte: Moses, wie er auf dem Berge Sinai zu Gott betet und von Aron und Kur unterstützt wird, während die Schlacht zwischen den Ismaeliten und Israeliten gekämpft wird. Es war mein erstes historisches Bild und ich malte es ohne Beihilfe des Professors. Ein alter Mönch saß mir zum Kopf des Moses und ein Armenier zum Aron. Dazu modellirte ich mir aus Wachs die drei Figuren im kleinen Maßstabe und drapirte sie mit gelungenem Faltenwurfe. Ich wurde krank, malte aber doch das Bild bis zum 11. März 1837 fertig und schickte es sammt einem Bittgesuch um ein Reisestipendium nach Wien. Die Akademie votirte für mich und Fürst Metternich, welcher Protector der Akademie und meinem Onkel freundlich gesinnt war, schrieb die freudige Nachricht nach Verona und mein Onkel theilte sie mir sogleich mit. Als ich eines Abends etwas später als gewöhnlich nach Hause kam, fand ich den Brief des Onkels, der mit den Worten anfing: »Jetzt danke Gott auf den Knieen u.s.w.« Meine Freude war so groß, daß ich die ganze Nacht nicht schlafen konnte, denn die Sehnsucht nach Rom lebte schon seit den Kinderjahren in mir; fast hatte ich ein Gefühl, daß das Glück zu groß sei. Morgens 6 Uhr war ich schon bei Freund Petz und weckte ihn aus dem Schlafe. Das Decret, welches mir als k. Pensionär auf vier Jahre je 800 Gulden anwies, kam einige Tage später und wurde mir, weil ich noch Schüler war, durch die Akademie zugestellt.

Da ich mir durch einige Porträts wieder ein Reisegeld verdient hatte, reiste ich noch einmal nach Nauders, fand meinen Vater und die Schwester gesund, ich selbst aber wurde an einem Gedärmkatarrh krank, reiste aber doch wieder ab, kam in Bozen in einem sehr schwachen Zustande an und mußte mich zu Bette legen. Als ich meine Karte an B. G. schickte, suchte er mich sogleich im Gasthause auf und nahm mich in sein Haus, wo mir die beste Pflege zu Theil wurde. Die Kammerjungfer Anna, eine weite Verwandte, bediente mich auf's beste. Der Arzt Dr. Mazegger, ein wüthender Homöopath, kam täglich und gab mir kleine Pillen, welche wie Zucker in Weingeist

aufgelöst schmeckten. Als er sagte: »Sehen Sie, mit diesen drei Kügel-
chen kann ich die ganze Etsch zur Medicin machen«, kam mir das
Gleichniß aus der Bibel in den Sinn: »Es ist leichter, daß ein Kameel
durch ein Nadelloch schlüpft, als ein Reicher in den Himmel kommt.«
Ich hatte durchaus kein Vertrauen auf seine Medicin, aber die strenge
Diät, die Ruhe und meine gute Natur halfen mir heraus, und es ging
mir von Tag zu Tag besser. Ich wurde nun in die Familie eingeführt
und mußte in ihrer Gesellschaft speisen. Die Söhne waren zu dieser      103
Zeit bei ihren Studien in der Fremde, aber die vier Töchter lebten zu
Hause. Die Mutter war eine geborne Baronin B. aus Wien. In dieser
Familie wurde der strengste Katholicismus geübt. Der Vater war ein
Freund der Theologen, religiösen Schriftsteller und Künstler. Er
schätzte vor Allem die religiöse Kunst in Reimen, wie in Bildern. Jeden
Abend las er aus Stolberg's Religionsgeschichte seinen Töchtern vor,
welche eine sehr geistige Erziehung genossen, dabei aber sich in den
häuslichen Arbeiten üben mußten. Es war eine sehr schöne Familie,
ein großer herrlicher Menschenschlag, die Mädchen voll Gesundheit
und Jugendfrische, welche aber unter dem Drucke der Religion sich
nicht entwickeln konnte und völlig ersticken mußte. Der Vater war
ein Mann hoch in den Fünfzigen, groß von Gestalt, hatte ein strenges
Gesicht, große schöne Augen, war nie müßig, selbst bei Tisch durch-
schaute er gewöhnlich die Zeitung, wo er manchmal über die Freigei-
ster ein scharfes Urtheil losließ und die Zeitung hinwarf. Da mein
Bild, die Copie der heiligen Magdalena nach Tizian, im Salon hing,
so hatte er Freude, mich bewirthen zu können, und sprach viel mit
mir über die Kunst, d.h. über die religiöse Kunst, der allein ich mich
zur Ehre Gottes und zum Wohle der Menschen widmen möge. Er
befragte mich über meine Ansichten von Cornelius, Heß, Schnorr's
Werken, die ich in München gesehen, und schien nicht ganz mit
meiner Ansicht einverstanden; ich empfand auch noch nicht den religiösen Geist, wie er es wollte. Er imponirte mir durch sein Wissen in
der Kunstgeschichte, in der er mehr als ich bewandert war. Bei Tische
saß mir die dritte Tochter Lina gegenüber, ein Mädchen von 15 Jahren,
gerade jetzt eine junge Rose aus der Knospe entfaltet, und in voller      104
Pracht. Ihre großen, von schwarzen Wimpern beschatteten Augen sah
ich öfter, während ich dem strengen Vater Rede und Antwort geben
mußte, auf mich gerichtet. Wenn ich sie ansah, hielt sie meinen Blick
nicht aus und eine sanfte Röthe überflog ihr Gesicht. Dieses Wonne-

74

spiel zündete so mächtig in mir, daß ich die Kunstgelehrsamkeit des Vaters überhörte, und es mir vorkam, als sähe ich in diesen Augen den Himmel offen. Ein unbestimmtes, unbekanntes Gefühl lenkte ihre schönen Augen stets auf mich herüber, daß ich öfter verlegen wurde. Wenn sie reden oder antworten sollte, war sie nie gesammelt, stets zerstreut. Ich verließ den Tisch immer in Gesellschaft der vier Töchter. Im Hauptgange links war mein Zimmer. Den dritten Tag sagte die älteste Tochter: »Wir wollen Sie doch in Ihrem Zimmer einmal besuchen und sehen was Sie machen.« Ich zeigte ihnen ein kleines Madonnabild, das ich für ihre Mutter bestimmt hatte. Die Mädchen waren voll jugendlichem Feuer, von ungezwungener Heiterkeit und geschwätzig. Ich sagte, wenn ich länger die Ehre hätte als Gast hier zu bleiben, würde ich mit Freuden alle porträtiren, was mit großer Freude aufgenommen wurde; nur Lina war schweigsam und schaute mich nur mit einem Blicke an, der mir das Paradies verhieß. Meine Ruhe war dahin. Die Sehnsucht und Liebe brannten in mir Tag und Nacht. Da kam die Nachricht, daß in Venedig die Cholera sehr heftig ausgebrochen sei, und der Hausherr sagte bei Tische: »Lieber Blaas, Sie dürfen jetzt nicht abreisen; die Seuche ist schon in ganz Oberitalien verbreitet, ich werde Ihrem Herrn Onkel selbst schreiben.« Wer war glücklicher als

ich. Ich dachte nicht an die Vorwürfe des Onkels, selbst der Drang nach Rom wurde durch die Macht der Liebe gedämpft. Ich malte das älteste Fräulein zuerst und so der Reihe nach, die Sitzungen immer wechselnd, da die Bilder inzwischen trocknen mußten; zumeist waren eine oder zwei Schwestern dabei, aber öfter blieb ich auch mit der Sitzenden allein. Die Sitzungen beim Porträt der schönen Lina dauerten länger, aber sie vergingen viel schneller, nur die Arbeit wollte nicht so gelingen. Ich mußte alle meine Kraft zusammen nehmen um vorwärts zu kommen. Wenn wir allein waren, vermied sie, mir in die Augen zu schauen. Wir sprachen nur Gleichgiltiges, aber wie sah es in unseren Herzen aus! Beim Fortgehen nach der zweiten Sitzung erfaßte ich ihre weiche Hand; sie ließ sie ruhig in der meinen, ich glaubte eine leise Erwiderung meines Druckes zu verspüren und zog sie an meinen Mund. Die Röthe stieg ihr in's Gesicht, leise sagte sie: »Es ist besser, daß ich gehe.« Sie verließ mich und lief hastig durch den langen Gang in ihr Zimmer. So oft eines der Mädchen bei meiner Thür vorbeiging, wurde geklopft, aber jede hatte ein anderes Klopfen, und ich erkannte es nach und nach, wenn sie auch gleich verschwanden. Alle sahen mich gerne, aber eine liebte mich und ich sie unaussprechlich. Bei der dritten Sitzung an Lina's Bild gelang es mir, sie sehr ähnlich zu machen. Ich war so froh darüber und beim Weggehen stellte ich mich vor die Thür. Sie gab mir die Hand, die ich küßte und ich sagte, wie sehr ich sie liebe und daß ich an ein Scheiden von hier gar nicht denke, ohne die grausamsten Schmerzen zu leiden. Sie schaute auf unsere in einander gelegten Hände und sagte ganz leise: »Auch ich liebe Sie, werde Sie immer lieben und nie vergessen.« Auf das umschlang ich sie und küßte sie auf ihren schönen Mund. Sie entwand sich und verschwand. Beim Abendessen schaute sie nicht auf mich, wich sogar meinen Blicken aus. Hatte ich zu viel gewagt und war sie böse auf mich? Nein, es war in ihr die Erkenntniß, sie wußte nun, daß ihr unbekanntes Sehnen, dieses unbeschreibliche Gefühl Liebe sei.

106

Die Jungfer Anna, welche über alle Dienstleute im Hause stand, war zwar eine ziemlich gebildete Person und von angenehmem Aeußern, aber sie war eine Betschwester, obwohl erst 26 Jahre alt. In den ersten Tagen als ich noch das Bett hüten mußte, war sie oft und lange bei mir, auch später brachte sie mir mein Frühstück und saß bei mir, bis ich es verzehrt hatte. Ich konnte ihre Anhänglichkeit und ihr schmachtendes Wesen nicht recht verstehen, denn sie sprach nur über Frömmigkeit und zielte darauf mich fromm zu machen. Sie nannte mich »Vetter Karl«, wurde aber mit ihrer frommen Liebe immer zudringlicher. Eines Morgens konnte sie sich nicht enthalten, indem sie früher den Blick zum Himmel richtete, mich zu umhalsen; sie legte ihr Gesicht an meine Schulter und blieb so an mich geklammert mit hochaufathmender Brust. Hätte ich nicht an mein Paradies gedacht, so wäre es mir vielleicht ein Leichtes gewesen in den reisen Apfel zu beißen, den mir diese brennende Eva darreichte. »Was fühlen Sie, gute Nanni«, sagte ich, »fühlen Sie nicht jetzt jene hinreißende Macht der Liebe, von der Sie mir, um mich abzuhalten, täglich predigen?« Da sie kein Gegengefühl in mir gewahrte, sprang sie auf und entfernte sich beschämt. Des andern Morgens nach dieser sonderbaren Scene brachte sie mir wie gewöhnlich den Kaffee und wollte gleich wieder gehen. Ich fragte sie, warum sie heute nicht hier bleibe, bis ich mein Frühstück beendet habe. »Ach«, sagte sie, die Hände vor das Gesicht haltend, »ich bin eine Thörin, ich sollte mich schämen vor Ihnen zu erscheinen, ich war gestern sehr aufgeregt, aber nun bin ich gescheid-

107

ter.« »Was meinen Sie damit?« sagte ich. »Ja, ich habe schon beobachtet, wie Sie in Fräulein Lina verliebt sind, in das Kind, das nicht weiß, warum es Ihnen in die Augen schaut; ich habe alles gesehen, aber Sie würden noch ein größerer Thor sein, wenn Sie sich einbilden wollten, Lina einst besitzen zu können.« Dies waren sehr gereizte Worte und ich empfand genau, wie schwerwiegend sie waren; auch war mir ihr Einfluß auf die Mutter und die Mädchen bekannt, der mir nun, durch Zurücksetzung und Eifersucht gestärkt, sehr schädlich werden konnte. Ich suchte sie zu trösten und sagte ihr, daß ich ganz ohne Interesse das Fräulein liebe, es aber nie, selbst in weiter Ferne, vergessen werde können. Durch vieles Hin- und Herreden wurden wir wieder Freunde und obwohl ihr Schmachten nachgelassen hatte, so brauchte es nur einen freundlichen Blick oder einen Händedruck und in ihr stieg die Flamme wieder empor.

Ich muß bekennen, daß mein Benehmen zu Nanni eine Art Heuchelei war um sie mir gut zu stimmen, denn nur durch sie konnte der Weg zur Liebe, die Vermittelung von Briefen an Lina, betreten werden. Sie war aber noch schlauer, heuchelte mir Verschwiegenheit und versprach die Besorgung der Briefe, ja sie munterte mich auf recht oft zu schreiben. In Gegegenwart der Nanni sprach ich mit Lina selbst über unseren Briefwechsel. Sie gab mir die schönsten Zeichen ihrer reinen wahren Liebe. Obwohl ich die Eifersucht der Nanni kannte und mich auch gegenüber Lina äußerte, daß ich an ihrer Aufrichtigkeit zweifle, ließ ich mich doch von ihr überreden, denn Lina hatte das vollste Vertrauen zu ihr, wodurch wir beide in die Falle gingen. Da die Zeit meiner Abreise sich näherte und die Porträte der vier Mädchen vollendet waren, zeichnete ich noch Lina im Geheimen. Ich sagte ihr, daß ich meine Kräfte und meinen Fleiß auf das Hundertfache verdoppeln würde um ein tüchtiger Künstler zu werden; fester und tiefer als mein Versprechen Lina gegenüber war der Gedanke und die Hoffnung in mir, nach vier Jahren wieder zu kommen, vor ihren Vater hinzutreten, und sie als mein Weib zu verlangen. Bis dahin sollte mich die Liebe durch das Labyrinth der Kunst auf eine gewisse Hohe führen. Morgens darauf, nachdem ich mich bedankt und empfohlen hatte, reiste ich mit der Diligence nach Verona. Mein Herz ließ ich in Bozen zurück. In Verona hatte ich nur Zeit meinen Besuch bei dem Onkel zu machen, wobei ich Vorwürfe über mein langes Verweilen in Bozen erhielt, und reiste dann ohne Aufenthalt weiter nach

Venedig. Da hauste die Cholera von neuem, ich hatte keine Furcht, aber als man die Hausmagd, die ich Morgens beim Frühstück noch gesund gesprochen hatte, zu Mittag als Leiche wegtrug, überfiel mich ein Grauen. Ich beeilte mich mit der Abreise und schon nach sechs Tagen war ich wieder in Verona. Mein Onkel hatte nun Freude an mir und veranstaltete mir zu Ehren mit seiner Familie einen Ausflug an den Gardasee. Ich und die Söhne fuhren auf den See hinaus, wir speisten dann in Desenzano und kehrten nach Verona zurück.

109

## V. Leben und Studien in Rom, 1837–1839.

Tags darauf fuhr ich mit der Diligence nach Mantua, wo ich zwei Stunden Zeit hatte, den Palazzo del Te zu besichtigen und die Fresken, besonders die Bilder der Psyche, zu bewundern, welche Giulio Romano für die Gonzaga gemalt hat. Denselben Abend reiste ich über Modena nach Bologna. Ich saß im Wagen tief in Gedanken versunken, und wenn ich die Augen schloß, träumte ich von Lina, hörte ihre weiche Stimme und sah ihre großen, sanften Augen vor mir. Jene Wochen in Bozen waren für mich ein wonnevoller Traum, den ich noch länger fortträumte.

In Bologna war durch fünf Tage mein Cicerone ein Herr, an den mich Professor Lipparini empfohlen hatte und der die Kunstgeschichte der Stadt genau kannte. Er führte mich nicht nur in die Galerie und die Kirchen, sondern auch zu Privaten und zu den zwei tüchtigsten Professoren der Akademie. In der Galerie standen wir lange vor der h. Cäcilia Raphael's und mein Begleiter sprach mit Begeisterung, aber zumeist von der Technik und den Nebensachen des Bildes, während ich in stille Bewunderung des geistigen Theiles dieser Gestalten versunken war und nur wenig von seinen Reden hörte. In den nächsten Tagen lernte ich Annibale Caracci, Guido Reni und Guercino kennen, die hier am Besten vertreten sind. Annibale war unter den drei Caracci gewiß der Tüchtigste, obwohl er mehr Talent als Genie hatte. Ganz besonders gefiel mir ein Bild von ihm: eine Madonna, die mit dem Kinde in einer Glorie steht, unten sind einige Heilige. Die Gestalten haben etwas Originelles, und doch erinnerte mich das Bild selbst in der Malweise an Paul Veronese. Die anmuthige Gestalt, das naive Schauen der schönen Augen fesselte mich und meine verliebte Phan-

110

tasie erkannte in ihr eine große Aehnlichkeit mit dem Wesen meiner Lina. Ich skizzirte die Gestalt in mein Buch. Annibale ist aber als Eklektiker am Besten durch seine Fresken im Palazzo Farnese in Rom vertreten. Guido Reni, sein großer Schüler, gefiel mir wegen seines lebendigen Schönheitssinnes noch mehr. Er ist hier in seinen ersten Manieren durch große Bilder vertreten: eine Pietà, den Kindermord von Betlehem, sowie einen heiligen Bischof; einzelne Figuren blieben mir unvergeßlich. Guido, Guercino und besonders der Letztere sind in den Kirchen Bologna's als Freskenmaler groß. Ich bewunderte das herrliche Colorit des Letzteren, das in seinen Oelgemälden wegen der schwarzen Schatten nicht so leicht zu erkennen ist. Besonders bezauberten mich in seinen Fresken die schönen Engelsköpfe.

Bei aller Bewunderung dieser Maler fühlte ich doch den Unterschied mit der venetianischen Schule. Der warme Farbenschimmer der Venetianer fehlt, die schwarzen Schatten, das unharmonische Colorit, die affectirten Bewegungen fielen mir auf. Nur Tintoretto und die späteren sind mit den Bolognesen verwandt; ja in den letzten Bildern des Tintoretto steht keine Figur mehr gerade, sie scheinen alle betrunken zu sein, wie man in der Scuola die S. Rocco und im Dogenpalast sehen kann. Nachdem ich mir noch den Kopf der h. Cäcilia gezeichnet und mich bei meinem Führer verabschiedet hatte, reiste ich mit einem Vetturin nach Florenz. Außer meinen Gedanken an Lina und der Bewunderung der schönen Landschaften in den Apenninen habe ich von der Fahrt nichts zu bemerken, als daß ein Kaufmann im Wagen sehr unterhaltend von seinen Reisen erzählte.

In Florenz logirte ich im Hôtel di Londra. Vor allem besuchte ich die zwei Hauptgalerien in den Uffizien und im Palazzo Pitti und wurde müde vor Bewunderung und Schauen. Einige Bilder machten mir einen unvergeßlichen Eindruck. Das überirdisch Schöne oder Ideale, das mich in den Madonnen Raphael's della Sedia und del Granduca bezauberte, ließ mich alle Naturwahrheit vergessen; wenn ich aber zu Tizian kam, fühlte ich mich wieder als Mensch mit Fleisch und Blut, wie er seine Menschen darstellt. Wer ist der Größere? Wenn ich bei Raphael stand, war er der Erste, kam ich zur Venus des Tizian zurück, so war er der Größere und in seiner Art Unerreichbare. Dann entzückte mich wieder die schöne Fornarina von Raphael, welche den Bildern des Tizian und Giorgione gleicht, und ich dachte: Raphael kann auch so malen, wenn er will. Einen großen Eindruck machte

mir wegen des Seelenausdrucks die »Grablegung Christi« von Pietro
Perugino.

In Florenz machte ich die Bekanntschaft des Schweizer Malers Paul
Deschwanden. Er war zehn Jahre älter als ich, aber kleiner und sah
aus wie ein Knabe; sein Gesicht war unschön, der Mund häßlich; er
besaß jedoch einen edlen Charakter voll Sanftmuth und Güte, dabei          112
ein großes Talent und unermüdeten Fleiß. Er war der Sohn eines
wohlhabenden Kaufmannes aus Stans im Canton Unterwalden. In
seiner Familie hatten sich eine katholische Frömmigkeit und die alten
guten Sitten fortgeerbt. Er hatte ein Bild gemalt, das originell in seiner
Art war und gleich verkauft wurde. Der Vorwurf war aus Klopstock's
Messiade, und das Bild zeigte mehrere weißgekleidete Jünglingsgestalten
in Gruppen und vertieft in himmlische Betrachtung nach oben
schwebend. Die Köpfe waren bezaubernd schön und hatten etwas
Himmlisches, daß ich mir dachte, dieser Mensch muß eine reine
Seele haben um so zu empfinden. Nach einigen Tagen fühlte ich
Freundschaft und große Verehrung für ihn. Er wußte, daß er in anderer Weise von mir gewinnen könne, denn er hatte nie eine Akademie
oder ordentliche Malerschule besucht und nur einen gewöhnlichen
zopfigen Maler in Zürich zum Lehrer gehabt; er malte mehr aus sich
heraus. In der Zeichnung und im Malen war ihm etwas Zopfiges,
Flaues geblieben, aber für seine Compositionen wählte er immer ver-
klärte himmlische Geister in edlen Jünglingsgestalten und stellte sie
dar wie Engel ohne Flügel, die Madonna oder Christus anbetend oder
umschwebend, und das mit so viel Schönheitssinn, daß ich ganz be-
zaubert wurde. Selbst in den Engeln Raphael's konnte ich den himmlischen Ausdruck nicht finden wie in den seinen. Ich besuchte die
vielen schönen Kirchen und Paläste, wo ich die Kunstschätze der alten
Florentiner Schule zum erstenmale sah. Durch Deschwanden lernte
ich trotz der steifen kindischen Formen den streng religiösen erhabenen
Sinn und Geist in den alten Fresken entdecken; ja ohne seine geistige
Vorbereitung würde ich selbst die frommen Bilder des Fra Angelico        113
nicht so verstanden haben, viel weniger die des Giotto, Cimabue u.a.
Die Fresken Masaccio's in ai carmini machten mir einen unvergeßlichen Eindruck. Manches zeichnete ich mir nach diesen alten Meistern.
Nach zwölf Tagen verließ ich Florenz, und Deschwanden versprach
mir bald nach Rom zu folgen.

In Rom stieg ich zuerst im Gasthause zur Ciacinta Cesari auf der Piazza Minerva ab, und nachdem ich gespeist, ging ich sogleich nach St. Peter. Je näher ich kam, desto größer wurde alles. Die ungeheuere Größe von Allem und Jedem drückte mich, und ich staunte lange über die Pracht. Vor dem Grabe des h. Petrus kniete ich nieder und betete zu dem Allerhöchsten, der mich in die ewige Stadt geführt, das Ziel meiner Sehnsucht, meiner Seufzer. Ich hatte auch das Glück, Papst Gregor XVI. zu sehen, indem er mit einem Cardinal durch die Kirche ging. Am andern Tage ging ich zur österreichischen Gesandtschaft im Palazzo di Venezia und stellte mich dem Grafen Lützow vor, dem ich mein Decret und einige Empfehlungsbriefe übergab, und der mich sehr freundlich empfing. Im Gesandtschaftspalais gab es Ateliers für Maler und Bildhauer, und da gerade eines unbesetzt war, so wies mir Graf Lützow ein solches an, und nachdem ich mir ein Bett und die nöthigen Möbel angeschafft hatte, zog ich ein. Die Wohnung bestand mit dem geräumigen Atelier aus vier großen Räumen im höchsten Stockwerke des großen Thurmes, der mit dem alten Palaste in Verbindung stand und mehr wie zwei hohe übereinander gebaute Paläste aussah. Außer der großen Wohnung des Botschafters, den Wohnungen der Beamten und den Kanzleien waren noch ungeheure Säle, aber alles schien wie im Verfalle. Auch meine Wohnung war vernachlässigt. Ich mußte 188 hohe Stufen hinaufsteigen. Graf Lützow sagte mir: »Sie können steigen, Sie sind ein junger, starker Tiroler und an's Steigen gewohnt.« Ich war jedoch sehr froh über diese Wohnung; ich genoß reine Luft, war von der Welt abgeschieden und hatte nach allen vier Richtungen die Aussicht auf die Stadt und die nahen Berge. Die Siebenhügel-Stadt lag wie ein Panorama vor mir. Mein Atelier hatte drei große Fenster; zwei waren durch Läden geschlossen, aber das dritte ging gegen Norden, gab ein prächtiges Licht für große Bilder, und ich sah durch dasselbe auf die Piazza di Venezia, den Palazzo Torlonia, den Quirinal und ai Monti mit dem Thurm des Nero. Von dem einen Zimmer, das ich nicht benützte, konnte ich gegen Osten das Campidoglio, das Colosseum, den Friedenstempel und die Via sacra mit dem Titusbogen erblicken.

Ich besuchte das Kaffee Greco, wo die Künstler zusammen kommen, verschaffte mir Adressen und machte sogleich die Bekanntschaft eines dänischen Bildhauers, Jericho, der am selben Tage wie ich in Rom angekommen war. Wir wurden gute Freunde, und er lebt und schafft noch als ausgezeichneter Bildhauer in Kopenhagen. Durch Giovanelli hatte ich von Görres aus München einen Empfehlungsbrief an Overbeck erhalten. Ich wußte nicht, daß der Empfangstag bei ihm nur Sonntag zwischen 12 und 1 Uhr sei und ging Donnerstag zwischen zwei und drei zum Palazzo Cenci, wo Overbeck wohnte. Mein Läuten war anfangs vergebens, als ich aber das drittemal stark läutete, öffnete eine weibliche Gestalt halb die Thür und rief mir die größten Grobheiten zu, warum ich nicht Sonntag komme, nannte mich einen unverschämten Zudringlichen und schlug mir die Thür vor der Nase zu. Daß diese Xantippe Overbeck's fromme Gattin war, erfuhr ich erst später. Für jetzt ging ich meine Wege, aber Sonntags kam ich wieder, fand viele Besucher die Werke Overbeck's bewundernd und hatte Gelegenheit mein Schreiben zu überreichen und die Bekanntschaft dieses ehrwürdigen Mannes zu machen.

Seit ich Deschwanden kennen gelernt, seit ich die alte Florentiner Schule gesehen und mich wieder an die Allerheiligen-Capelle des Heß in München erinnerte, ging in mir nach und nach eine Veränderung vor, die mich völlig irre machte. Der Kampf, wischen Realismus, dem ich bisher gefolgt war, und Idealismus war in mir aufgelodert. Und wie in der Kunst erging es mir mit meinem inneren Wesen, mit meinen religiösen Ansichten. Diese waren mir wohl im väterlichen Hause eingeprägt worden, aber in der Fremde lernte ich freier denken und streifte schon an einen leichten Indifferentismus. Diesem wurde nun der erste Druck durch das Beispiel Deschwanden's gegeben, und es wirkte in mir deswegen so mächtig, weil ich Deschwanden als wahrhaft fromm und ohne Heuchelei erkannte. Seine ideale Kunst, der himmlische Ausdruck in seinen Engelsköpfen konnten nur aus einem edlen, reinen und gläubigen Herzen entspringen und wurden wieder von meinem lenkbaren Herzen erfaßt. Anfangs sträubte sich dasselbe in der Kunst und im Glauben, der Verkehr mit Deschwanden in Florenz war zu kurz und hatte noch keine feste Wurzel gefaßt. Als ich jedoch vor den Cartons Overbeck's und vor ihm selbst stand, wurde ich von seinem Aeußeren, von seiner demüthigen schlichten Erklärung, von dem guten seelenvollen Ausdruck seines Antlitzes wie von dem frommen ergreifenden Wesen seiner Gestalt ganz hingerissen.

In mir erneuerte sich das mächtige Gefühl, was ich bei Deschwanden empfand, nur mit mehr Ehrfurcht gemengt, denn Overbeck's sanfte

Worte legten mir wie eine höhere Macht ein gehorsames sinnendes Schweigen auf.

Bei diesem Besuche fand ich einige deutsche junge Maler aus Koblenz, Düsseldorf und aus der katholischen Rheingegend, die alle seine Anhänger im Glauben und in der Kunst waren. Auch ein Wiener Geistlicher, Pfarrer in der österreichischen Kirche dell' Anima, P. Sartori, war zugegen. Allen diesen wurde ich vorgestellt und sie boten mir ihre Freundschaft an. P. Sartori war besonders liebenswürdig mit mir, und als ich ihn bis zur Anima begleitete, mußte ich versprechen, ihn öfter zu besuchen, ich würde einige Landsleute dort finden. Am nächsten Sonntag hörte ich seine Predigt und fand da eine große fromme deutsche Schaar, meist Künstler, Overbeck in der Mitte. Sartori predigte sehr angenehm und überzeugend, wodurch ich schon eine Stufe höher gerückt wurde. Ich erhielt Bücher frommen Inhaltes, z.B. das Leben der h. Elisabeth von Montalembert, die Legende der h. Katharina von Görres und die Nachfolge Christi von Thomas a Kempis.

Diese Bücher und die neuen Bekanntschaften, der wöchentliche Besuch der deutschen Predigt erweckten in mir alle Frömmigkeit, ja sie machten mich zum Schwärmer. Ich besuchte nach und nach viele Kirchen und ging vor keiner vorbei, ohne einzukehren und in einer Ecke ein reumüthiges Gebet an Gott zu richten. Abends und Früh kniete ich sogar mit ausgestreckten Armen wie Moses auf dem Berge Sinai halbe Stunden lang in zerknirschter Andacht. Jeden Sonntag nach der Predigt ging ich mit fünf bis sechs solchen frommen Künstlern eine oder die andere Galerie zu besichtigen, und ich fühlte mich anfangs sehr glücklich in diesen Bund aufgenommen zu sein. Ihr Urtheil in der Kunst traf aber nicht mit meiner Ueberzeugung zusammen; sie übergingen oft die schönsten Tizian's, Velasquez, van Dyk's und schauten nur die Bilder aus dem 14. Jahrhundert an, in denen sie den echt religiösen Geist erkannten, die mir aber steif und hölzern erschienen. Nach und nach fand ich auch Gefallen daran; wenn ich aber allein die Galerien oder den Vatican besuchte, kam ich immer mit mir selbst in Hader. Allmälig klärte sich meine künstlerische Ansicht insoweit, daß ich mir dachte: man könne ja den frommen Geist mit den schönen Formen und dem Colorit vereinigen, ohne so abstract das Steife, Harte und Unbehilfliche der alten italienischen Kunst nachzuahmen, wie es meine deutschen exaltirten Freunde thaten.

Meine Aeußerungen gegen die älteren Künstler wurden mit katholischer Strenge zurückgewiesen: »Die christliche Kunst soll keine Augenweide sein, sondern sie soll das Herz zur Frömmigkeit stimmen, den Geist zu Gott erheben.« Ich besuchte die Freunde in ihren Ateliers, ersah aus ihren Compositionen manches Gute, aber ebensoviel Unbeholfenheit und Steifheit, von der ich ein großer Feind war. Ich lebte in einem schrecklichen Kampfe mit mir selbst, im Glauben und in der Kunst. Damals lernte ich den altberühmten Maler Koch kennen, einen Landsmann von mir, vor dem selbst Cornelius und Thorwaldsen Ehrfurcht hatten und sagten, daß sie am Meisten von ihm in der Kunst profitirt hätten. Leider ist Koch bald nach meinem ersten Besuche erkrankt und gestorben. Die ganze deutsche Künstlerschaft betrauerte ihn, er war einer der gelehrtesten, denkendsten Künstler, die je gelebt haben. So lange es eine deutsche Kunst gibt, wird sein Name fortleben.

118

Ich componirte halbe Nächte lang an religiösen Bildern, konnte mich aber nicht in den rechten Geist hineinfinden; ich machte erbärmliches schmachtendes Zeug ohne wahres Gefühl, getraute mir nicht es Jemandem zu zeigen und vertilgte es wieder. Dabei wurde ich traurig und melancholisch. Ich klagte mich selbst an als unwürdig, die hohe schriftliche Kunst zu lernen, ging oft über das Forum in's Colosseum und wurde immer trauriger. Ich dachte an Lina, der ich versprochen hatte, mich in der Kunst emporzuschwingen und bald ein Bild einzuschicken, von dem ihr Vater Rühmliches erfahren sollte. Jede Woche schrieb ich einen Brief, bereits waren fünf Wochen vergangen, und ich hatte keine Antwort erhalten, kurz, alles stimmte mich herab, daß ich hätte zum Narren werden können. Selbst im Gebete fand ich keinen Trost. Es war mein Glück, daß ich durch den Botschafter die Erlaubniß erhielt, im Vatican studiren zu dürfen. Ich zeichnete in den Stanzen, und je mehr ich Raphael begreifen lernte, desto größer wurde er mir. Dadurch fühlte ich mich wieder glücklich und doch wieder so klein, weil ich mir sagte, es liege eine Ewigkeit zwischen mir und Raphael, und ich glaubte kein Talent für die höhere Kunst zu besitzen. Wäre nicht die Pflicht gewesen, ich wäre lieber nach Venedig oder Bozen zurückgekehrt; ja ich machte mir Vorwürfe, das Anbot des Professors Lipparini, die Stelle eines Zeichenlehrers beim Prinzen von Bordeaux in Görz zu übernehmen, abgelehnt zu haben.

119

Damals kam ein angehender Maler aus Innsbruck, Peter Ortner, nach Rom und brachte eine Empfehlung meines Bruders an mich; sein auffallendes Talent für Compositionen, sein romantisches dichterisches Wesen und die Biederkeit seines Charakters machten, daß er bald mein Freund wurde. Auch andere österreichische Künstler und Pensionäre lernte ich kennen, aber außer den Architekten van der Nüll und Siccardsburg fand ich keine hervorragenden Talente. Da sie mich für einen Anfänger hielten, was ich wohl auch war, hielten sie es nicht der Mühe werth, mich in meinem hohen Thurme zu besuchen. Der älteste unter ihnen war der Maler Tunner aus Graz, der die Pensionäre zusammenhielt und es dahin brachte, daß wir Maler und Bildhauer die langen Winterabende benützten, nach nackten Modellen zu zeichnen, alle vierzehn Tage eine Composition aus der Bibel oder einer Legende vorzulegen und gegenseitig zu corrigiren. Wo es hieß, die Zeit zum Studium zu verwenden, war ich immer dabei, und ich profitirte viel in diesem Vereine. Auch hatten wir in der Woche zweimal des Abends Lesestunden aus der Weltgeschichte. Bereits hatte ich eine eigene Compositionsarbeit: die h. Elisabeth, wie sie den Armen Brod vertheilen will und von ihrem Gemal, der von der Jagd zurückkehrt, überrascht wird, wobei die Speisen sich in Rosen verwandelten. Es war mein erstes Bild in Rom, und ich gab mir viele Mühe, den frommen Geist hineinzulegen, und wie es schien, gelang es so ziemlich. Ich schickte es nach Wien, und Fürst Metternich kaufte es für seine Galerie, wo es noch zu sehen ist. Das Bild war aber meinen frommen Freunden vom Rheine, den Anhängern Overbeck's, nicht streng genug. Mein zweites Bild in Rom war eine h. Familie für den Fürstbischof von Trient nebst einer Copie der »Pietà« von Garofalo in der Galerie Borghese. Die h. Familie war schon mehr zur Zufriedenheit Overbeck's, und er kam in meinen Thurm, um sie zu besichtigen. Auch malte ich Kopfstudien nach männlichen und weiblichen Modellen.

Dieses erste Jahr lernte ich auch den Bildhauer Anton Kriesmayer kennen, der eben von Tirol wieder nach Rom zurückkam, wo er schon früher ein Jahr zugebracht hatte. Er war ein schöner Mann von 26 Jahren und wurde mein Freund wie Peter Ortner; in ihrer Gemüthlichkeit sagten sie mir viel mehr zu, als die anderen Oesterreicher und besonders als die strengen Rheinländer. Ich wurde mit diesen zwei Landsleuten so vertraut, daß ich ihnen von meiner Liebe erzählte, was ich als eine große Erleichterung meiner Sorgen und Leiden empfand. Seit fünf Monaten war ich in Rom und schmachtete vergebens nach einer Erwiderung meiner vielen Briefe an die Nanni, in welchen immer ein Einschluß an Lina beigelegt war. Die Sache schien mir schon längst verdächtig. Nun kam endlich ein Brief der Nanni, der mich nicht länger im Unklaren ließ. Sie schrieb mir, daß sie alle meine Briefe, statt sie Lina zu übergeben, verbrannt und ihr dafür gesagt habe, ich habe sie leichtsinnig vergessen; sie habe ihr auch zugeredet, jeden Gedanken an mich aufzugeben, mich ebenfalls zu vergessen und habe es erreicht, daß Lina mich nicht mehr liebe und über ihre kindische Thorheit lache. Es sei übrigens ganz recht so, und wenn ich fortfahren sollte, Lina zu lieben, so sehe sie es als ein Glück für mich an, weil ich mich dann nicht leicht in eine Römerin verlieben würde. Den Gedanken aber möchte ich mir ganz aus dem Sinne schlagen, Lina einmal zur Frau zu bekommen; sie sei eine Baronin, ich von armer dunkler Herkunft und habe eine so niedere Verwandtschaft, daß eine Heirat niemals möglich sei.

Mein Herz war wie von Messern zerschnitten. Wer jemals geliebt hat, kann sich einen Begriff von meinen Leiden machen. Es vergingen einige Tage, welche zu den traurigsten und untröstlichsten meines Lebens gehörten. Da selten ein Leid allein kommt, so erhielt ich einen Brief von meinem Bruder Franz, daß er ganz verunglückt und mit seiner Familie an den Bettelstab gekommen sei. Durch Freund Ortner ließ ich meinem Bruder 600 Gulden auszahlen, die ich in monatlichen Raten wieder abzahlte; aber mein Bruder, dem nichts gelingen wollte, nahm noch öfter zu mir seine Zuflucht. Meinen alten Vater hatte ich schon seit einigen Jahren unterstützt; nun gab ich beinahe die ganze Pension für Vater und Bruder hin und mußte wieder trachten Geld zu verdienen. Dabei lebte ich sehr sparsam, die langen Winterabende vertrauerte ich in meinem einsamen Thurme und kam nur öfter in die Gesellschaft junger Künstler, wo wir dann fleißig nach Modellen zeichneten. In meiner Grübelei und in meinem Liebesschmerze lebte ich am liebsten ganz zurückgezogen, ja die religiöse Schwärmerei, welche jeden Sonntag durch die Predigt neu aufgefrischt wurde und mir doch keinen Trost gewährte, machte mich völlig trübsinnig. Auch in der Kunst glaubte ich noch auf der niedersten Stufe zu stehen und fühlte meine Schwingen wie gelähmt. Ortner und Kriesmayer liebten mich und gaben sich viele Mühe, mir meine Gewissensscrupel zu

nehmen und mich heiter zu stimmen. Sie besuchten mich oft, ermunterten mich mit ihnen zu gehen, und ich befand mich in ihrer heiteren gemüthlichen Gesellschaft, recht wohl. Kriesmayer kam oft zu P. Sartori, aber mehr um seine liebenswürdige noch junge Schwester zu sehen, die sich in ihn verliebt hatte. Ortner war eine sehr poetische Natur, aber kein Pietist, im Gegentheil, sein Glaube war der des Faust von Göthe, den er ganz auswendig declamiren konnte. Er dichtete mehr, als er malte und zeichnete, hatte in seinen Gedichten viel Humor und wieder sehr gefühlvolle erhabene Gedanken. Er schrieb ein Heldengedicht im Stile des Nibelungenliedes: »Der Tiroler Landsturm 1800.« Er las mir viel vor, und obwohl wir über Religion viel zu streiten hatten, hatte ich ihn doch sehr lieb, denn er sagte mir durch sein offenes lebendiges Benehmen mehr zu, als der ruhige Kriesmayer, nur hatte er die unglückselige Gewohnheit, bei Nacht zu schwärmen und bei Tag bis zwölf oder ein Uhr zu schlafen. Dann ging er zum Essen und mit seinem Skizzenbuch in die Ruinen Roms spazieren, aber mehr um zu dichten als zu zeichnen. Durch sein unregelmäßiges Leben wurde seine starke Natur geschwächt, er mußte Rom verlassen und starb schon nach einem Jahre in Innsbruck. Seine Gedichte, die er unter dem Titel: »Gedichte eines Alpensohnes« herausgeben wollte, sind meines Wissens nie gedruckt worden, da sie von seinen Verwandten, die ihn für einen Wüstling und Taugenichts hielten, nicht beachtet wurden und vielleicht verschollen sind. Er hatte auch sehr geistreiche Zeichnungen zum Tiroler Landsturme gemacht; nur hatte er einen schlechten Vortrag, da er die Kunst des Zeichnens und Malens ver-
nachlässigte.

Als dann Freund Deschwanden nach Rom kam, bot ich ihm mit Erlaubniß des Botschafters meine Thurmwohnung an. Er verschaffte sich ein Bett und einen Kasten und zog gleich aus dem Gasthause zu mir. Zwei Stockwerke unter mir wohnte eine Steinmetzfamilie, die mich bediente, später hatte ich einen deutschen Schneidergesellen, der mir das Frühstück brachte und die Kleider reinigte. Durch das fromme Beispiel Deschwanden's wurde mein Hang zur Frömmigkeit wieder lebendiger und der Einfluß Ortner's und Kriesmayer's wieder etwas geschwächt. Deschwanden schien mir wie ein Muster in Fleiß und in jeder Tugend. Nur war er mir zu wenig Mann. Wir arbeiteten zusammen bald im Vatican nach den Fresken der Stanzen oder in meinem Atelier, wir schliefen in einem Zimmer und waren in Gesellschaft, beim Essen, wie in der Kirche und bei der Beichte zusammen. Er profitirte von meiner Erfahrung in der Kunst, und ich lernte wieder Vieles von ihm; er war mein geistiger Leiter. Mein Wesen war dem seinigen ganz entgegengesetzt; ich betrachtete auf der Gasse jedes schöne Mädchengesicht, er schaute dafür schöne Knaben und Jünglinge an. Das fiel mir oft auf und ich fragte ihn, warum er denn nie ein Mädchen ansehe und dafür an Knaben so viel Gefallen finde. Es bedurfte all meiner Zudringlichkeit, um ihn zum Sprechen zu bringen. »Du wirst freilich staunen«, begann er, »aber Dir will ich mich anvertrauen, da ich Dich als einen wahren Freund erkenne; die menschlichen Gefühle und Leidenschaften sind sehr verschieden, so die meinen und die Deinen, und ich wäre glücklich, wenn ich mich umwandeln könnte. Meine Leidenschaft, mich zu einem schönen Jüngling hingezogen zu fühlen, findet an meinem Verstande und an meinen religiösen Grundsätzen, Gott sei Dank, immer Widerstand; durch mein inbrünstiges Gebet habe ich mich vor Neigung und Sünde gerettet.« »Wie ist es möglich«, rief ich, »hast Du wirklich kein Wohlgefallen, ein schönes Weib zu sehen? Hast Du auch Träume von Knaben und Jünglingen?« »Ja«, sagte er, »aber selten, schrecklich ist dann mein Erwachen, und nur im Gebet finde ich Trost.« Ich war anfangs sprachlos, ein Gefühl der Verachtung entstand in mir, dann verehrte ich ihn wieder, denn ich kannte ihn als vollkommen wahr und tugendhaft, und er kämpfte wie ein Held gegen seine Unnatur. Nun wurde mir klar, daß er gerne schöne Knaben und Jünglinge malte und auch in die Köpfe einen so rein himmlischen Ausdruck hineinzuzaubern wußte. Er war nicht nur im Malen, sondern auch im Dichten und in der Musik sehr begabt. Er hatte schwärmerische religiöse Gedichte gemacht und spielte das Piano, ohne die Noten zu kennen; er konnte phantasiren und alles, was er einmal gehört hatte, mit viel Gefühl nachspielen. Kurz, ich bewunderte ihn und hatte Grund, ihn zu lieben, da er bei all seinen anderen guten Eigenschaften auch der friedlichste sanfteste Mensch war. Nur Eines war mir widrig, er war von Haus aus wohlhabend und sparte mehr als ich, der aus Noth sparsam sein mußte und die Verwandten unterstützte. Wenn früh Morgens zur Messe geläutet wurde, ging er hinunter in die Marcuskirche. Auch ich folgte seinem Beispiele, aber nicht immer, denn ich legte mich noch oft auf die andere Seite um fortzuschlummern. Meine deutschen Freunde würden mir strenge Vorwürfe gemacht haben, aber der

sanfte Deschwanden beruhigte mich, wenn er von der Messe zurückkam und sagte: »Du bist viel jünger als ich, Du hast mehr Bedürfniß
nach Schlaf, auch ist mir das Gebet mehr Bedürfniß als Dir.« In der
Zeit, als ich mit Deschwanden in frommer Eintracht zusammen lebte,
malte ich mein drittes Bild, das jetzt in der Belvedere-Galerie zu Wien
ist: »Jacob's Reise durch die Wüste mit seinen zwölf Söhnen, vier
Frauen, Knechten und Mägden, wie er Laban verläßt um zu Esau zurückzukehren und mit ihm Frieden zu stiften.« Die österreichischen
Maler und Pensionäre, mit denen ich alle vierzehn Tage zusammen-
kam, hatten meine Composition als die beste erklärt und mich aufge-
fordert, dieselbe als Bild auszuführen. Während ich daran malte, erkrankte mein lieber Freund an einem leichten Typhus, doch wurde
er von Doctor Mucchielli wohl behandelt und genas. Manche mond-
helle Nacht habe ich bei ihm gewacht und ihn gepflegt, während der
Gesang eines Improvisators in lang gezogenen Tönen in unseren
Thurm heraufklang.

Die Abende brachte ich mit meinen Freunden in einem Gasthause
zu, und zuweilen besuchte ich auch die Bälle bei unserem Botschafter
Grafen Lützow, aber nur höchst selten, weil diese Bälle von der hohen
Aristokratie Roms und vornehmen Fremden besucht wurden und ich
mich als ein armer junger Maler fremd und einsam fühlte. Ich war
kein Tänzer und hatte auch nicht den Muth, mich den hohen Damen
vorzustellen. Eines Abends, als ich an einem solchen Ballabende meinen
Namen dem Diener ansagte, rief dieser laut in den Saal hinein: »*Il
conte di Blaas!*« Graf Lützow kam mir lächelnd entgegen und sagte:
»Nun, es geht ja vortrefflich, Sie sind schon hoch im Range gestiegen.«

Der Ball war von der großen römischen Aristokratie und vielen hohen
Fremden besucht, auch die Kronprinzen Alexander von Rußland und
Max von Baiern waren gegenwärtig. Freiherr von Ottenfels, damals
Attaché der österreichischen Gesandtschaft und Legationsrath von
Ohms nannten mir einige der Damen, welche durch Schönheit, Rang
und Pracht hervorleuchteten. Vor Allen glänzte die Fürstin Torlonia,
eine geborene Fürstin Colonna, durch Schönheit, Jugend, Anmuth und
den reichsten Schmuck; leider wurde sie nach dem ersten Kinde irr-
sinnig und der reiche Torlonia dadurch ein armer betrübter Mann.
Ebenso ragten durch Schönheit und Pracht die zwei Schwestern,
Töchter des Lords Shrewsbury, hervor: die Fürstin Borghese und
Fürstin Doria. In späteren Jahren hatte ich das Glück, auf vielen Bällen

der Vornehmen und des Hofes in Wien zu sein, aber schönere und reicher geschmückte Damen als in Rom habe ich nie wieder gesehen.

Es gab in Rom unter den deutschen Künstlern oft Abendunterhaltungen, aber das Zechen war meiner Gesundheit und Börse nicht zuträglich, und ich benützte dafür die Zeit zur Lectüre, oder brachte die Abende gemüthlich mit Deschwanden oder mit Ortner und Kriesmayer zu. Bei der deutschen Künstlergesellschaft im Gasthause »al Fiano« wurde ein humoristisches Fest, das Pontemolle-Fest oft wiederholt. Wer in diese Gesellschaft aufgenommen werden wollte, mußte »Ponte molle« passiren, d.h. für den Festabend allen Wein bezahlen und vor dem Präsidenten und allen Künstlern eine humoristische Probe ablegen, worauf ihm der Präsident den Bajocch-Orden, eine Kette von Kupfermünzen (Bajocchi) umhing und eine komische Anrede hielt. Der neu Aufgenommene wurde dann von zwei Cohortenführern durch ein Spalier aller gegenwärtigen Künstler, deren jeder ein brennendes Wachskerzchen in der Hand hielt, geführt, und der Chor sang: »Prinz Eugenius, der edle Ritter.« Ich und der Bildhauer Jericho ließen uns dort aufnehmen und lösten unsere Aufgabe zur Zufriedenheit Aller. Meine Aufgabe war, die Brücke Ponte molle zu zeichnen, und zwar, wie der Präsident bemerkte, im strengen Stile, weil ich mich der christlichen Kunst widme; ich zeichnete auf die Tafel eine Foglietta und umgab den Kopf der Flasche mit einem Heiligenschein. Es wurde viel gelacht, und ich hatte die Probe gut bestanden, denn der Inhalt der Foglietta, guter Frascatiner Wein, belebte ja das Pontemolle-Fest. Ich erhielt meinen Bajocch-Orden und wurde im Triumph durch das Künstlerspalier geführt.

Ebenso veranstaltete die deutsche Künstlergenossenschaft von al Fiano jährlich am ersten Mai das berühmte Cervara-Fest, d.h. einen komischen Ausritt zu Pferde oder Esel, wobei alle Theilnehmer costumirt waren. Der Präsident wählte sich seine Edelknaben und Ritter, die Generalversammlung ernannte einen Oberst der Cavallerie zu Pferde oder zu Esel, einige Cohortenführer, den obersten Küchenmeister, den Mundschenk oder Ganymed und zur Aufrechthaltung der Ordnung auch einige Carabinieri als Polizeileute. Alle waren so grotesk und humoristisch costumirt, wie es eben nur Künstler zu erfinden im Stande sind. Sie versammelten sich Früh sechs Uhr bei der Porta maggiore. Der Präsident trug einen rothen Königsmantel und den Bajocch-Orden und fuhr mit seinen Pagen in einem zweirädrigen

Wagen, der mit vier Ochsen bespannt und wie ein antiker Triumph-
wagen aufgeputzt war, vor das Thor in die Campagna. Ihm folgten
die Wagen des obersten Küchenmeisters, des Mundschenks, der als
Bacchus verkleidet war, die Wagen mit den Geräthschaften zu den
olympischen Spielen, nebenher sprengten auf Pferden oder Eseln die
Ritter und Edelknechte, alle in reiche schöne Trachten gekleidet, und
hintennach folgte ein Troß von Reitenden und Fahrenden. Hier tum-
melte ein Kreuzritter in glänzender Rüstung sein Roß, dort sprengte
ein Beduine oder ein wilder rothhäutiger Indianer heran; zwischen
ihnen ritten Friedrich der Große von Preußen, Albrecht Dürer, Leonardo da Vinci u.a. Viele Zuschauer, Herren und Frauen, hatten sich
in ihren Wagen dem Zuge angeschlossen. Beim Torre di Quinto, einer
Thurmruine an der Straße nach Tivoli, wo man eine reizende Aussicht
auf die Campagna hat, wurde Halt gemacht. Alle lagerten im Freien
auf den grünen Wiesen, und es konnte nicht leicht einen schöneren,
mehr malerischen Anblick geben. Es wurde gegessen, getrunken, der
Präsident hielt Revue über die verschiedenen Gruppen, und der Chor
sang deutsche Lieder. Das Fest war von deutschen Künstlern gegründet
und geleitet. Wohl hatten sich Künstler anderer Nationen angeschlossen, aber die deutsche Sprache war die vorherrschende bei allen Reden,
Gesängen und Vorträgen. Nach einer Stunde ging der Zug weiter zu
den sogenannten Cervara-Grotten in der Campagna, alten Steinbrüchen
und Ausgrabungen von Puzzolanerde aus der Römerzeit. Alles
drängte sich, weil es heiß wurde, in die Schatten der mit Schlingpflanzen berankten Felsenabhänge oder in die trockenen geräumigen
Grotten. Hier wurde getafelt. Die Steine in der Grotte waren wie zu
Opfertischen zusammengelegt oder bildeten die Sitze, das Tischtuch
bestand aus frischem Grase und Feldblumen. Die Carabinieri machten
Ordnung, und die Köche und Kellner trugen kaltes Fleisch, Schinken,
Salami, Käse und Früchte im Ueberflusse auf. Zuletzt wurde der
schwarze Kaffee von dem beliebten Marqueur Pietro aus dem Kaffee
Greco servirt, der einzige Nichtkünstler, der als Teufel verkleidet zu-
gelassen wurde. Das Bild in diesen Höhlen mit den wechselnden
Lichtern und Schatten, mit den Gesteinen und Pflanzen, mit den
Hunderten von costumirten Figuren war wirklich feenhaft. Leider hat
kein Maler ein Bild davon entworfen. Der damalige Idealismus
hemmte den herrlichen Natureindruck. Die sogenannten Nazarener,
zu denen auch ich als Neuling gehörte, wollten nur die Religion ver-

herrlichen, der Historienmaler fand es unter seiner Würde, und selbst dem Genremaler fiel es nicht ein, ein Bild daraus zu malen. Heutzutage, wo das Colorit und der Realismus wieder höher stehen, würde man mit Begierde darnach greifen, aber die Feste haben aufgehört, und alles ist vorüber. Während und nach dem Essen wurden Reden gehalten und Spässe aller Art getrieben. So hielt der Paduaner I. Caneva, ein alter Schulkamerad von mir, der als Beduine verkleidet war, eine Rede, anscheinend arabisch, aber er sprach alles durcheinander. Zuletzt warf er seinen Turban in die Menge, und Alles lachte, als man sein Haupt ganz glatt rasirt erblickte. Dann folgte der Zug in die hohe weite Grotte der Sibylle, von der viele dunkle Vertiefungen in das tiefere Erdreich, vielleicht bis zu den Katakomben ausgehen. Am Ende der Grotte war von Stein ein Altar errichtet. Von dem Scheine der bläulichen Flamme, welche darauf brannte, beleuchtet, hielt der Präsident eine humoristische Rede über die Vergangenheit und Gegenwart 130 der Künstlerwelt und beschwor dann die Sibylle zu erscheinen. Auf seinen wiederholten Zauberspruch erschienen zuerst Gespenster, riesige Krokodile, welche sich jedoch nach dem Fluche des Präsidenten wieder entfernten, und erst nach dem dritten Spruche erschien aus dem Dunkel der Grotte die Sibylle selbst und prophezeite die Zukunft in Reimen. Alles lachte, klatschte und rief Hurrah! Nun begannen die olympischen Spiele, und ein Bildhauer meißelte in die Wand mit Lapidarschrift die zwölfte Olympiade mit der Jahreszahl ein. Wahrscheinlich sind alle diese Inschriften noch dort zu lesen. Zum Schlusse folgte ein Wettrennen und eine feierliche Preisvertheilung, und allmälig machten sich die Fußgänger und Reiter auf den Rückweg bis zum Torre dei schiavi, wo sie nochmals den Präsidentenwagen und Reitertroß erwarteten. Beim Scheine der untergehenden Sonne zogen Alle der ewigen Stadt zu, und je näher der Zug kam, desto mehr Zuschauer standen auf der Straße. Die letzten Nachzügler kamen erst um Mitternacht nach Hause und brachten ihren Zopf heim, den ihnen der gute Wein angehängt hatte.

Wir österreichischen Künstler und Pensionäre waren bei dem Fest alle in den österreichischen Farben erschienen, trugen weiße Kleider, Strohhüte und rothe Seidenschärpen. Da ich seit zehn Jahren auf keinem Pferde gesessen war, wollte ich mich, wie so viele Andere, mit einem Esel begnügen. Als jedoch der Maler Tunner, der älteste unter uns Oesterreichern, der einen muthigen schwarzen Hengst bestellt hatte, sich vor dem Ritt fürchtete, weil das Pferd bei seiner ersten Berührung in die Höhe stieg, überließ ich meinen Esel wieder dem Stallknechte, bestieg den Rappen und sprengte im Galop den andern Reitern nach. Das Wohlbehagen, das ich auf dem Rücken dieses feurigen und doch lenkbaren Thieres empfand, kann ich nicht beschreiben; mir war, als wäre ich stets zu Pferde gewesen; das Pferd verstand auch jede leise Handbewegung und sprengte freudig und rasch über die Wiesen dahin. Ich sollte mit dem schönen Pferde noch viel Beifall erringen, denn ich gewann mit ihm den ersten Preis beim Wettrennen, obwohl viel tüchtige Reiter auf englischen Pferden dasselbe mitmachten. Die Rennbahn war eine Miglie lang, und es mußte um eine Stange, die am Ende aufgesteckt war, geritten werden; der erste der zum Präsidenten zurückkam, war der Sieger. Bei zwanzig Reiter waren aufgestellt und ritten auf das gegebene Zeichen ab. Ich befand mich so ziemlich in der Mitte, hielt jedoch beim Hinreiten nur das gerade Ziel der Stange vor Augen und ließ in der Nähe desselben mein Pferd langsamer gehen, um schnell und knapp hinter der Stange umzukehren, während die Andern beim raschen Ritt auseinander geriethen und die Stange weit im Umkreise überritten. Durch diese List bekam ich einen Vorsprung, spornte dann den Gaul und ließ mir keinen Reiter mehr nahe kommen, bis das Ziel erreicht war. Der Preis bestand in einer kleinen echt etrurischen Vase.

Es war ein fröhlicher erster Maitag, aber auf dem Heimwege überkamen mich schwermüthige Gedanken, und in der That fand ich zu Hause einen Brief mit Klagen über die Noth meines ältesten Bruders, der mit seiner Familie von Neuem abgewirthschaftet hatte. In meiner

religiösen Schwärmerei nahm ich den Brief wie eine Strafe Gottes, daß ich an diesem Tage so verschwenderisch und tollkühn gelebt hatte. Erst vier Jahre später, als ich das erste Jahr verheiratet war, machte ich als Adjutant des Präsidenten dieses Fest wieder mit, ritt ein gutes englisches Pferd und gewann durch dieselbe List abermals

den ersten Preis im Rennen.

# VI. Italienische Fahrten, 1839–1840.

Im Sommer 1839, als die Hitze sehr drückend wurde, machte ich Deschwanden den Vorschlag, eine Reise nach Umbrien zu machen, um die freie Natur und frische Luft zu genießen. Ich hatte in Rom einen jungen Grafen Danzetta aus Perugia kennen gelernt, der mir von der reizenden Gegend seiner Vaterstadt und ihren Kunstschätzen viel erzählt und seine Freundschaft angeboten hatte. Am 10. Juli Abends fuhren wir in lustigen Sommerkleidern mit wenig Gepäck gegen Viterbo, und da in der Nacht ein Gewitter niederging, wurde uns die kalte Morgenluft sehr empfindlich. In Perugia empfing mich Graf Danzetta mit voller Herzlichkeit, stellte mich seiner Mutter vor, und ich mußte oft dort speisen. Ich und Deschwanden wohnten jedoch in dem Hôtel garni, waren gut bedient und zahlten sehr wenig. Im Hause des Grafen Contestabile befand sich ein kleines Bildchen von Raphael, eine Madonna mit dem Kinde (jetzt in der Galerie zu Berlin), eine Jugendarbeit des Meisters, aber von unbeschreiblicher Anmuth und Zartheit. Danzetta verschaffte mir die Erlaubniß, es copiren zu dürfen, und da die gräfliche Familie auf ihrem Landsitze war, konnte ich ganz ungestört und mit Begeisterung und Liebe malen. Die Hitze war in Perugia erträglich, die Menschen zuvorkommend, und für unsere Studien der religiösen Kunst gab es hier viel herrliches Materiale in Kirchen, Kunstsammlungen und Palästen. Bilder von Pietro Vanucci oder Perugino fanden wir bis zur Uebersättigung; ich sage das, weil so wenig Originalität und Erfindungsgabe darin ist. Er wiederholt immer die wenigen Draperiestudien bald in einer männlichen, bald in einer weiblichen Figur, die Köpfe sind alle einander ähnlich und drücken mehr Sentimentalität und Frömmelei als wahren Ernst und innerliche Frömmigkeit aus. Wer sein Meisterwerk, »die Grablegung Christi«, im Palazzo Pitti in Florenz kennt, sollte in Perugia kein Bild mehr von ihm ansehen, außer einen Marienkopf in der »Geburt Christi« in Fresco gemalt. Das denkwürdigste Kunstwerk in Perugia ist ein Frescogemälde im sogenannten Cambio, »Christus in einer Glorie mit Engeln und Heiligen umgeben, ober ihm Gott Vater«, ebenfalls eine Jugendarbeit Raphael's. Das Bild hat schon Aehnlichkeit mit der Disputu del sacramento.

Während ich an der kleinen Madonna malte, zeichnete mein Freund Deschwanden, da er seine Farben nicht mitgenommen hatte, Porträte mit Bleistift, oft drei an einem Tage, und wie er mir selbst gestand, für zwei Paoli, d.h. ungefähr sechzig Kreuzer. »Schämst Du Dich nicht«, sagte ich ihm, »wenn es wenigstens zwei Napoleond'or wären.« Er wollte mir beweisen, daß er dieses Geld so leicht verdiene und sich gar nicht getraue mehr zu verlangen, aber ich forderte von ihm, er solle keine Porträte unter fünf Napoleond'or anfertigen, lieber möge er die ganze Stadt unentgeltlich porträtiren. So verschroben war der Mann in der Kunst wie im Leben trotz der 35 Jahre, die er zählte. In vielen Dingen war er wie ein Kind. So hatte er nur wenige Thaler Reisegeld mitgenommen, und ich mußte dann immer für Beide zahlen. In Rom zahlte er mir wohl die Auslagen wieder. Man hielt ihn für meinen Schüler, da er mir willenlos folgte, klein und bartlos wie ein Knabe schritt er neben mir her. Da die Porträte bei der Preissteigerung aufhörten, zeichnete er nach meinem Beispiele nach alten Meistern. Unterhaltungen, Theater oder Gesellschaften verlangte er nicht, er blieb lieber zu Hause und las im Thomas a Kempis oder in der h. Schrift, die er immer bei sich trug. Als Graf Danzetta, der alles aufbot, uns den Aufenthalt in Perugia angenehm zu machen, eine Partie nach dem Lago Trasimeno veranstaltete, mußte Deschwanden beinahe dazu gezwungen werden. Danzetta hatte an dem See ein Landhaus und von seinem Balcon genossen wir die schönste Aussicht über den berühmten See. Wir fuhren nach einer der schönsten Inseln hinüber und belustigten uns bei Wein und guten Früchten, aber auf der Rückfahrt überfiel uns ein Gewitter und ein heftiger Sturm, daß wir ganz durchnäßt wurden und das Wasser aus dem Boote schöpfen mußten. Deschwanden kniete und bat mit aufgehobenen Händen Gott um Rettung, ich arbeitete mit den zwei Ruderern aus aller Kraft, bis wir glücklich das Ufer erreichten. Mit nassen Kleidern kamen wir zur Villa zurück, legten uns, bis die Kleider trockneten, in die Betten und fuhren dann in der Nacht fröhlich nach Perugia zurück.

Eines Sonntags sah ich in der Domkirche ein junges schönes Mädchen, daß ich die Messe vergaß und keinen Heiligen mehr ansah. Zu Hause zeichnete ich sie aus der Erinnerung, und der Hausherr rief sogleich: »Ah, das ist die schöne Bernabo!«; ich aber fand, daß sie der edlen Lina gleichsah, und daher mit so viel Begeisterung gezeichnet hatte. Abends auf der Promenade sah ich sie wieder, es zog mich ihr wie eine unsichtbare Macht nach, und als sie in eine Gasse einlenkte, sprach ich die Mutter an und bat sie, ihre schöne Tochter malen zu dürfen; ich wäre ein durchreisender Maler und suche das Schöne auf, wo ich es finde. Die Damen waren nicht böse, und die Mutter lud mich in ihr Haus ein. Tags darauf besuchte ich sie und das Porträt wurde gemalt. Die schöne Laura fühlte sich geschmeichelt, und obwohl ich mich standhaft zeigen wollte, mich nur der Kunst wegen in die schönen Formen zu verschauen, traf doch der kleine Schalk mein Herz. Ich hatte bald keinen anderen Gedanken mehr als Laura. So oft ich in's Haus kam, wartete sie am Fenster und gab mir zu erkennen, daß auch sie mich gern in ihrer Nähe sehe. Auch die Mutter, welche Witwe war und nur die einzige Tochter hatte, bemerkte unsere gegenseitige Zuneigung. Wir verabredeten, uns täglich um fünf Uhr Früh bei einer frischen Quelle, wohin ein schöner Spazierweg führte, zu treffen, natürlich in Begleitung der Mutter. Das geschah sehr oft, wir tranken von dem gesunden Wasser und plauderten; es waren herrliche, unvergeßliche Morgenstunden. Die Mutter hatte Luft, ihre schöne aber vermögenlose Tochter glücklich zu verheiraten, und sprach eines Tages, als ich das Porträt vollendet hatte, sehr ernstlich mit mir, worauf ich ihr meine Verhältnisse erzählte und leider bedauern mußte, mich auf kein Versprechen einlassen zu können, weil ich noch zu jung und mir erst eine Existenz gründen müsse. Laura könne und dürfe nicht so lange warten, bis ich alles erreicht haben würde. Das Mädchen weinte und ging schluchzend in's andere Zimmer. Die Mutter lobte meine Ehrlichkeit und bedauerte ebenso wie ich nicht bemittelt zu sein. Bei diesem Gespräche war ich wieder zu mir selbst gekommen und faßte den Entschluß mich loszureißen. Ich nahm von Mutter und Tochter Abschied und sagte, daß es besser sei, ich reife weiter nach Assisi und nach Rom zurück, aber ich mußte versprechen, von Assisi nochmals nach Perugia zu kommen. Deschwanden war schon sehr betrübt, mich so verliebt und auf Abwegen zu wissen und hatte schon längst zur Reise nach Assisi gedrängt. Wir nahmen Abschied von Perugia, wo wir statt der acht oder zehn Tage, die wir bleiben wollten, fünfzig geblieben sind.

Auf dem Wege nach Assisi sahen wir im Klostergarten der Kirche »Madonna degli angeli« den Rosenstrauch, in dem sich der h. Franziscus, um der Versuchung zu entgehen, gewälzt haben soll, und in der Kirche selbst das schöne Bild von Overbeck »die Madonna in der

Glorie von schwebenden Engeln umgeben, wie sie dem knieenden Franziscus einen Rosenkranz überreicht«. Das Bild ist voll religiöser Empfindung und gehört zu den besten Leistungen des Overbeck. In dem Städtchen Assisi, dem Geburtsorte des h. Franziscus, wohnten wir in einem Privathause und zahlten für Wohnung und Verpflegung täglich für jeden nur drei Paoli. Wir besuchten die Kathedrale, die aus drei Kirchen übereinander besteht. Die mittlere Kirche ist die älteste in byzantinischromanischem Stile, die obere in altgothischem Uebergangsstil, daher später erbaut, die unterste Kirche, vielmehr die Gruft des h. Franziscus, ist modern und unschön. Die zwei oberen Kirchen sind durchaus mit Fresco-Malereien und Arabesken, die Fenster mit Glasmalereien geschmückt. Hier haben sich Cimabue, Giotto und seine Schüler Simon Memmi und Taddeo Gaddi unsterblich gemacht. Hierher wanderten die deutschen Künstler, welche die christliche Kunst wieder in Aufschwung brachten, weil sie in diesen zwei Kirchen die besten Vorbilder fanden. Diese alten Fresken zeigen die Kindheit der technischen Ausbildung und eine große Unbeholfenheit in den Formen, aber sie sind unnachahmlich in der religiösen Empfindung. Vielleicht triumphirt der geistige Gehalt so erhaben und ergreifend, weil die künstlerische Technik so untergeordnet ist.

Nach Guido di Siena und Cimabue kam der große Giotto, den Dante in seiner »divina commedia« besingt. Sein größter gewaltiger Schüler war Andrea Orcagna, der das erste jüngste Gericht im Camposanto zu Pisa malte. Der Fortschritt in der religiösen Kunst triumphirte mit Fra Angelico da Fiesole, Masaccio bis zu Leonardo da Vinci, Michel Angelo, Raphael und Tizian. Der geistige Gehalt, welchen diese vier letzteren mit der schönsten künstlerischen Form vereinigten, ging bei ihren Nachfolgern immer mehr verloren. Die Eklektiker erstanden, die von Jedem etwas zu erreichen suchten, aber ohne den Geist jener Großen, und so kam die Kunst in's Sinken bis zum höchsten Zopf. Mit der französischen Revolution, wo die Göttin der Freiheit auf den Altar gestellt wurde, verschwand zwar die jesuitischkirchliche Kunst der Zopfzeit, brachte aber die ebenso geistlose Nachahmung der Antike in Kunst und Sitten. Alles mußte verschönert werden, die Natur mußte sich stutzen und zuschneiden lassen, jede Figur sollte acht Kopflängen haben, und alle Nasen mußten gleich schön gerade eine Linie mit der Stirne bilden. Dies war der akademische Zopf voller

Regeln ohne Naturanschauung und wurde in jeder Beziehung gehaltlos bis auf eine gewisse Technik.

Da fingen im Anfang der ersten Decennien dieses Jahrhunderts wieder die Deutschen an, die Kunst zu reformiren, unter denen sich Cornelius, Overbeck und Joseph Führich vor Allen auszeichneten; und diese letzteren nebst ihren Anhängern studirten die altflorentinische Schule, sowie die altniederrheinische und altdeutsche. Sie zogen von einer Kirche zur andern, besonders in Toscana, und studirten den Geist Giotto's aus seinen wie aus den frommen Werken seiner Nachfolger.

Die besten Werke Cornelius' und Overbeck's sind die Fresken aus der Geschichte des ägyptischen Joseph in der Casa Bartholdi in Rom. Für jede Figur machten sie strenge Naturstudien und entwickelten daraus die Charaktere ihrer Gestalten. Es sind auch ihre besten, bedeutendsten Arbeiten aus der Zeit ihrer Jugendfrische, und niemals haben sie, so großen Ruhm sie auch später erwarben, Besseres gemacht. Sie predigten mehr als sie malten, Cornelius mit Verstand, Overbeck mit Glauben und Frömmigkeit, aber sie kamen auf Abwege, weil sie sich über die Natur erhaben glaubten. Ihre Quelle waren die alten Deutschen und die Italiener des 14. Jahrhunderts; sie ahmten sie nach und glaubten es besser zu können, weil sie die Naivetät der Alten vermieden und durch die Schönheit der Linien prunkten, denen zu Liebe sie jede Wahrheit hintansetzten. Sie zeichneten blos mit Farben, denn von Malerei und Colorit hatten sie keinen Begriff. Overbeck malte Menschen, die nicht im Stande waren zu leben, noch weniger zu sündigen. Kurz, sie verstanden die Quatrocentisti nicht, denn diese waren in ihrer wahren Frömmigkeit immer Verehrer der Natur und schöpften aus ihr als dem ewig frischen Quell der Kunst. Das ist freilich Kunstgeschichte und gehört nicht hierher, aber vielleicht werde ich noch meine Ansichten über Malerei auseinandersetzen.

Ich zeichnete mir in Assisi zwei Compositionen und einzelne Figuren aus den Bildern des Giotto, Memmi und Gaddi, wodurch ich so ziemlich den Ernst und die erhabenen Momente der religiösen Kunst begreifen lernte. Während unseres Aufenthaltes wurde an der Ausgrabung eines Jupitertempels gearbeitet und zwar unter der Leitung eines französischen Architekten, der mit uns wohnte. Deschwanden und ich machten zu Fuß einen Ausflug nach Spello, wo sehr gut erhaltene Fresken von Pinturicchio, einem Schüler des Perugino, der mir aber lieber ist als sein Meister, und von Raphael selbst ein Gott Vater mit Engeln in einem Altarbilde des Perugino zu sehen sind. Des andern Tags ging ich wieder zu Fuß nach Perugia, um mein Versprechen zu erfüllen und die schöne Laura zu besuchen, und es war schwer mich von ihr zu trennen. Aber in Italien wandert man nicht wie in Tirol ungestraft im heißen August zu Fuß; ich wurde krank und mußte drei Wochen das Zimmer und Bett hüten.

Ueber Foligno und Viterbo reisten wir nach Rom zurück. Foligno hat schöne alte Gebäude und in den Kirchen gute Gemälde, so in dem Convent delle Contesse ein Gemälde von Raphael. In Viterbo ärgerte ich mich über den Betrug, der mit den Reliquien getrieben wird, namentlich über ein Schienbein des h. Christoph, das vier Fuß lang ist,

mehr einem Mammuthknochen gleich sieht und auf einem mit Gold gestickten Kissen in einem gläsernen Sarge gezeigt wird. In Terni besuchten wir den großen herrlichen Wasserfall und fuhren dann wieder nach Rom zurück.

Auf der Reise hatte ich eine Composition gezeichnet: »die Ruhe der h. Familie auf der Reise nach Betlehem.« Ich malte eine Skizze und Deschwanden lobte die Idee und Skizze, aber die Ausführung des Bildes gelang mir nicht. Die wonnevollen Gefühle der Eltern, welche den zwölfjährigen Christus bei den Pharisäern wiedergefunden, die ersten poetischen Aeußerungen des jungen Christus konnte ich mir denken, aber nicht bildlich darstellen. Ich malte die Köpfe sechs- bis siebenmal, änderte die Linien der Hände und fand immer wieder, daß ich umsonst gearbeitet hatte, weil ich nicht den rechten Ausdruck in den Gesichtern und Bewegungen der Figuren getroffen hatte. Ich vernichtete das Bild, indem ich eine wilde Landschaft darauf malte und daran den Grimm über mein Unvermögen ausließ. So viel hatte ich gelernt, daß der Maler nie Worte, sondern immer nur dramatische Handlungen darstellen kann und soll. Dabei wurde ich wieder ganz trostlos. Wenn ich die Kunstschätze des Vatican oder die bekannten religiösen deutschen Künstler besuchte, kam ich mir ganz talentlos vor. Der ruhige Ernst der religiösen Kunst war meinem lebendigen Temperament, meiner ganzen Natur fremd und nicht erreichbar. Während Deschwanden in unserem Thurm in religiöser Begeisterung ein Altarbild malte, wanderte ich in dem alten Rom wie verloren herum. Auf dem Forum, bei den Ruinen der Kaiserpaläste, bei den

Volksfesten in Trastevere kam mir öfter der Gedanke, mich dem

Genre der Kunst zu widmen. Vorwürfe und Motive hätte ich da genug gefunden, aber diese Vorsätze kamen mir als Versuchungen des Bösen vor und wurden durch meine Umgebung bald wieder verscheucht. So lebte ich drei Wochen in einem fortwährenden Kampf, bis mich eine Bestellung aus Tirol der Schwärmerei und Unthätigkeit wieder entriß. Auch die Briefe aus der Heimat, welche über Elend und Noth klagten, munterten mich zu Fleiß und Gelderwerb an. Der Dompropst von Bozen, Monsignore Eberle, verlangte nämlich von mir eine Wiederholung des Bildes der h. Elisabeth im kleineren Maßstabe, da er das Original auf der Wiener Ausstellung gesehen. Ich malte das Bild mit einigen Verbesserungen. Fürst Radziwill, der mich besuchte, verlangte ebenfalls ein gleiches Bild, was ich ihm aber erst in einem halben Jahre malen konnte.

Unter den Anhängern der religiösen Kunst Overbeck's bildete sich ein kleiner Verein mit dem Zweck, jeden Donnerstag der Reihe nach bei einem Mitgliede zusammenzukommen, welches zugleich die Verpflichtung hatte, kalte Speisen und Wein für Alle zu spenden. Zwölf deutsche Künstler traten bei, streng in der Religion und Kunst. Compositionen wurden aufgegeben und gegenseitig kritisirt. Es war eine vortreffliche Uebung, aber ich war ihnen nie streng genug; meine Figuren hatten für sie immer zu viel Irdisches und Sinnliches, und oft ging ich tief betrübt mit meinen Zeichnungen in den Thurm zurück. Auch Deschwanden gefiel nicht, er war ihnen zu süßlich. Dieser bekam Heimweh, reiste nach Hause und malte noch viele Altar- und andere fromme Bilder, immer in der alten Weise; fast in jeder katholischen Kirche in der Schweiz ist ein Bild von ihm zu finden. In Florenz hatten mich Deschwanden's Engelsköpfe begeistert, in Rom mißfielen mir seine Bilder; die Weiber waren keine echten Weiber, die Männer keine Männer, sondern Schwächlinge. Das Unnatürliche seines Wesens harmonirte nicht mit meinem heißblütigen Temperament; seine Briefe aus der Schweiz waren Predigten, die mich nie befriedigten. Ich lebte nun wieder allein in meinem Thurm, arbeitete bei Tag, las Abends Geschichte und besuchte eine Privat-Akademie um nach nackten Modellen zu zeichnen, was mich sehr vervollkommnete. Aber die Anstrengung war zu groß, ich wurde augenleidend, und die Aerzte gaben mir den Rath, meine Augen zu schonen und besonders des Abends nichts zu lesen oder zu zeichnen. Meine religiöse Schwärmerei hinderte mich, in eine andere Künstlergesellschaft zu gehen, Freund Kriesmayer war in Tirol, und so lebte ich meine Abende traurig dahin und dachte wohl oft an die junge Dame in Bozen, von der ich durch Intriguen und Eifersucht getrennt worden war.

Eine Composition, »die Maria Heimsuchung«, gefiel meinen Vereinsgenossen, weil sie das innige Freudengefühl der zwei h. Frauen bei der Begrüßung gut ausgedrückt fanden. Es war mein viertes Bild in Rom; der Besteller, Herr Unterberger in Innsbruck, verkaufte es dann an die Gemäldegalerie im Ferdinandeum, wo es noch ist. Früher war es in der römischen Kunstausstellung, und da es eine amerikanische Dame kaufen wollte, malte ich ihr eine verbesserte Wiederholung; dieses Bild ist nach New-York gewandert. Auch malte ich mehrere Porträts von Herren und Frauen, welche mir diese Dame zugeführt hatte. Mit Absicht vermied ich die Gesellschaft römischer Familien, weil mich ein Freund von Venedig her, der Maler Malatesta, gewarnt hatte, mich in eine schöne Römerin zu verlieben, da sie oft einen jungen Mann auf verschmitzte unehrliche Art zum Heiraten zwingen. So blieb ich bald bei den sogenannten Nazarenern (den deutsch-katholischen Malern) oder bei den Oesterreichern, bei denen ich es dahin brachte, die Abende nützlich zu verwenden, indem ich den Vorschlag machte, einen Leseverein zu gründen. Mir war damit am meisten gedient, weil ich die Winterabende nützlich zubringen und meine Augen schonen konnte. In jenem Winter wurde die Geschichte der Römer vorgelesen, und ich besitze noch eine Menge Notizen davon.

Im dritten Sommer, den ich in Rom zubrachte, kam mein Freund Kriesmayer wieder aus Tirol. Wir waren jeden Abend beisammen und besuchten häufig den österreichischen Pfarrer Sartori, dessen Schwester dadurch sehr beglückt wurde. Da Kriesmayer seit langer Zeit kränkelte, sollte er die warmen Bäder auf der Insel Ischia bei Neapel gebrauchen. Ich entschloß mich ihn zu begleiten, und zu uns gesellte sich noch ein Maler D. mit seiner jungen Frau, einer der strengsten und religiösesten in unserem Nazarenerclub. Man erzählte, daß er mit seiner schönen Frau wie der h. Joseph mit der h. Maria lebte. Er lebt noch und hat nie Kinder erzeugt.

Mit einem Vetturin fuhren wir über Terracina und Molo di Gaëta nach Neapel. In Fondi, an der Grenze, wurde alles Gepäck untersucht. Als ich erwähnte, daß man sich durch ein Silberstück für den Financier von der Untersuchung befreien und gleich weiter fahren könne, war der fromme Maler über eine solche sündhafte Zumuthung sehr empört und ging auch nicht darauf ein. Die Folge war, daß sein und seiner Frau Gepäck genau durchsucht und dabei alles durcheinander geworfen wurde, während ich und Kriesmayer uns mit zwei Paoli von dieser Qual befreit hatten. Da uns diese Revision zwei Stunden Zeit kostete, kamen wir erst um eilf Uhr Abends im »Hotel de Rome« in Neapel an. Auch hier gab es wieder Streit mit den Lazzaroni, welche unser Gepäck hinaustrugen, und D. mußte ein doppeltes Trinkgeld geben. Er gesellte sich bald zu unserem größten Vergnügen zu anderen deutschen Künstlern, während sich uns Tirolern zwei andere Deutsche anschlossen, welche froh waren, daß wir gut italienisch konnten.

Neapel und seine Umgebung sind so oft und glänzend beschrieben worden, daß ich mich hier nur auf meine Erlebnisse und die Eindrücke der großartigen Kunstschätze beschränke. Vor allem zog es mich in's Museo Borbonico, weil ich mich an das Buch über Pompeji erinnerte, aus dem ich in Nauders lesen gelernt hatte. Ich fand auch bald das Bild vom Achilles und jenes mit den Tauben wieder und stand, wie ich schon erzählt, lange davor, bis mich meine Kameraden wieder in die Gegenwart versetzten. Die griechischen Sculpturen, die Statuen, das Hausgeräthe und die Wandmalereien aus Pompeji entzückten mich, besonders die letzteren in ihrer einfachen edlen Darstellung und den herrlichen Umrissen der edlen Gestalten. Ich zeichnete mir vieles in mein Skizzenbuch, aber immer zog es mich zu diesen Fresken zurück, bei denen die Grazien mitgewirkt haben mußten. Die griechische Sculptur hatte ich im Vatican und Capitol kennen gelernt, aber von dem Leben und Treiben der Griechen und Römer, von ihrem Geschmack in der Einrichtung und Verzierung der Wohnungen erhielt ich erst hier eine Vorstellung. Ich bewunderte die Dauerhaftigkeit der Farben, die ganze Technik und fragte mich selbst: »Werde ich noch einmal in Fresco malen?« Von dieser Zeit an lebte der Drang in mir, mich auch darin zu versuchen. In Neapel blieb ich ein Bewunderer der griechischen Kunst, deswegen erwähne ich aus der Gemäldegalerie nur die schöne kleine Madonna von Correggio (la Zingaretta), die mich, der Ansicht der frommen Maler entgegen, entzückte.

Ich machte gleich in den ersten Tagen mit einigen deutschen Malern und Bildhauern einen Ausflug nach Pompeji, Herculanum und auf den Vesuv. In Portici sahen wir den schönen Garten der Villa reale, in Resina stiegen einige meiner Gefährten in das ausgegrabene Amphitheater von Herculanum hinab, holten sich jedoch in den kalten

Räumen eine Verkühlung und ein leichtes Fieber. In Pompeji führte uns der Wächter durch die menschenleeren Straßen der Todtenstadt zwischen dachlosen Häusern und Palästen zum Forum und Theater. Von Resina ritten wir noch Abends bei kühler Luft und Mondenschein bis zur Einsiedelei auf dem Vesuv. Wir schliefen hier einige Stunden und brachen dann um zwei Uhr nach Mitternacht auf, um von dem Gipfel den Sonnenaufgang zu sehen. Während meine Freunde sich oben auf die Erde legten und schliefen, bestieg ich die äußerste Kante des Kraters, schritt über feuersprühende Klüfte und Sprünge und sah in den furchtbaren Schlund hinab, in dem die glühendhelle Lava brodelte, bis mich der dichte heiße Schwefeldampf wieder vertrieb. Ich weckte meine Kameraden, die Morgenröthe verkündete die aufsteigende Sonne, und ihre ersten Strahlen vergoldeten den oberen Theil des Kraters. Die Lava am Rande leuchtete in allen möglichen Farben, von weißgelb bis zum dunklen Orange, von blaßroth bis zum tiefen Lackroth, grün, blau, grau bis zum Schwarz in tausendfältigen Abstufungen. Es war ein Bild ohne Gleichen. Dazu im Morgenlicht die schöne großartige Aussicht: auf die Berge von Castellamare bis Sorrent, auf Neapel mit dem Wald von Masten, auf den schönen Golf mit seinen Inseln bis zum Vorgebirge Misenum. Den steilen Abhang des alten Kraters kamen wir leicht herab, ich in großen Sätzen, wobei ich knietief in die Asche einsank, meine Kameraden etwas langsamer und vorsichtiger. Durch Oliven- und Weingärten gingen wir dann Pompeji zu, das wir noch einmal sehen wollten, und fuhren des Abends nach Castellamare.

Meine Reisegefährten wanderten von hier nach Sorrent und Amalfi, aber ich zog es vor nochmals nach Neapel zurückzukehren. In Gesellschaft einiger deutschen Künstler besuchte ich die merkwürdigsten Kirchen und öffentlichen Gebäude, das Castel S. Elmo und das Karthäuserkloster, wo wir uns der reizenden Aussicht erfreuten und in der Kirche die Gemälde von Caravaggio, Spagnoletto und Maratta besichtigten. Wir machten weiter den Ausflug durch die Grotte des Posilipp nach Puzzuoli und Bajä. Da ich die Sprache und Sitten kannte, leistete ich meinen Gefährten gute Dienste, vertrieb die zudringlichen Lazzaroni und miethete einen willigen höflichen Burschen als Führer. Während man in Pompeji das häusliche Leben der römischen Bürger in einer Provinzialstadt kennen lernt, findet man sich hier an den üppigen Hof eines Tiber und Nero versetzt. Der Boden ist durchaus vulcanisch und berühmt durch seine tausendjährigen Heilquellen. Wie bekannt, hat Virgil in diese Campagna felice die elysäischen Gefilde und den Eingang in die Unterwelt versetzt. Wir sahen die Kathedrale, die Ruinen des Serapistempels, des Tempels der Ehre, den Aquäduct sowie die dreizehn Bogen der Brücke des Caligula, welche noch aus dem alten Meereshafen aufsteigen; weiter den Lago d'Averno, den neuen Berg, der im 16. Jahrhundert aus der Erde gestiegen war, die Ruinen von Cumä und das Schönste: die Ueberreste von Bajä mit ihrer reizenden Umgebung. Zwei meiner Gefährten stiegen auch bei Fackelschein in den niedrigen Gang der Bäder des Nero hinab, kamen aber bald und sehr erhitzt wieder heraus. Von hier fuhren wir längs des Vorgebirges Misenum, bestiegen den Felsen Monte Miseno und kamen in der Nacht nach Neapel zurück.

Kriesmayer war bereits auf der Insel Ischia. Ich besuchte ihn hier für einige Tage und malte dort in Gesellschaft eines Landschaftsmalers Meerstudien und Landschaften. Mit einem deutschen Doctor bestieg ich den Monte Epomeo und genoß, nachdem die Nebel sich verzogen hatten, die herrliche Aussicht auf das Meer und seine schönen Ufer. Jeden Morgen badete ich in der Meeresflut eines kleinen Golfes, aber eines Tages kam ich in große Gefahr. Die Wellen trieben mich in der Nähe der Lavafelsen in einen Wirbel, der mich mehrmals untertauchte, bis mich eine hochgehende Welle wieder an's Ufer trug.

Nach vierzehn Tagen segelte ich mit einer Fischerbarke nach Neapel zurück und traf dort drei deutsche Künstler, zwei Bildhauer und einen Architekten, welche wie ich nach Pästum und Amalfi wollten. Zuerst fuhren wir auf dem kleinen Dampfer nach Capri und besuchten die blaue Grotte. Ein Schifferjunge bat uns, ein Siberstück in's Wasser zu werfen, und es war ein einziger Anblick, als der Junge wie ein Silberfisch aus dem hellblauen Wasser wieder auftauchte. Der alte Fischer, der uns geführt, erzählte, daß er einmal mit einem Engländer in der Grotte drei Tage und Nächte ohne Speise und Trank zugebracht habe, weil ein heftiger Sturm die Rückfahrt unmöglich machte. Auf Capri stiegen wir durch einige Tage die malerischen Felsen, welche so viele Erinnerungen und Sagen der Vorzeit umschweben, auf und ab. Eine Segelbarke mit vier Ruderern führte uns dann nach dem schönen Sorrent und um das Cap di Massa herum nach Amalfi, wo wir uns in dem höchst malerischen Hôtel garni, einem ehemaligen Kloster hoch oben auf dem Felsen, einquartierten. Noch sieht man im Innern den Klosterhof mit einem Säulengang im maurischen Stile. Mein Zimmer war eine Mönchszelle und gewährte eine herrliche Aussicht auf das Meer und die Küste gegen Salerno. Vor dem Kloster ist die Felsgrotte, von welcher aus jeder Landschaftsmaler eine Skizze oder ein Bild entwirft, die zwei Thäler oder Schluchten, welche in's Gebirge führen, das Mühlthal und das Thal von Ravello, haben eine Reihe schöner Punkte und Aussichten, und ich wäre gern länger geblieben, aber meine Börse wurde schmäler und meine Reisegefährten, welche wenig Sinn für diese reizenden Ufer zu haben schienen, drängten zur Weiterfahrt. Berg auf Berg ab durch Schluchten und Thäler, zwischen Rosmarin, Ginster- und Lorbeersträuchern, zwischen Eichen und wilden Kirschbäumen, ritten wir auf Eseln den schmalen Weg bis Salerno. Hier sahen wir in der Kathedrale das Grab Gregor's VII., den schönen Mosaikboden, der aus einem Tempel von Pästum genommen ist. Ein Vetturin führte uns bei Nacht durch die sumpfige, mehr von Büffeln als von Menschen bewohnte Gegend nach Pästum, wo wir bei aufgehender Sonne den berühmten Tempel des Poseidon und die Riesentrümmer der einst diesem Meergotte geheiligten Stadt begrüßten. Abends kamen wir erschöpft nach Salerno zurück und reisten den andern Morgen über Vietri durch's Thal la Cava am Fuß des Vesuv nach Neapel. Nachdem ich den colossalen Palast von Caserta und nochmals das Museum in Neapel besucht hatte, fuhr ich mit einer anderen Gesellschaft nach Molo di Gaëta. Noch gedenke ich des Weges durch den Orangen-Wald zu den Ruinen der angeblich ciceronianischen Villa und der schönen Mädchen, welche mit ihren Krügen Wasser trugen. Die zauberische Mondnacht verträumte ich zur Hälfte auf dem Balcon des Gasthauses.

## VII. Liebe und Heirat, 1840–1842.

Als ich nach Rom zurückkam, erfuhr ich durch Kriesmayer, der bereits vor mir eingetroffen war, daß Maler Flatz, dessen Frau in Frascati gestorben war, wieder in Rom sei. Flatz war in Innsbruck sehr gütig für mich gewesen, und ich freute mich ihn wiederzusehen; aber er war sehr verändert und erschien in seinen Ansichten wie in seinen Kleidern wie ein weltlicher Jesuit. Er ging auch viel mit Jesuiten um, schrieb für religiöse Zeitungen und versuchte auch mich im Glauben wieder aufzufrischen, da ich durch meine Reise nach Neapel durch die Schönheit der Natur und antiken Kunst etwas lauer geworden war. Durch Flatz und P. Sartori lernten wir den Baron B. kennen, der früher in Hannover Offizier, dann Kämmerer beim Herzog von Lucca war, und jetzt eine bescheidene Lehrerstelle beim Grafen Buttürlin versah. Er galt schon damals als ein Abenteurer, lebte bald reich, bald arm, verschwand aus Rom und soll in einem Karthäuser-Kloster gestorben sein. In Rom war er für mich und Kriesmayer sehr gefällig. Als dieser bedenklich krank wurde, empfahl ihn Baron B. einem englischen Arzt, *Dr.* Millingen in Albano, wo Kriesmayer in der That Wohnung und Pflege erhielt.

Da ich mit *Dr.* Millingen später befreundet und verwandt wurde, will ich einiges von ihm mittheilen. Er war ein Sohn des berühmten englischen Numismatikers Millingen, der im Orient archäologische numismatische Schätze gesammelt, das britische Museum mit Münzen und griechischen Vasen bereichert hat, und erst 1846 in Florenz gestorben ist. August Millingen war in Paris geboren, studirte in Rom, Edinburg und vollendete seine medizinischen Studien in Paris. Da seine Mutter Hofdame in Lucca war, brachte er einige Jahre an diesem kleinen italienischen Hofe zu, ging dann als englischer Militärarzt nach Ostindien, mußte jedoch wegen einer Krankheit nach drei Jahren den Dienst verlassen und nach Europa zurückkehren. Als er in Rom wieder erkrankte, empfahl man ihm Albano als Landaufenthalt, wo er bei einer Witwe die sorgsamste Pflege fand. Nachdem er genesen, heiratete er sie und gab ihrer Tochter aus erster Ehe eine sorgfältige Erziehung.

Ich fuhr eines Tages anfangs Mai nach Albano, um meinen kranken Freund Kriesmayer zu besuchen. Beim Hause Millingen angelangt, öffnete mir eine herrliche Jungfrau den Eingang in die Wohnung. Es war Agnesina, die Tochter der Frau Millingen, eine Juno von Gestalt und voll Anmuth und Schönheit. »Verwandte Seelen knüpft der Augenblick des ersten Sehens mit diamantenen Banden«, sagt Shakespeare. Niemals hat ein Mädchen im ersten Augenblicke so einen bezaubernden Eindruck auf mich gemacht, nie hat mich eine so lieblich klingende Stimme angesprochen. Ich war verlegen und kaum in der Fassung, mich nach meinem Freunde zu erkundigen. »Sie sind Herr Flatz?« fragte sie mir in die Augen schauend und etwas zaghaft forschend. »Nein, ich bin Blaas.« »Aber Sie haben ja einen Flor am Hute, daher glaubte ich den Witwer Flatz zu sehen, den Herr Kriesmayer erwartet.« Wohl trug ich Trauer und zwar um meinen in jenem Jahre 1840 verstorbenen Onkel von Eschenburg. Ich begrüßte dann *Dr.* Millingen, den ich schon von Rom aus kannte und machte die Bekanntschaft der Frau Signora Giacomina, einer Frau von 38 Jahren, aber von so edler Gestalt und schönem Gesicht, daß sie als die ältere Schwester ihrer Tochter hätte gelten können. Sie war einst das schönste Mädchen in Albano, wo bekanntlich die Frauen wegen ihrer Schönheit berühmt sind. *Dr.* Millingen schilderte mir die Krankheit des armen Kriesmayer als sehr bedenklich, obwohl sich dieser besser zu befinden glaubte; er konnte mir nicht genug von der Pflege und Herzensgüte der zwei Frauen erzählen. »Wenn Agnesina mir ein Süppchen bringt«, fügte er hinzu »glaube ich einen Engel vor mir zu sehen.«

Da es mir hier gefiel und ich eine Zeitlang bei Kriesmayer bleiben wollte, kam ich mit *Dr.* Millingen und seiner Frau überein mir ein Zimmer und die Kost zu geben, ließ das nothwendige Gepäck und Malergeräthe von Rom bringen und begann meinen Sommeraufenthalt. Es war Mitte Mai 1841. In der reizenden und classischen Umgebung von Albano machte ich Landschaftsstudien, und wenn ich zurückkam, leistete ich meinem Freunde Gesellschaft im Garten, später am Krankenbette. Da ich mit der Familie Millingen zusammen speiste, lernte ich diese vortrefflichen guten Menschen bald näher kennen. Der erste Mann der Signora Giacomina, Herr Faustino Auda, stammte aus Nizza, war ein vermögender angesehener Herr und Bürgermeister in Albano; aber er verschwendete und verspielte sein Vermögen, kränkelte dann viele Jahre und starb in Armuth. Die Witwe wurde von den wohlhabenden Verwandten verlassen und vergessen, bis Millingen sie kennen lernte und heiratete. Durch eine Schwägerschaft war sie mit der fürstlichen Familie Gaetani verwandt und die Familie des Don Vincenzo, so wie Don Philipp von Gaetani erkannten Giacomina als Verwandte, und als ich später ihre Tochter Agnesina geheiratet hatte, wurden die gegenseitigen Besuche fortgesetzt, bis ich mit meiner Familie Rom verließ. Auch Cardinal Dipietro war ein Onkel meiner Schwiegermutter. Agnesina war bei ihrem Vater, den sie durch zehn Jahre seiner Krankheit bediente, wie eine Krankenwärterin herangewachsen, sie hatte daher wenig Freude und destomehr Kummer und Sorge erlebt. Mit ihrem guten Herzen und zartem Gemüth pflegte sie auch den armen Kriesmayer liebevoll und aufmerksam. Aus der Ehe mit Millingen stammte ein Knabe von sieben Jahren, Luigi, der Liebling des Hauses, der mir wegen seiner Schönheit, mit seinen wundervollen Augen und gelocktem Haare oft als Modell zu Engelsköpfen sitzen mußte. Da *Dr.* Millingen auch nicht vermögend war, und nur von einer Pension, die er aus England bezog, lebte, war die Wirthschaft ganz einfach. Mutter und Tochter versahen das Hauswesen, hatten nur eine Magd und zur Aushilfe in der Küche kam täglich ein alter Mann, Maestro Livio, der trotz seines hohen Alters und seiner Armuth immer in der besten Laune war, und seit langem beinahe zur Familie gehörte. Er wurde von uns und andern der Conte genannt; einstmal im Carneval verkleidete er sich als Conte aus der Perrückenzeit und ließ auf seinen Rücken schreiben: »*Sono il conte Creppa, chi mi guarda sciatta.*«

*Dr.* Millingen und seine Familie waren in Albano sehr geachtet und beliebt. Er hatte nicht das Recht in der Stadt als Arzt eine Praxis auszuüben, aber er behandelte arme Kranke umsonst und ließ ihnen noch ein Geld zurück, daß sie sich besser nähren konnten. Täglich kamen Kranke zu ihm in's Haus und jährlich einige Engländer, die sich von ihm behandeln ließen und ihn reichlich dafür bezahlten. Er sprach englisch wie ein Engländer, französisch wie ein Franzose und ebenso italienisch. Er hatte viel erfahren und Manches in seinem Leben durchgemacht. Wenn er von seinen Reisen und fremden Menschen erzählte, hörte ich ihm gerne und aufmerksam zu. Dabei war er ein freisinniger Mann und seine Grundsätze sehr von den meinen verschieden; am Abend, wenn die Frauen sich zurückgezogen hatten und wir bei einem Glas Wein noch beisammen blieben, stritten wir oft über Religion und Glauben, aber er wurde nie hitzig und wir gingen immer in Freundschaft auseinander. Er zählte damals 41 Jahre und ich hatte das 25. vollendet. Wir machten zusammen weite Spaziergänge und da er ein Jagdfreund war, ging ich viel mit ihm auf die Jagd und wurde wieder, wie einst als Knabe, leidenschaftlich dafür eingenommen.

Durch das Zusammenleben wurde nach und nach in mir, wie in Agnesina, eine gegenseitige Liebe erweckt, die wir uns noch nicht eingestanden. Nach einiger Zeit kam es zwischen uns, obwohl wir beide zurückhaltend waren, doch zum Geständniß. Ich versäumte auch keine Gelegenheit sie auf Augenblicke allein zu sprechen. Die Anmuth ihres ganzen Wesens, die Klarheit des Verstandes, die Liebe zu den Armen, die Herzlichkeit, mit der sie den armen Freund verpflegte, ihr stiller häuslicher Sinn, alles bezauberte mich. Kaum hatte ich mich in die auflodernde Liebe himmlisch hineingelebt, als ich in sehr ernste Gedanken verfiel. Ich dachte: Agnesina muß meine Frau werden, ohne sie wäre mein Leben trostlos; aber ich hatte mir als Künstler noch keinen Namen erworben, konnte kaum meinen Unterhalt bestreiten und mir nur durch ungewöhnliche Sparsamkeit für den Vater und die Geschwister etwas erübrigen. Agnesina hatte auch kein Vermögen, denn ihre Familie war aus dem Wohlstande in Armuth herabgesunken. Ueber diese Gedanken wurde ich sehr traurig und Agnesina bemerkte dieses sogleich. Als ich eines Tages im Garten unter den schattigen Weinlauben auf und nieder ging, kam sie zu mir, um mich über meinen Gemüthszustand auszuforschen, und ich gestand ihr ohne Rückhalt alles, was mein krankes Herz drücke. Sie tröstete mich in der liebevollsten Weise und sagte: »Wir wollen ausharren, mein Freund, bis Sie Bestellungen bekommen und sich eine Existenz erworben haben, was bei Ihrem Talent und Fleiß, wie ich voraussehe, spätestens in zwei Jahren geschehen kann; dann wollen wir heiraten.« Ohne sie auf die Probe stellen zu wollen, denn dafür liebte ich sie zu sehr, erwiderte ich: es sei besser für sie, wenn sich eine gute Partie in Aussicht stelle, sie möge nicht so lange und in's Ungewisse auf mich warten, denn ich könne und wolle nicht eher heiraten, bis ich im Stande sei, eine Familie zu erhalten. Das war ein Augenblick, den ich nicht schildern kann. Sie gab sich nun, wie ihr um's Herz war, und ich sah durch ihre Thränen in ihr liebenswürdiges Herz hinein. Ich blieb standhaft und erklärte ihr wieder, daß ich sie liebe, aber ihr nur dann meine Hand antragen werde, wenn sich meine Verhältnisse gebessert und sie noch frei sei; sie möge sich gedulden und mir vollen Glauben schenken. Mein Entschluß, Agnesina zu heiraten, wurde auf einer Landpartie, wo ich ihre seltene Menschenliebe neuerdings kennen lernte, erst recht erweckt. Einige verwandte Herren und Frauen, Millingen, die Mutter, Agnesina und ich ritten auf Eseln durch den schönen Wald nach Nemi und speisten dort in einem Garten, wo wir eine herrliche Aussicht auf den See hatten. Der fröhliche Zug ging dann über Genzano und Ariccia nach Albano zurück. Als wir bereits in der Dämmerung durch die prachtvolle Baumallee gegen Albano ritten, vermißte ich Agnesina und ritt zurück, um sie zu suchen. Da fand ich sie, wie sie ein armes krankes Weib, das hinter dem Feldzaune Niemand von der heiteren Gesellschaft beachtet hatte, auf ihren Esel hob und fortführte. Ich konnte mich nicht enthalten, ihr zu sagen, daß sie handle wie der barmherzige Samaritaner im Evangelium; ich bewunderte nicht blos ihre Seelengüte, sondern ebenso ihre Leibeskraft, denn sie hatte das Weib auf den Esel gesetzt, als hielte sie ein Kind auf den Armen. Bei ihrer Sittsamkeit war sie stets heiteren Gemüthes und witzig, bei aller Ruhe und Sanftmuth zeigte sie, wenn es Noth that, einen wunderbaren Muth und volle Geistesgegenwart. So hatten z.B. bei Tische, als eben Gäste im Hause waren, die zwei Haushunde, ein Wolf- und ein Jagdhund, einen kleinen fremden Hund fürchterlich gepackt und zerrauft. Die Gäste standen bereits auf, aber Agnesina packte mit ihren Händen die zwei großen Hunde, hob sie in die Höhe, bis das kleine Thierchen davongelaufen war; sie setzte sich dann wieder nieder, als wenn nichts geschehen wäre. Ich hätte sie vor der ganzen Gesellschaft umarmen mögen; später ist es auch geschehen und immer fester wurde das Band der Liebe zwischen uns geknüpft. »Das ist kein 158 Modekind, kein affectirtes, verzärteltes Wesen, sagte ich mir; die oder keine soll mein Weib werden.«

Freund Kriesmayer war schon in Rom von den Aerzten aufgegeben; nun trat eine solche Verschlimmerung seiner Krankheit ein, daß mir der Doctor gestand, er könne kaum mehr acht Tage leben. Ich schrieb daher an Flatz und den deutschen Pfarrer *P.* Reichert; der letztere kam sogleich und blieb bei dem Kranken bis zu seinem Ende. Als dieser sich eines Tages besser fühlte, bat er mich, mit dem Pfarrer eine Landpartie zu machen. Millingen, *P.* Reichert, Agnesina und ich ritten Nachmittag dem See von Albano entlang nach dem malerisch gelegenen Kloster Palazzola. Während wir uns dort mit gutem Wein und schönen Früchten erfrischten, überfiel mich eine solche Sehnsucht nach Kriesmayer, daß ich mich von der Gesellschaft trennte und im schnellsten Trab nach Albano zurückritt. Schon vom Fenster herab rief mir die Magd zu: ich möge eilen, Herr Kriesmayer verlange nach mir und werde bald sterben. Ich trat erschrocken zu seinem Bette und bemerkte leider schon die Züge eines Sterbenden. Er hatte nur so viel Kraft mir zu sagen: »Karl, wo bleibst Du so lange?« Das waren seine letzten Worte. Er starb bald darauf in meinen Armen. Zum Leichenbegängnisse kamen auch Flatz und einige andere österreichische Künstler und Freunde des Todten.

Nach einer Zeit, Mitte Juli, nahm ich Abschied von der Familie Millingen und meiner geliebten Agnesina und reiste über Rom nach

Toscana, um neue Studien zu machen. Im Postwagen saßen außer mir noch drei Jesuiten, welche die Fenster fest verschlossen hielten.

Da mir zu heiß wurde, öffnete ich das Fenster, schlüpfte hinaus und kletterte auf den Vordersitz des Wagens. *»Per amore di Dio, dove volete andare, Signore?«* *»Vado a spasso,* ich gehe spazieren«, erwiderte ich. Draußen saß ein schlafender Jesuitenbruder, der fürchterlich erschrak und *»Ajuto, Ajuto!* Hilfe, Hilfe!« schrie, bis ich ihn beruhigte. In der frischen Luft wurde mir wieder wohl und ich genoß, während der Wagen weiter rollte, im Mondscheine den herrlichsten Anblick über die Campagna. Links und rechts flimmerten die Leuchtkäfer wie Elfen umher; rechts hob sich der Monte Soracte in schönen Formen von dem Horizonte ab, links warf das Grabmal des Nero einen langen Schatten über Straße und Feld, wie sein Name in der Geschichte Schatten legt. Ich dachte wieder an die geliebte Agnesina in Albano zurück und sang, da ich nicht dichten konnte, ein neapolitanisches Liebesliedchen, welches sie oft gesungen hatte. Mein Nachbar hustete und meinte: es wäre Zeit zum Schlafen und nicht zum Singen; aber ich erwiderte ihm, es wäre besser, das classische Feld, von dem die Geschichte so viel zu erzählen wisse, zu bewundern, und bot ihm eine Cigarre. Wir plauderten, mein Nachbar hatte jedoch, wie so viele Andere, kein Verständniß für diese wüste Ebene, welche mit ihren schönen Anhöhen und Vertiefungen, mit den schönen Linien und dem vollen Reichthum der Farben den Maler entzückt. Einst war die Campagna ein blühendes Land mit Städten und Dörfern bedeckt; noch Domitian und Hadrian hatten hier ihre prachtvollen Villen, heutzutage ist es eine öde und ungesunde Wüste.

In Siena machte ich Halt, besuchte Paläste und Kirchen und zumeist die akademische Galerie der alten Sienenser Schule. Besonders gefielen

mir die Bilder des Ansano di Pietro, des Fra Angelico von Siena; er stellte meist einzelne Heilige oder Madonnen mit dem Kinde dar, die aber volle Anmuth und Frömmigkeit ausdrücken. Ich zeichnete mir mehrere Figuren und fand besonders in den Gewändern viel Schönheitssinn. Der gothische Dom mit der Façade von Giovanni Pisano, mit dem vielfarbigen musivischen Boden und den reichen Glasmalereien ist bekannt. In der Sacristei sind Fresken von Pinturicchio, welche Scenen aus dem Leben Papst Pius II. darstellen; bei einem Bilde hat auch Raphael in seiner frühen Jugend mitgearbeitet. In der Bibliothek sah ich die Chorbücher mit den Miniaturen von Ansano die Pietro u.a. In S. Domenico ist das alte kolossale Madonnenbild von Guido da Siena, das schon sechsundzwanzig Jahre vor der Geburt des Cimabue gemalt wurde. Es ist streng byzantinisch, großartig erhaben gemalt. Auch ein altes Crucifix ist dort, vielleicht aus derselben Zeit und trotz der mangelhaften Formen wahrhaft ergreifend. In S. Agostina sind Wandgemälde von Sodoma und ein Bild von Perugino, in S. Maria degli Angeli vor der Porta Romana, ein Bild von Raphael del Florenda und Bilder von Ansano. In allen Kirchen, und es sind nicht weniger als fünfzig, sind Bilder aus der Sienenser Schule von Sodoma, Pacchiorotto, Spinello Aretino, Mattei di Siena und T. Bartoli. Die Stadt liegt auf Hügeln und der Marktplatz ist wie eine Muschel vertieft; ich sah dort einem Wettrennen zu.

In einem entlegenen Stadttheile interessirte mich die Façade eines kleinen Kirchleins, welches einer armen Familie zur Wohnung diente. Als ich eintrat, bemerkte ich bei einer abgefallenen Kalkschichte ein Stück von einem Heiligenscheine; für ein Geldstück an die arme Frau löste ich noch mehrere Kalkblättchen los und deckte den Kopf einer zarten heiligen Jungfrau auf. Der Gouverneur der Stadt, dem ich von den alten verschollenen Fresken erzählte, begleitete mich Tags darauf zu dem alten Kirchlein, wo ich einen zweiten Kopf bloßlegte; und es zeigte sich, daß die ganze Capelle mit Fresken bemalt war, welche durch die zwei oder drei Kalkschichten verdeckt wurden. Der Gouverneur versprach, sie durch den Custos der Galerie Bini ganz aufdecken zu lassen, was, wie ich später hörte, geschehen ist; die Capelle wird heute noch von Fremden und Künstlern besucht.

Nach einem Aufenthalte von zwölf Tagen, in welchen ich meine ersten italienischen Liebesbriefe an Agnesina schrieb, reiste ich nach Florenz. Mehrere deutsche Künstler, die ich von Rom aus kannte, traf ich noch zu Mittag im Gasthause »Or San Michele«: Herrn Setegast aus Coblenz, einen sechs Schuh zwei Zoll langen Mann von ruhigem, edlem Gemüthe, einen sehr religiösen Maler und Anhänger Overbecks; Karl Müller, sein zweites Ich, ein kleines schmächtiges, geistreiches, etwas fanatisches Männchen; ferner Itenbach aus Düsseldorf und zwei Malteser, alle strenge Katholiken und Schüler Overbecks; dann den Bildhauer Rammelmayer mit seiner Frau aus Wien. Sie begrüßten mich mit aufrichtiger Freude und ich nahm sogleich ein Zimmer in dem Hause, wo der kleine Müller und einer der Malteser wohnten. Vormittag ging jeder seinen Studien nach, zeichnete in einer Kirche

oder in einer Galerie, und Mittag ein Uhr trafen wir beim Restaurant
Or San Michele zusammen, wo wir gut und billig speisten. Bei Tische
wurde immer ein eifriges Kunstgespräch unterhalten und zwar nur
über die alten Meister vor Raphael und Michel Angelo, denn die
spätere Kunst war verpönt und nur aus Gnade wurde ein Maler nach
Raphael genannt. Natürlich gab es Meinungsverschiedenheiten und
wir zwei Oesterreicher sprachen oft gegen die strengen Ansichten der
Anderen. Da Rammelmayer und ein Anderer oft ganz drollige
Sprachfehler im Italienischen machten, so gab es viel zu lachen. So
sagte der eine, wenn der Kellner die Speisen nannte, statt »*non lo vo-
glio*«, ich will das nicht, hartnäckig: »*non cè*«, es ist nicht da, worauf
der Kellner immer erwiderte: »*cè, signor*«, es ist da. Meine Kameraden
legten sich nach dem Essen nieder bis fünf Uhr, während ich meinen
Kaffee nahm und in den Kirchen voll Eifer zeichnete; wenn sie dann
um sechs Uhr blaß und müde daherkamen, hatte ich gewöhnlich
schon mehrere Blätter gezeichnet. Sie tranken Wasser und ich Wein,
was mich bei der Hitze frisch und munter erhielt. Gerne hätte ich
meinen geliebten Tizian, und zwar die »Venus« copirt, aber ich hatte
meinen Malerkasten nicht mitgenommen; auch war es nicht möglich,
denn man muß sich in den Galerien, weil so viele arbeiten, oft auf
Jahre vormerken lassen. Dafür studirte ich ernst und tief die alte Florentiner Schule und zeichnete vieles nach Giotto und seinen Schülern.
Andrea Orcagna, der tüchtigste derselben, war Architekt, Bildhauer
und Maler zugleich. Die Loggia de Lanzi, der Tabernakel des Haupt-
altars in Or San Michele mit den reichen schönen Sculpturen geben
Zeugniß von seiner Kunst als Baumeister und Bildhauer. Die Wand-
bilder in Pisa und das jüngste Gericht in S. Maria Novella nebst anderen Fresken und Temperamalereien beweisen seine Größe als denken-
der christlicher Maler. Im Kloster San Marco zeichnete ich viel nach
Fra Giovanni Angelico da Fiesole, von dem auch in der Akademie
viele Temperabilder aus dem »Leben Jesu« sind. Seine Gemälde sind
Gebete, Zeugen seiner erhabenen Frömmigkeit. Aber am meisten
entzückte mich Masaccio mit seinen Fresken in S. Maria del Carmine.
Ihn hat Raphael studirt, denn Masaccio war der Erste, welcher die
Natur realistisch benützte, um den frommen Gestalten mehr Leben
zu geben. Sein poetischer Ideenflug, die natürliche Darstellung zeigen
eine Art Liebenswürdigkeit, welche vielleicht der Majestät Giotto's
nicht ganz willkommen gewesen wäre. Nach ihm kommen Filippo

Lippi, Benozzo Gozzoli und Ghirlandajo, der schon mehr Schwung und Kraft als die Anderen hat. Nebst dem, daß ich vieles dieser alten Meister zeichnete, besah ich mir alte Sculpturen und Malereien dieser Zeit, daß ich sie zu meiner großen Freude verstehen und schätzen lernen konnte.

Nach ungefähr sechs Wochen reisten Karl Müller, Setegast, die zwei Malteser und ich nach Prato, Pistoja und Pisa. Im Dom zu Prato zeichneten wir einiges nach den Fresken von Angiolo Gaddi und Filippo Lippi, im Dome zu Pistoja einiges nach den »Werken der Barmherzigkeit« von Lucca della Robbia. Pisa ist mit seinen Bauten und Kunstschätzen zu bekannt, als daß ich davon schreiben sollte. Da ich in Florenz Dante's divina Comedia gelesen, wollte ich in Pisa den Thurm aufsuchen, wo die Pisaner den Guelfen Ugolino mit seinen Söhnen verhungern ließen, aber Niemand konnte mir darüber eine Auskunft geben. Ich zeichnete vieles aus den Wandbildern des Benozzo Gozzoli in Campo Santo. Seinen Werken fehlt das Majestätische des alten Kirchenstils, aber er ist dafür Historienmaler, wie Carpaccio in Venedig. Er ist Realist und mit Vergnügen verweilt man bei den Gebilden seiner lebenslustigen Welt. So und nicht anders als wie in diesen figurenreichen Scenen muß das toscanische Publicum jener Zeit ausgesehen haben. Die Köpfe scheinen alle Porträts zu sein; nur die Hauptpersonen wie Noah, Abraham und Moses sind idealisirt. Im höchsten Grade ergreifend und erschütternd sind die Darstellungen des Andrea Orcagna, das jüngste Gericht und der Triumph des Todes. Eine für mich unvergeßliche Figur in ersterem ist ein Engel, der vor dem verdammenden Worte Gottes erschrickt und niederkauert. Christus ist voll Majestät und strenger Würde, die Apostel und Seligen voll Erhabenheit, ja bei dem seelischen Ausdruck der Gestalten vergißt man die primitive künstlerische Ausführung. Die Hölle ist nach Dante gemalt, furchtbar, aber bizarr und abgeschmackt. Die Teufel sind lächerliche Affengestalten. Im »Triumph des Todes« sind besonders charakteristisch die Gruppe verstümmelter Bettler und die Gruppe der Mediceer bei dem Eremiten, der ihnen die verweste Leiche zeigt. Wir besuchten in der Umgebung von Pisa das große Kloster die Certosa di Calci, die Ueberreste des römischen Hafens, die römischen Thermen und das römische Landgut S. Rossori. Ein Gestüt von Kameelen daselbst liefert alle die Kameele, welche die Treiber mit Affen u.a. in ganz Europa herumführen. Ich zeichnete mir einige dieser biblischen Thiere und merkte im Freien auf ihren Gang und ihre Bewegungen. Eines Sonntags machten wir auch einen Ausflug nach Livorno um den Hafen zu sehen und ein Seebad zu nehmen.

Nachdem ich meine Studien vollendet, schiffte ich mich in Livorno nach Civitavecchia ein und fuhr von dort mit der Diligence nach Rom. Hier wehte ein schwüler Scirocco, ich hatte keine Luft zu einer neuen Arbeit und fuhr von Liebe und Sehnsucht getrieben nach Albano. Bei der sogenannten Fratocchia, wo die Straße zu steigen beginnt, stieg ich aus, ging die Anhöhe rasch hinauf und erblickte in der Ferne Agnesina mit ihrer Mutter und Tante, welche mir entgegenkamen. Welch' ein Wiedersehen! Es war wieder ein Augenblick der Freude in meinem Leben. Ich und Agnesina gingen voraus, plauderten nach Herzenslust, während die zwei alten Damen nachfolgten.

Drei Wochen vergingen mir in Albano wie drei Tage. Ich zeichnete einige Compositionen, malte Landschaftsstudien und die Porträts der Familie, so daß ich nicht ganz unthätig blieb. Aber in den ersten kälteren Octobertagen, wo sich die Lerchen in großen Schwärmen auf die Campagna lagern, gingen Millingen und ich mehrmals Lerchen schießen. Dabei wurde eine kleine Eule (Civetta) auf eine Stange gesetzt, um das Piedestal von Kork waren kleine Spiegel angebracht, und wenn die Lerchen, dadurch angelockt, sie umflatterten, konnten wir mit Vogeldunst in den Schwarm schießen, daß bis Mittag öfters 150 bis 160 Lerchen zur Erde fielen. Das Vergnügen bestand jedoch dabei nicht allein im Schießen, denn Nachmittags kamen Agnesina, die Mutter und oft fünf bis acht Personen in die Campagna. Dann wurden Wein und Früchte ausgepackt, zwischen zusammengelegten Steinen Feuer angemacht, und während Agnesina gute Kräuter zum Salat suchte, die Lerchen an den Spieß gesteckt und gebraten. Mit Maccaroni wurde das Mahl begonnen, mit Lerchen beendet. Dabei lagerten wir im Freien und ließen es uns bei heiterem Geplauder, Scherz und Gesang wohl behagen. Gegen vier Uhr bestiegen wir die Esel und ritten nach Hause. Diese Partien wurden in späteren Jahren, als ich, bereits mit Agnesina verheiratet, den Sommer und October in Albano zubrachte, öfters wiederholt und gehören zu den angenehmsten und freudigsten Erinnerungen meines Lebens. Damals mußte ich bald wieder scheiden. Agnesina vergoß Thränen und ich konnte die meinen kaum zurückhalten. Noch einmal sagte ich ihr, daß ich ihr erst meine Hand antragen werde, wenn ich eine Aussicht auf eine sichere Existenz gewinnen könne; aber ich hoffe darauf, weil ich nun nach meinen Studien in Toscana bald ein Bild malen und ausstellen würde.

In Rom las ich in der Uebersetzung die Geschichte der heiligen Katharina von Montalembert. Nach der Legende sollen, nachdem die h. Katharina den Märtyrertod erlitten hatte, Engel gekommen sein und den Körper der schönen Jungfrau über das Meer auf den Berg Sinai getragen haben, und diese Legende gab mir den Stoff zu einem Bilde. Ich entwarf eine Zeichnung und zeigte sie den deutschen Künstlern im Club, welche ihr Lob darüber aussprachen und Overbeck munterte mich besonders auf, das Bild zu malen. Während ich in den Wintermonaten daran malte, war ich wieder von meinen Freunden umgeben und Flatz und ein anderer Maler, ein Convertit, der ein Jahr darauf Kapuziner wurde, redeten mir zu, die heiligen Exercitien bei den Jesuiten durchzumachen. Es kostete mir viele Ueberwindung, aber mein Gemüth war lenkbar und ich ging darauf ein. Wir fuhren im Fiaker in das abgelegene Filialkloster bei dem Lateran, wo man jeden von uns dreien in eine besondere Zelle sperrte. Darin war nichts als ein Bett, Tisch und zwei Sessel; auf dem Tische stand ein Schreibzeug und daneben lag die geschriebene Tagesordnung. Ich erinnere mich nicht mehr genau an diese Tagesordnung, nur das weiß ich, daß ich von fünf Uhr Früh bis 10 Uhr Abends nicht zu mir selbst kam; Gebet, Predigt, Meditation, Beichte, Essen, ein Spaziergang im Garten und wieder Gebet, Litanei, Vesper u.s.w. wechselten so lange, bis ich todtmüde wurde, die Nacht ausruhte, um am nächsten Tage von Anfang an das Gleiche zu thun. Ich durfte mit Niemand als mit dem Beichtvater sprechen; nicht beim Essen im Refectorium, wo ein junger Jesuit Heiligenlegenden vorlas, nicht einmal im Garten, wo uns eine halbe Stunde Erholung gegönnt war; nur der Gruß »gelobt sei Jesus Christus« durfte bei der Begegnung ausgesprochen werden. Eines Tages fand ich in meiner Zelle auch eine Geißel, um mich selber zu geißeln. Am zweiten Tage mußte ich eine Generalbeichte ablegen, in der mich der Pater zwei Stunden lang über mein Leben ausforschte. Ich war ganz aufrichtig und sagte ihm, daß ich verliebt sei und heiraten wolle; er absolvirte mich, fügte aber hinzu, daß er mir wegen der Heirat übermorgen einen christlichen Rath ertheilen wolle. Sein übertrieben frommes Wesen machte mich etwas stutzig, aber ich war gläubig und wollte abwarten, was da kommen würde. Am Freitag, wo wir strenge fasteten und ich vom vielen Beten an den Knieen schon wund war, kam der Pater wieder zu mir und sagte salbungsvoll: der heilige Geist habe ihm nach seinem Gebete geoffenbart, daß ich nicht heiraten dürfe, am wenigsten dieses Mädchen. Mir blieb anfangs gar keine Zeit, darüber nachzudenken, denn sogleich läutete die Glocke zu einer neuen frommen Uebung und zur Predigt. Der Pater predigte über die

Hölle und schilderte die Qualen und Martern so fürchterlich, daß die frommen Zuhörer, etwa vierzig bis fünfzig an der Zahl, erschüttert waren und mehrere niederknieten und weinten. Aber in mir brachte die Predigt die entgegengesetzte Wirkung hervor; ich kam wieder zum Bewußtsein und die Vernunft behauptete ihr Recht. Nach der Predigt war eine halbe Stunde Meditation für jeden in seiner Zelle und ich meditirte, daß der heilige Geist, der dem Pater von meiner Heirat erzählte, Niemand anderer als Freund Flatz gewesen sein könne, der mein Verhältniß und die Familie Millingen kannte und wahrscheinlich fürchtete, daß ich von meinem frommen Leben abwendig gemacht werden könne. Vielleicht wollten mich die Jesuiten gewinnen, wie meinen Landsmann Franz Stecher aus Nauders. Er ging bei einem solchen Exercitium in die Falle, wurde Jesuit, d.h. Laienbruder, und mußte dann lauter Bilder aus heiligem Gehorsam malen, deren die Jesuiten immer für ihre vielen Kirchen brauchen. Stecher mußte sogar nach Amerika und dort für ihre Kirchen malen, bis er des Lebens überdrüßig nach Tirol zurück kam und bald starb. In Wien hatte er an der Akademie durch ein Bild den Kaiserpreis erhalten, und er war auch ein talentvoller Maler, aber bei den Jesuiten ging er als Künstler ganz zu Grunde. Nach der Höllenpredigt schonte ich meine Knie; mein Eifer in den frommen Uebungen ließ nach, ich wollte entfliehen, hielt aber doch bis zum Ende aus. Wie froh war ich, als ich wieder in meine Thurmwohnung zurückkehren konnte. Von dieser Zeit behielt ich einen völligen Abscheu vor aller übertriebenen Frömmelei, obwohl

ich von meinen geistigen Fesseln noch lange nicht befreit war.

Weil ich mich nun selbstständig stellen wollte, verließ ich meine bisherige Wohnung im venetianischen Palaste und miethete bei dem Bildhauer Hofmann und seiner Frau, die ein größeres Quartier hatten, zwei Zimmer für Wohnung und Atelier. Hier malte ich das Bild »Die heilige Katharina von Engeln getragen«. Ich stellte es aus und verkaufte es schon am zweiten Tage nach der Eröffnung der Kunstausstellung an einen Amerikaner; später wurde es von Neuem für Philadelphia bestellt, und dieses Bild begründete meinen Künstlernamen in Rom; ich erhielt bald Besuche von Fremden und Bestellung über Bestellung. Als der junge Herr Ratisbon, ein reicher Jude aus Straßburg, dessen Bekehrungsgeschichte damals ein großes Aufsehen machte, in Paris eine Kirche baute, wurden dafür fünf Altarbilder bestellt. Das Hochaltarbild war die Erscheinung der heiligen Jungfrau, die anderen vier einzelne Heilige: der h. Andreas, der h. Bonaventura, der h. Stanislaus und der h. Ignatius als Gründer des Jesuitenordens, alle in überlebensgroßer Figur. Ein Jesuit sollte die Fortschritte dieser Arbeit überwachen und kam deshalb öfter zu mir; ja er fing an, meine Arbeit zu kritisiren, indem er auf die Fresken in den Jesuitenkirchen hinwies. Ich sagte ihm, daß ich mich nach dem barocken Kunstgeschmacke der Jesuiten nicht richten könne, sondern die besten christlichen Bilder als Vorbilder gebrauchen müsse: »Was«, rief er, »die Jesuiten haben keinen guten Geschmack in der Kunst; unter ihnen war selbst Pozzo, der berühmte Freskenmaler, der die Kirche San Ignatio ausgemalt hat; nehmen Sie zurück, was sie gesagt haben.« »Nein, von Zurücknehmen ist keine Rede«, erwiderte ich, und setzte hinzu, daß die Kirche San Ignatio wie eine Fleischbank aussehe, wo die nackten Schenkel der wohlgenährten Engel in Unzahl von der Decke herunterhängen. Als er darüber in Zorn und Wuth kam, suchte ich ihn zu beruhigen und meinte: der Jesuitenorden sei ja in der Zeit des Verfalls der christlichen Kunst in die Höhe gekommen und die Herren Patres hielten daher diese Kunst für groß, obwohl sie eher zur Sinnlichkeit als Auferbauung reize; ich hätte allen Respect vor der Frömmigkeit der heiligen Männer des Ordens, aber ich bedauere, daß sie sich nicht so weit bilden, um den Werth eines Kirchenbildes zu verstehen. »Das heißt so viel als: ihr versteht nichts«, antwortete er, nahm seinen Hut und rief noch voll Zorn unter der Thüre: »Das werden Sie bereuen, was Sie über das Collegium der Jesuiten gesagt haben.«

Ich hatte diese Bilder noch nicht fertig, als ich neue Bestellungen erhielt. Lord Shrewsbury hatte eine Kirche in England erbaut und brauchte für die Gruft und Kirche Gemälde. Er bestellte bei mir eilf Engel in Medaillons auf Goldgrund, welche ein gemaltes Glasfenster umgeben sollten, ferner zwei kolossale Engel, welche das heilige Grab bewachen, ganze Figuren, und zwar auf Kupferplatten, welche der Lord aus England kommen ließ. Auch bekam ich einige Porträts zu malen, welche einträglicher waren als die Heiligenbilder. Bereits hatte ich mir einige hundert Scudi auf die Seite gelegt und dachte mir: jetzt kannst du es wagen, Agnesina das Jawort zu sagen. Die heiße Jahreszeit war da, ich verlangte nach Landluft und fuhr nach Albano. Gleich nach der Begrüßung Agnesina's nahm ich sie bei der Hand und führte sie zu Millingen und der Mutter und wir verlobten uns vor ihnen. Agnesina konnte keine Worte finden, lehnte sich an meine Schulter und weinte vor Freude und ich fühlte, daß es die feierlichste, wichtigste Stunde meines Lebens war. Wir waren beide an Sparsamkeit gewöhnt und konnten es wagen. Ich war kräftig, lustig und unermüdlich bei der Arbeit, ich kannte die Grenzen meiner Kraft nicht, zweifelte auch nicht an der Zukunft und genoß die fröhliche Gegenwart. Fünf schöne Tage verlebte ich wieder in Albano und besprach mit Agnesina die Zukunft, unsere Liebe und unser Glück. Den Tag der Trauung setzte ich auf den 24. October, den Tag des heiligen Erzengels Raphael fest, wohl auch aus Liebe und Verehrung für den großen Maler Raphael.

Da ich mit mehreren Malern verabredet hatte, einen Ausflug nach Subiaco zu machen, reiste ich wieder ab, so schwer mir auch die Trennung war. Wir waren sechs Maler und ritten alle auf Eseln. Ein Maulthier trug unser Gepäck und den Führer. Zuerst ritten wir über Monticelli nach Tivoli, wo wir zwei Tage blieben, dann über Berg und Thal bei großer Hitze nach Subiaco. Als wir einen steilen Weg über einen Bergrücken einschlugen, wurde der Maler Chopin, ein junger, liebenswürdiger Franzose, vor Durst und Anstrengung ohnmächtig. Ich holte, da die anderen weit voraus waren, aus dem tiefen Thal frisches Wasser und labte ihn, daß er sich wieder erholte. Er war aber so schwach, daß ich neben ihm gehen und ihn stützen mußte. Erst nach drei Stunden bei finsterer Nacht kamen wir in Subiaco an. Die Stadt liegt in einem der schönsten Thäler der Sabiner Berge. Gregoro- vius hat es in dem Buche »Wanderjahre in Italien« (II. B.) so glänzend beschrieben, daß ich darauf verweise. Wir wohnten beim Maler Flageron, der die schöne Wirthstochter geheiratet hatte, und zwar sehr gut und sehr billig. Leider war fast jeden Nachmittag ein Gewitter und wir konnten nur die Vormittage für Ausflüge und malerische Studien benützen. Dieses Subiaco ist ein Sammelplatz von Malern, denn sie finden hier Stoff für jeden Zweig der Kunst. Der streng religiöse Maler kann die Kirchenbilder in S. Scholastica und S. Benedetto, der Wiege des Benedictinerordens, studiren, der Landschaftsmaler findet die reiche schöne Natur und der Genremaler malerisch schöne Menschen, fügsam und geschmeidig für Modelle. Ich hatte nur ein Skizzenbuch bei mir und zeichnete manches aus den Kirchen und Landschaften und des Nachmittags Modelle. Nach acht Tagen ritten wir von Subiaco hinauf nach dem alten malerischen Felsenneste Cervaro, und von hier durch herrliche Kastanien- und Olivenwälder nach dem wieder hoch gelegenen Civitella, wo wir bei dem Pfarrer Unterkunft fanden. Seine Wirthschafterin setzte uns ein Hammelfleisch und eine Frittata vor, was uns in der Gesellschaft des gesprächigen und wißbegierigen Geistlichen köstlich schmeckte. Da er aber nur ein großes Bett höchstens für drei hatte, wurde das Lager verlost. Ich und der Franzose zogen das kürzere Los, legten uns auf Stroh und schliefen vortrefflich. Früh Morgens stand ich auf und betrachtete bei Sonnenaufgang von dem Abhang des Bergstädtehens die herrliche Aussicht. Auch hier fallen mir wieder die »latinischen Sommer« von Gregorovius ein, der Geschichtsschreiber, Maler und Dichter zugleich ist, und dieses Land mit seiner Geschichte, mit den Sitten und Trachten der Bewohner meisterhaft beschreibt. Wir wanderten dann weiter durch idyllische Thäler und über grüne Höhen; wo man sich hinsetzt, kann man ein Bild malen; die größten Landschaftsmaler haben in dieser unvergleichlichen Natur ihre Studien gemacht, und Olevano war so voll von Malern aus allen Ländern Europas, daß wir gar kein Unterkommen fanden und noch bis Genazzano reiten mußten. Gerne wäre ich länger in diesen Gegenden verweilt. Die Gebäude tragen das Gepräge des einstigen Wohlstandes und sind jetzt im malerischen Verfalle, das Volk hat die herrlichsten Anlagen und ist so ungezwungen und elastisch in seinen Bewegungen, daß man nur zeichnen und malen möchte. Da sitzt im Schatten unter einem mittelalterlichen Thore eine Gruppe Weiber und halbnackter Kinder, dort schaut ein junges Frauengesicht mit schmachtenden großen Augen aus einem mit alten Säulen verzierten Bogenfenster, alles hat Farbe, Gebäude, Menschen und Thiere vereinigen sich harmonisch zu Bildern. Zieht man wieder in's Freie auf sonnige Höhen oder in die dunklen Falten der Gebirge, sieht man Klöster und Städte wie spielend in die Luft gehoben, und die schön gezeichneten, von dem reinsten Blau des Himmels begrenzten Linien der Berge. Kurz, alles ladet zum Zeichnen und Malen ein. »Ach, hieher muß ich wieder kommen!« rief es in mir, aber meine einmal erfaßte Richtung für die kirchliche Kunst und die Geschichte, wohl auch die späteren Schicksale ließen es nicht zu, mich dem Genrefach zu widmen, zu dem ich als geborner Naturfreund so viel Neigung hatte. Nur selten malte ich damals ein kleines Genrebild oder

eine halbe Costumfigur.

Wir wanderten dann weiter, bald zu Fuß, bald zu Esel, nach Palestrina, Valmontone, Velletri und näherten uns über Genazzano und Ariccia dem von mir ersehnten Albano. Meine Reisegefährten fuhren von hier nach Rom und ich ging zwischen Gärten und Mauern die einsame Gasse hinauf bis zur kleinen hinteren Gartenthür des Hauses, wo meine Verlobte wohnte. Durch das Schlüsselloch erblickte ich Agnesina, wie sie in Gedanken vertieft den Laubgang gegen die Gartenthür zuging. Leise rief ich durch das Schlüsselloch »Agnesina«. Im Nu war die Gartenthür geöffnet und wir umarmten uns im himmlischen Entzücken. Es brauchte große moralische Kraft um mich nach einigen Tagen seligen Aufenthaltes wieder zu trennen, aber meine Arbeiten riefen mich wieder nach Rom.

Im Hause Giraud, welches Millingen ganz gemiethet hatte, wohnte damals Don Miguel von Braganza, der gerne und oft in Albano verweilte, theils wegen der Herbstjagden theils weil Millingen sein Arzt war. Als Exkönig von Portugal wurde er immer Majestät titulirt, auch in Rom, wo er bei Papst Gregor XVI. eine Zuflucht gefunden und im Palaste Mencacci sehr zurückgezogen lebte. Anfangs waren nur etwa siebenzig Personen mit ihm aus Portugal gekommen, später wuchs das Gefolge auf dreihundert, die alle von ihm leben wollten. Er gab was er hatte, aber das reichte nicht aus und sie verließen ihn. Ich hatte eine gewisse Ehrfurcht vor dieser gefallenen Größe, und da ich einigemal mit Millingen an den Jagden theilnahm, lernte ich ihn näher kennen, umsomehr, als der sonst schüchterne Mann im Verkehr mit

Jägern gesprächig und heiter wurde. Er war ein verwegener Reiter und ein vorzüglicher Schütze. Ich sah ihn selbst, auf dem Esel reitend, im Trab eine Wachtel schießen. Sein treuer Kammerdiener war zugleich sein Leibjäger und diesem geschah es, daß er einst vor der Porta pia in Rom angefallen und beraubt wurde. Er kehrte von einer Jagd heim, als ein wohlgekleideter Mann, der sich für einen geheimen Polizisten ausgab, von ihm den Jagdpaß verlangte. Der Jäger lehnte das Gewehr an den Zaun und suchte den Paß hervor. Während dem nahm der Mann das Gewehr, schoß ihn nieder, beraubte ihn und warf ihn in den Graben. Francesco Maria konnte sich noch auf die Straße schleppen, wo man ihm Hilfe brachte; er starb aber acht Tage nachher. Auch Don Miguel wurde früher einmal auf dem Wege von Porto d' Anzio nach Albano, als er mit drei Jägern spät Abends in seinen Wagen heimkehrte, von sechs Räubern angefallen. Die Geschichte hat er selbst, als er mir zu seinem Porträte saß, erzählt und zwar mit den Worten: »Ich kutschirte selber, saß aber in finsterer regnerischer Nacht schon schläfrig auf dem Vordersitze und meine drei Gefährten schliefen schon fest im Wagen, als auf einmal zwei bewaffnete Männer die Pferde anhielten und von der Straße rechts und links der Ruf erscholl: »Halt, nicht bewegen, sonst seid ihr todt.« Ich griff nach meinem Gewehr, welches jedoch Francesco bei sich im Wagen hatte, und sah im Lichte der Laterne sechs Räuber, welche ihre Gewehre auf uns anlegten und riefen: »Absteigen, *faccia a terra* und nicht bewegen.« Einer hielt mir die Pistole vor's Gesicht. Es war nichts Anderes zu thun als gutwillig zu folgen. Ich und meine schläfrigen Begleiter mußten uns niederkauern und ausrauben lassen. Als ich bei der Untersuchung den einen Mann anblickte, versetzte er mir einen Dolchstich, der mir aber glücklicherweise nur die Haut im Genick verletzte. Uebrigens waren Alle vermummt und man konnte keinen erkennen. Bei mir fanden sie nur zwei Rollen zu 50 Scudi, sie nahmen aber auch die Uhren, die Gewehre und sogar die Mäntel. Francesco hatte beim Niederkauern sein Geld und die Uhr in den Straßenstaub fallen lassen und so gerettet. Die Räuber waren aus Velletri, vier davon wurden später in Rom gehenkt und die zwei Anderen zu lebenslänglicher Zuchthausstrafe in Civitavecchia verurtheilt.« Don Miguel hatte bei sich seine alte Erzieherin, Donna Francesca, welche Agnesina sehr wohlwollte, so daß sie täglich beisammen waren. Die alte gutmüthige Dame sprach nur portugiesisch, verstand aber gut italienisch und Agnesina lernte in den Gesprächen mit ihr etwas portugiesisch. Sie führte mich der Donna als ihren Bräutigam auf und das kleine alte Mütterchen, das im Lehnstuhle ruhte, schien sehr erfreut zu sein; sie nahm mich und Agnesina bei der Hand, gab uns den Segen und sagte zu mir portugiesisch: »*O mios Carlos, Agnesina è una muito boa rapariga*; o mein Carlos, Agnesina ist ein sehr gutes Mädchen!« Sie redete noch mehr portugiesisch zu mir, wahrscheinlich viel Schmeichelhaftes über Agnesina, aber ich verstand es nicht.

Von Rom aus schrieb ich meinem Vater von meiner bevorstehenden Vermählung und bat um seinen Segen. Er schrieb mir sogleich zurück und ich war befriedigt. Aber bald kamen andere Briefe, die mich peinlich berührten. B. G., der vielleicht durch Flatz von meiner Heirat gehört hatte, schrieb mir aus Bozen einen vorwurfsvollen Brief, daß ich nun für die Kunst verloren sei, daß ich mich in's Unglück stürze und in Noth und Elend kommen werde u. A. Auch mein Vater schrieb von künftiger Noth, und daß ich ihn nun nicht mehr unterstützen würde. Mir war das herzzerreißend und ich schickte ihm sogleich dreihundert Gulden und versprach, ihn so lange er lebe, nicht zu verlassen. Das ist mir auch gelungen, denn mein Vater lebte durch 22 Jahre ganz von mir, bis ihn der Tod in seinem 92. Lebensjahre dahin raffte.

Nachdem ich bei Hofmann noch ein Zimmer zu meiner früheren Wohnung gemiethet und diese Räume einfach, aber geschmackvoll eingerichtet hatte, fuhr ich am 22. October zu meiner Vermählung nach Albano. Ich hatte, wie erwähnt, den Tag bestimmt, aber die Be-stimmung der Stunde überließ ich meiner Braut. Da sie wie ihre Mutter gewohnt war früh aufzustehen, wollte sie auch sehr zeitlich vermählt werden. Um halb sechs Uhr früh am 24. October bei der ersten Messe in der Domkirche zu Albano wurden wir im Beisein unserer Zeugen, einiger Verwandten und Freunde vom Arciprete Hieronymus Salustri getraut. Mein Zeuge war *Dr..* Millingen, Braut-führer und Zeuge Agnesina's Don Miguel, der sich selbst dazu ange-tragen hatte, was gewiß sehr schmeichelhaft für sie war. Da der Morgen sehr regnerisch war, legte man dieses als ein Zeichen aus, daß unsere Ehe eine glückliche sein würde. Wir fuhren nach Hause, um 11 Uhr wurde eine Erfrischung gegeben und die Glückwünsche entgegenge-nommen. Nun konnte ich Agnesina mein Weib nennen; ich fühlte mich namenlos glücklich und Agnesina, der die Freudenthränen in den Augen glänzten, gewiß das Gleiche. Um 2 Uhr Nachmittag stand der Wagen vor dem Hausthore. Der Abschied Agnesina's war sehr rührend, denn nie habe ich in meinem Leben ein so liebevolles Ver-hältniß zwischen Mutter und Tochter wieder kennen gelernt. Die so-genannte Brautreise war bei uns sehr kurz, denn nach zwei Stunden waren wir schon in Rom, wo ich sie in meine Wohnung einführte.

# VIII. In Glück und Genießen, 1842–1847.

Unsere Wirthschaft war sehr klein, und wir mußten, da wir keine Küche hatten, zu Lepre oder Falcone zum Essen gehen. Meine Mittel erlaubten keinen Luxus, und nur nach und nach konnte ich mich bequemer einrichten. Ich dachte mir, es sei besser, vom Esel auf's Pferd zu steigen, als umgekehrt. Erst später konnte ich eine angenehme Wohnung finden, in der ich dann acht Jahre mit meiner Familie lebte. Mit meiner Frau lebte ich vom Anfang an im höchsten Glück, sie war meine einzige Umgebung und Gesellschaft. Stundenlang verweilte sie mit ihrer Arbeit im Atelier, nahm Antheil an meiner Kunst und wurde mir durch ihr gesundes Urtheil und ihr richtiges Gefühl oft nützlicher als die sogenannten Kunstkritiker. Sehr oft benützte ich sie als Modell zu Händen und Köpfen, auch für Draperiestudien zeigte sie sich geneigt, aber als sie einmal durch's lange Stehen ohnmächtig wurde, nahm ich ihre Geduld nie wieder in Anspruch. Da aber meine Frau bald aus anderen Ursachen unwohl wurde, führte ich sie für eine Zeit nach Albano zu ihrer Mutter und besuchte sie dann jeden Samstag und Sonntag. Die anderen Tage der Woche malte ich fleißig an den Bildern für Lord Shrewsbury, der mir bald ein freundlicher Gönner wurde. Durch ihn wurde ich dem Fürsten Doria, seinem Schwiegersohne, vorgestellt. Er bestellte bei mir das Porträt der jungen Fürstin, und ich fühlte mich glücklich, eine der schönsten Damen Rom's malen zu können. Ja ich mußte das Bild zweimal malen, und dazu das Töchterchen Theresina, ein blondes schönes Kind von vier Jahren als ganze Figur. Auch davon wollte der Großvater eine Wiederholung. Dadurch kam ich in den Ruf als guter Porträtmaler und bekam bald mehr Aufträge, besonders von Engländern. Nebenbei malte ich eine »Rebecca am Brunnen« in dem Momente, wie sie dem Eleazar zu trinken gibt. Das Bild, das ich während des Sommers in Albano vollendete, ist im Besitze des Jacobo Treves in Venedig.

Im April bezog ich meine neue Wohnung in der Via Gregoriana im Hause des Canonicus Pacetti. Ich hatte hier im ersten Stock vier Zimmer, ein geräumiges Atelier, Küche, Keller und dabei die schönste Aussicht auf die Stadt bis zur Engelsburg, den Vatican und den Monte Mario. Der Monte Pincio mit seinen schönen Wegen war in der Nähe, und über die spanische Treppe konnte ich in wenigen Minuten in die untere Stadt hinabsteigen. Auch waren in dieser Gegend die Ateliers der meisten deutschen und fremdländischen Künstler. Vorerst ging ich mit meiner Frau, nachdem sie mit mir eingezogen und die neue Wohnung in Ordnung gebracht hatte, wieder nach Albano und malte fleißig an der Rebecca. Wie reizend waren meine und unsere Spaziergänge in der Umgegend von Albano nach Castel Gandolfo, nach Ariccia, durch den schattigen Wald zum See, auf den Monte Cavo und besonders zu den sogenannten Galerien, d.h. die Bergstraße mit ihren Windungen. Hier sind die großartigsten Baumgruppen von Linden, Platanen, deutschen Eichen und dazwischen die mannigfaltigsten Aussichten vom Albaner See mit seinen steilen Ufern bis zur Hochebene, wo einst Albalonga gestanden und zu dem Städtchen Rocca di Papa, das wie ein Adlernest am Monte Cavo hängt. Welch' herrliche Erinnerungen knüpfen sich für mich an diese paradiesische Natur und an jene Zeit, in der ich in der Jugend und Vollkraft des Lebens stand! Jetzt bin ich ein Witwer, ein Mann von sechzig Jahren, und während ich das schreibe, im Winter 1875/76, herrscht eine Kälte wie in Nauders, und ich sehne mich nach jenem Klima und in jene Zeiten zurück.

Am 24. Juli 1843 wurde mein Sohn Eugen geboren. Der Pathe war Baron Buffiere aus Straßburg. Der Geistliche, der das Kind taufte, war ein großer und, wie es schien, roher Mann. Das reichlich über den Kopf ausgegossene Wasser brachte das Kind nicht zum Weinen, aber als der Geistliche mit seinem Riesenfinger das geweihte Salz, und zwar etwas viel dem Kinde in den Mund stopfte, fing dieses jämmerlich zu schreien an, bis ich ihm das Salz aus dem kleinen Munde, so gut als es ging, herausnahm. Der arme Kleine wurde wieder beruhigt, und wir brachten ihn zur Mutter, die ihn in ihre Arme nahm. Sie nährte ihr Kind selbst und ertrug, soviel sie auch auszustehen hatte, alles mit Liebe und bewunderungsvoller Geduld. Ich war glücklich und zufrieden in meiner kleinen Familie und verdiente mit der Kunst genug, um unsere bescheidenen Ansprüche befriedigen zu können. So oft meine Agnesina mit dem kleinen Lolo zu mir in's Studio kam, lachte mir das Herz vor Freude. Dann warf ich Pinsel und Palette weg, nahm den starken, rothbackigen Kleinen in den Arm und herzte ihn so, daß er manchmal schrie und ihn die Mutter wieder auf den Arm nahm.

Von Rom kamen öfter deutsche Künstler, um mich zu besuchen und eine Partie in die latinischen Berge zu machen. Ich führte sie nach Rocca di Papa, über die Campi di Annibale, wo einst Hannibal sein Lager hatte, nach Tusculum und Frascati und über Grotta serrata und Marino nach Albano zurück; oder auf den Monte Cavo, von hier den Waldweg zum Nemi-See und über Genzano zurück. Diese und andere Partien habe ich in Gesellschaft von Freunden mit meiner Familie und *Dr.* Millingen sehr häufig gemacht und immer zu Esel. Vom Monte Cavo genießt man aus den Fenstern des Klosters die schönste Aussicht. Rom liegt 25 Miglien entfernt in Nebeldunst, aus dem nur die Peterskuppel wie ein aufgestelltes Ei deutlich aufragt; rechts in der Ferne ist der blaue Berg Soracte, links die Campagna und das leuchtende Meer bis zum Monte Circeo; im Vordergrund tief unten liegen die Seen von Albano und Nemi, wie in Kesseln, von steilen Ufern umgeben und von der üppigsten Vegetation begrenzt.

In Albano malte ich die Porträts der ganzen Familie, auch der Verwandten meiner Frau; aber das meiner Frau wollte mir nie gelingen. Ich konnte ihr seelisches Wesen, das Sanfte und Gute ihres Charakters mit den schönen frischen Formen nicht vereinen. Ost malte ich an ihrem Kopf, ohne daß sie mir dazu saß und wollte dann den Ausdruck, der mir vorschwebte, hineinlegen, aber ich verdarb die Malerei, das Colorit, und es entstand ein idealer Kopf. Das zu viele Idealisiren war damals die schwache Seite der sogenannten strengen Künstler, wodurch faules Zeug entstand, und der Maler, statt das Charakteristische des Gegenstandes zu geben, mehr aus sich selbst heraus malte. Ach, auf welche Irrwege wurde mein schwaches Talent geführt und dadurch in seinem Triebe nach Vollkommenheit gehemmt. Wie viele unnütze Studien habe ich gemacht und mich dabei gequält statt mich an die Natur zu halten und aus ihr, der ewig frischen Quelle, zu schöpfen und zu lernen.

Damals besuchte mich in Albano der Maler Karl Rahl aus Wien, der schon einige Zeit in Rom sein Atelier aufgeschlagen hatte. Er speiste bei mir, und wir machten dann einen Spaziergang nach Ariccia. Er war ein genialer Mann, hatte ein vorzügliches Gedächtniß, einen durchdringenden Verstand, eine Beredsamkeit ohne Gleichen, und wenn er mit seiner angenehmen Stimme seine freie Gesinnung offenbarte, bezauberte er Alle, besonders die jungen Künstler. Er war kein Trinker, aber ein starker Esser und ein Freund der Frauen. Bei meinen bekannten streng religiösen Künstlern galt er als ein Wüstling und als ein Freimaurer. In der Malerei war sein Streben, den Venetianern, besonders Tizian und Bonifacio, gleich zu werden. Aber er konnte ihre Klarheit und Lebensfrische nicht erreichen. Zu jener Zeit malte er in Rom ein großes Altarbild, das er den Triumph des Copal-Firnisses nannte, da er immer den Pinsel in diesen Firniß tauchte. In Rom war er zu Lebzeiten Koch's viel in dessen Gesellschaft, ebenso verkehrte er mit Cornelius, der ihn hochschätzte, mit dem Mythenmaler Riepenhausen und dem Landschafter Reinhart, von denen er viel lernte. Damals auf jenem Spaziergange in Albano philosophirte er von allerhand und behauptete, daß ein Künstler nicht heiraten dürfe. Meine Erwiderung war: »Der Künstler muß vor allem Mensch und dann erst Künstler sein; er kann ein glücklicher Familienvater und doch Künstler bleiben; er lebt dann für die Kunst und für die Familie, sein Leben wird viel gehaltvoller und würdiger als das eines Hagestolzen sein.« Er erwiderte nichts darauf und sprach von anderen Dingen. Meiner Frau gefiel er nicht, aber ich freute mich an seinem derben freien Sinn und seinem bedeutenden Geiste; ich blieb ihm gut und wie ein Freund gefällig. Als er mich ersuchte, ihm ebenfalls einen Auftrag von Baron Treves auszuwirken, schrieb ich sogleich nach Venedig und viel Rühmliches über ihn, aber Treves hatte damals keine Luft, und Rahl verließ auch bald nachher Rom.

In jenem Sommer malte ich die Bildnisse des alten, Fürsten Corsini und des Prinzen Conti nebst einigen Studienköpfen. Zugleich übte ich mich auch in Landschaftsstudien. Leider mußte ich als Familienvater darauf bedacht sein, alles zu verwerthen, was mein Pinsel hervorbrachte, und konnte daher nur spät Nachmittag, wenn mein Tagewerk vollendet war, meine Studien im Freien vornehmen In Genzano, ein gute Stunde von Albano, war die Familie des Vincenzo Jacobini mit meinem Schwiegervater sehr befreundet. Meine Frau führte mich dort auf, und ich bot mich an, die drei schönen Töchter in kleinem Maßstabe zu porträtiren. Theresina, die Schönste, malte ich für mich in Lebensgröße und im Albaner Costüme. Als ich das Bild in Rom ausstellte, konnte ich es sogleich verkaufen und erhielt neue Aufträge zu Porträts. Dieses Mädchen hatte eine unbegreifliche Geduld mir als Modell zu stehen und war so eifersüchtig auf ihre Schwestern, daß sie bei der Sitzung immer zugegen war, bis sie wieder an die Reihe kam. Sie gab mir deutlich zu erkennen, daß sie in mich verliebt war, und wäre ich nicht von Liebe und Treue für Agnesina ganz durchdrungen gewesen, hätte es gefährlich werden können. Da ich mit meiner

Frau einverstanden war, im Falle eines Gewitters bei der Familie zu übernachten, so rief Theresina oft; »Wenn die h. Madonna nur heute ein tüchtiges Gewitter kommen ließe!« Zweimal war dies wirklich der Fall; sie verließ mich nicht und trieb es in ihrer Unschuld so, daß ich verlegen wurde. Da die Familie wohlhabend war, so verheirateten sich später alle diese Mädchen, auch die Jüngeren, die damals noch Kinder waren.

So kam der October, der angenehmste Monat des ganzen Jahres. Die Jagden und die Weinlese gaben Anlaß zu sehr angenehmen und lustigen Zusammenkünften, bis wir wieder nach Rom übersiedelten. Diesmal waren wir schon unser Vier, außer meiner Frau der kleine Eugen und ein Kindmädchen Loretta aus Ariccia, ein braves treues Geschöpf, welches fünfzehn Jahre bei uns blieb. Meine Frau hatte eine große Freude in der angenehmen Wohnung und richtete sie äußerst bequem ein. Wie oft gingen wir in den acht Jahren, die wir dort wohnten, zum Monte Pincio; jährlich sahen wir von unserem Balcon zweimal, am Ostermontag und an St. Peter und Paul, das Feuerwerk auf der Engelsburg und die Beleuchtung der Peterskuppel. Es stiegen oft mehr als 4000 Raketen auf. In diesem Winter wurde ich mit dem jungen Fürsten Salviati Borghese bekannt. Als er mich besuchte und die Skizze der h. Elisabeth von Thüringen sah, bestellte er eine Wiederholung im kleineren Maßstabe, die ich ihm mit einiger Veränderung der Composition malte. Auch mußte ich für ihn das Töchterchen seines Bruders malen, der damals seine schöne Frau durch den Tod verloren hatte. Sie war eine Schwester der Fürstin Doria und Tochter des Lord Shrewsbury, wegen ihrer Schönheit berühmt und von den Armen Rom's, deren Stütze sie war, beweint. Lady Walpole, eine der schönsten jungen englischen Damen, kam zu mir und ließ sich malen. Dieses Porträt brachte mir wieder andere Aufträge ein, denn ein so auffallend schönes Gesicht macht den Künstler, wenn es ihm gelingt, gleich berühmt. Viele Engländer besuchten mich, und ich erhielt Bestellungen von mehreren Porträts. Ich erinnere mich gar nicht mehr daran und habe auch leider keine Aufzeichnungen über meine Arbeiten geführt.

Das Porträtmalen ist für den Künstler sehr lehrreich, weil er dabei die Natur getreu nachbilden muß, und zugleich angenehm, wenn der Maler ein gescheidtes Individuum und einen charakteristischen Kopf vor sich hat. Das Gegentheil tritt aber dann ein, und es kommt so häufig vor, wenn Damen, die schon in der zweiten Lebenshälfte stehen, nie schön waren und es nie mehr werden können, geschmeichelt sein wollen. Der Maler erkennt dies schon in der ersten Sitzung durch's Gespräch und die Geberden der Dame. Wenn er es versteht und den Willen dazu hat, sie schöner, jünger und doch ähnlich darzustellen, wird er ihr Freund, wenn sie auch sagt: »Sie haben mir geschmeichelt.« Wehe aber dem Maler, wenn er das nicht zu thun im Stande ist. So hatte ich im zweiten oder dritten Jahre nach meiner Vermählung die zwei Töchter des Lord Cadogan, des Admirals von England, zu malen. Die zwei Damen waren unverheiratet aber schon über die Jahre der Schönheit hinaus. Die Jüngere malte nicht ohne Talent als Dilettantin in Aquarell und besaß viel Liebe und Verständniß für die Kunst, so daß der Verkehr mit ihr sehr angenehm war. Das Porträt gelang mir gut, sie hatte Geduld und auch einen angenehmen Ausdruck im Gesichte. Aber ihre Schwester konnte den Mund wegen ihrer großen hervorragenden Vorderzähne nicht zuschließen oder nur mit Gewalt, was ihr einen höchst unangenehmen und unnatürlichen Ausdruck gab. Bei der ersten Sitzung malte ich sie schonungslos ähnlich. Aber der offene Mund und die Zähne gefielen ihr nicht, und ich mußte auf dem Bilde wieder den Mund geschlossen malen. Als ihre Schwester das mit Recht unnatürlich fand, sollte ich den Mund wieder öffnen; nun machte ich den Mund kleiner und gefälliger, so daß die Zähne nicht so hervorstanden, und sie war zufrieden. Da sie wie ihre Schwester decolletirt dargestellt sein wollte, malte ich den mageren Hals und die Brustknochen so getreu, daß es wie ein Gerippe vom Gottesacker aussah. Weil ihr das nicht behagte, kam sie in einem geschlossenen Vormittagskleide, und ich malte ihr mit Vergnügen das braunseidene Kleid über das anatomische Studium. Dann wollte sie an der Nase, an den Augen Etwas verändert haben; eines Tages kam sie in schwarzem Kleide mit Locken und Schleier und sagte: »Sehen Sie, so gefalle ich Jedermann, so war ich in der Capelle Sistina, das Miserere zu hören.« Ich malte ihr das dritte Kleid, die Locken und den Schleier und hoffte wenigstens fertig zu werden, nachdem sie meine Geduld wochenlang auf die Probe gestellt hatte. Ich veränderte noch manches im Gesichte, sie sah schön, jung und doch ähnlich aus. Als sie das Bild ansah, meinte sie: »Das ist alles charmant und schön, aber schauen Sie hier im Licht meine Augen genau an; diese dürfen nur mit *lapis lazuli* gemalt werden, denn so schön blau sind meine

Augen.« Nun fing es in mir zu brodeln an wie in einem siedenden Kessel, meine Geduld war erschöpft. Ich bat sie höflich, sich noch einmal zu setzen, nahm mit einem großen Pinsel von der Palette alle Farben auf einmal und strich sie über das Gesicht: »Nun bin ich fertig, kommen Sie her und schauen Sie«, sagte ich ihr und ging aus dem Atelier fort. Meine Frau sah mir gleich an, daß etwas Unangenehmes vorgefallen sein müsse; ich blieb einige Minuten bei ihr und erzählte die Geschichte. Als ich in's Atelier zurückkam, traf ich die Lady noch vor dem Spiegel, aber mit einem noch viel längeren Gesicht. Nun konnte ich mich nicht mehr bezwingen, und sagte ihr, daß sie meine Geduld erschöpft, daß sie sich geirrt habe mich wie einen elenden Handwerker zu behandeln, und dabei nahm ich das Bild von der Staffelei und schlug es mit solcher Gewalt auf den Sessel, daß es in zwei Stücken auf dem Boden lag, und verließ nochmals das Atelier. Endlich hörte ich den Wagen wegrollen, und ich war befreit. Eine Stunde nachher brachte der Diener die Bezahlung für das Porträt ihrer Schwester, aber von nun an blieb der Besuch der englischen Aristo-kratie in meinem Atelier aus. Dafür verschaffte mir ein amerikanischer Maler, Herr Terry aus New-York, andere Bestellungen. Ich mußte einen Herrn und eine Frau, beide von großer Schönheit, in lebensgroßer halber Figur malen, und eine amerikanische Dame verlangte eine Wiederholung der h. Katharina, von Engeln getragen, von der sie eine Skizze bei mir gesehen. Auch hier brachte ich einige günstige Verän-derungen an.

Zu Weihnachten fuhr ich mit meiner Familie nach Albano und blieb daselbst zehn Tage. Da ich damals in Gesellschaft von Jagdfreun-den eine Jagd auf Hochwild, »cacciarella«, mitmachte, will ich Einiges darüber berichten. Die großen Waldungen bei Pratica, Ardea, bei Nettuno, Astura bis zur Halbinsel Circeo bilden ein ungeheures Jagd-revier für Rehe, Wildschweine und die ergiebigsten Jagdplätze waren Conca, Campo morto (ein Freiplatz und Asyl für Räuber und Mörder), so wie Cinque Scudi und andere Masserien, d.h. Meiereien, wo die römischen Großgrundbesitzer ihre Heerden von Büffeln, Schafen und Ziegen halten. Die größte am Campo morto gehörte St. Peter. Obwohl in der Umgebung von Rom überall Jagdfreiheit war und jeder Unbe-scholtene eine Jagdlicenz und einen Waffenpaß erhalten konnte, so war doch diese Waldwildniß den Römern und Albanern zu entfernt und wohl auch für den Einzelnen zu gefährlich. Don Miguel hatte durch die Familie Mencacci diese Gegend kennen gelernt und seine gelungenen Jagden gaben die Veranlassung zur Gründung einer Jagdgesellschaft von etwa 12–14 Jagdfreunden aus Albano, Ariccia und auch aus Rom. Sie unterhielten in einer Bauernhütte zwischen Ardea und Nettuno einen eigenen Hüter und eine Meute von mehr als dreißig Hunden. Dieser Gesellschaft schloß ich mich an und machte mit ihr durch acht Jahre, so lange ich in Rom lebte, jeden Spätherbst und Winter einige Jagden mit. Ein solcher Jagdausflug dauerte gewöhnlich 6–8 Tage; nach Pratica, Ardea, oder Ostia ritten wir auf Eseln oder Pferden, nach Nettuno, Astura oder Conca fuhren wir, weil die Fahrstraße gut ist, in Wagen. Wir trafen dann schon 10–12 Hirten, von denen ein jeder Jäger ist und eine Flinte trägt, als Treiber. Der älteste und erfahrenste Schütze dieser Waldbewohner war der Capocaccia, der Leiter der Jagd. Eine solche wilde Jagd hat beinahe dieselben Regeln wie in Deutschland, nur kennt man in Italien weder ein Jägercostüme noch eine besondere Jagdsprache, auch wird das geschossene Wild am Ende der Jagd gleich vertheilt, während es bei uns dem Eigenthümer zufällt. Bei den ersten Jagden wurde mir als Neuling nur der schlechteste Platz zugetheilt, aber im zweiten Jahre rückte ich schon zwischen die zwei besten Schützen ein. Eines Tages, am 15. December 1845, brachen wir früh sechs Uhr von Campo morto auf. Der Zug ging durch Wiesen zwischen weidendem Hornvieh und dann in den Busch- und Hochwald von Eichen und Pinien. Wir mußten uns oft bücken und dann wieder durch acht Fuß hohes Farrenkraut dringen. Voran ging der Führer mit der Flinte auf dem Rücken, ein altes Waldmännchen, das in seiner verschossenen rothen Jacke, mit dem gelben zugespitzten Hut, mit Bundschuhen und langhaarigen Ziegenfellen an Schenkeln und Schultern eine höchst malerische Figur darstellte. Auch die anderen Treiber waren in ihrer zerlumpten Tracht nicht weniger malerisch. Als dann der Tag anbrach, und die Sonne ihre goldenen Strahlen in die Lichtungen dieses Urwaldes auf die alten und knorrigen Bäume und Schlingpflanzen fallen ließ, gab dies einen entzückenden Anblick. Wie gern wäre ich verweilt, um zu zeichnen. Der Landschaftsmaler kennt diese wilde Natur nicht, sie ist im Sommer auch wegen der Malaria unzugänglich. Aber doppelt glücklich ist der Jäger, wenn er zugleich Maler ist, denn er hat einen Sinn mehr als andere Menschen, den für die malerische Schönheit der Natur. Welche Bilder zeigten sich da: Hier kommt man zu einem mit dichten Schlingpflanzen überwachsenen Monument, zu den Ueberresten einer alten Brücke oder Straße; im Buschwald ist alles grün und dicht vom niederen Gesträuppe bis zur Eiche, und dort im Hochwald tritt man unter die hohen Bäume, deren Kronen der Epheu umschlingt und verbindet, wie in einem gothischen Dom. Dazu die wechselnden Lichter und Schatten, die zerlumpten Treiber und wir selbst eilig und erregt, oft auf dem Steig nur Einer hinter dem Anderen. Schon im Buschwald zeigte uns der Alte die Fährte eines Ebers, die bald rechts, bald links in den Wald lief; dann stellte er von fünfzig zu fünfzig Schritt die Jäger auf und mich auf den besten Platz, wo die Fährte gerade vor mir hinlief und zwei Oeffnungen im dichten Ge- büsch den Durchbruch des Wildes zeigten. Leise rief mir das Wald- männchen in's Ohr: »*in bocca al lupo*«, »im Rachen des Wolfes«, der Glückwunsch des Jägers, wie in Deutschland das »Waidmannsheil!« Die Nachbarn ließen sich blicken, damit jeder die Richtung kenne, mein Gewehr war in Ordnung, und ich stand unter einer jungen Eiche, der Dinge harrend. Nach einer halben Stunde hörte ich aus der Ferne Hundegebell, das Geschrei der Treiber und Pistolenschüsse; die Jagd hatte begonnen, dann zog sich der Lärm in die Ferne, bis ich das Bellen eines einzelnen Hundes hörte. Mein Nachbar deutete mir nun, daß dieser Hund vor dem Eber stehe und ihn allein nicht austreiben könne. Ein alter Hund, Moschino genannt, ist nur auf die Wildschwei- ne selbst abgerichtet, er achtet nicht einmal auf das Reh, während die anderen Hunde auch auf Hafen, Füchse und Büffel jagen. Unser Hund war ein alter Kämpfer und trug den ganzen Leib voll Narben von Wunden, die ihm die Hauer der Eber aufgerissen. Jeder Jäger kannte dieses edle Thier, und wenn er sein rauhes Gebell hörte, machte er sich zum Schuß bereit. Wir hörten nun deutlich, wie die anderen Hunde ihm zu Hilfe eilten und den Eber anbellten, bis er sich erhob. Dieser blieb vor dem ersten Jäger im Busche stehen, weil er aber Wind hatte, bog er schräg ab und gerade meiner Richtung zu. Ich hörte das Krachen der Aeste, sah die Wipfel der Bäumchen sich schütteln und dann aus der Oeffnung des Busches einen riesigen Schädel hervorleuch- ten. Ich schoß, der Eber trabte weiter, und als ich über den Steig sprang, um ihm noch einen Schuß zu geben, war er verschwunden. Aber getroffen hatte ich ihn, denn die Zweige waren voll Blut, und ich brach mir einen Busch Reiser als ein Zeichen ab. Mein Nachbar zur Linken klatschte mir zu, deutete aber stehen zu bleiben; er und der Jäger zur Rechten drängten sich durch den Busch, um dem Eber den Weg abzuschneiden und ihm den Rest zu geben. Ein kleinwinziger Hund zwängte sich am Boden durch die dichten Reiser fort, dann kam heulend die Meute der anderen Hunde und stürzte sich auf den Eber, der sich im dichten Busch gelagert hatte und nicht weiter konnte. Ich hörte ein furchtbares Gekläffe, dann einen Schuß und bald auch ein Signal, daß der Trieb aus sei. Die Jäger und Treiber sammelten sich, zehn Mann schleppten das Unthier aus dem Dickicht auf den Pfad. Mein Schuß war ihm durch den Hals in die Brust gegangen und tödtlich, der zweite hatte ihn in den Kopf getroffen; sieben Hunde waren verwundet, einige auf den Tod. Während ein Mann in die Meierei eilte, um ein Saumpferd zu holen, und während der Trieb fortgesetzt wurde, blieb ich bei dem erlegten Wilde und zeichnete eine Skizze, die ich noch aufbewahrt habe. An diesem Tage wurden noch fünf Stück Wildschweine geschossen, aber alle zusammen wogen nicht mehr als mein Eber, der ohne Eingeweide $3^{1}/_{2}$ Centner schwer war. Diese Jagd dauerte acht Tage. Jeden Morgen wurde die Wildniß in einer anderen Richtung durchstreift und noch sehr viel geschossen. Ein schwerer Wagen, von Büffeln gezogen, brachte das erlegte Wild, Rehe und Schweine, nach Albano. Das Wetter war, obwohl in der Woche vor Weihnachten, schön und warm wie im April. Da wir einen Koch mithatten, wurde um eilf Uhr im Walde ein gemeinschaftliches Frühstück eingenommen; die Menschen, die Hunde, das an den Bäumen aufgehängte Wild boten abermals ein schönes Bild, und ich verfehlte nicht, einiges davon zu zeichnen. Abends fünf Uhr zogen wir Alle zur Herberge, die oft noch zwei bis drei Stunden entfernt war, und wo es gewöhnlich noch lustig herging. Ich bin nur ein mittelmäßiger Schütze, weil mir die nöthige Ruhe und Kaltblütigkeit fehlt. Aber Ihr wißt Alle, daß man gern über ein Fach schwätzt, in dem man am wenigsten tüchtig ist, so ich hier über die Jagd. Ja ich konnte damals meinem Drange nicht widerstehen und malte ein Jagdbild, das einen Engländer, Mr. Silvertopp, so erfreute, daß ich es ihm sogleich überlassen mußte.

Meine religiöse Richtung in der Kunst konnte damals den Naturalismus noch nicht vertragen, und meine deutschen Freunde, welche alle Anhänger Overbeck's und Cornelius' waren, hatten noch so viel Einfluß auf mich, daß ich beim Cartonzeichnen in coloristischer Beziehung völlig zu Grunde ging. Meine Bilder waren in der Nähe gesehen sehr detaillirt und gut durchgebildet, aber wegen der falschen Principien im Coloriren machten sie eine schlechte optische Wirkung. In unserem Kreise galt es als ein künstlerisches Verbrechen, am Bilde selbst nach einem Modell zu malen; man durfte wohl darnach zeichnen, aber nur nach dieser Zeichnung das Bild malen, so daß die Farben conventionell und falsch wurden, um so mehr, als man uns nur schlechte Regeln und diese unbedingt vorhielt. Die italienischen Maler, welche zu dieser Zeit in Rom lebten, waren entweder noch Anhänger des akademischen Zopfes des Malers Camuccini oder krasse Materialisten. Sie malten irgend einen Taugenichts mit langen Haaren als Christus, oder ein beliebiges unwürdiges Frauengesicht als Madonna. Obwohl sie besser colorirten als die Deutschen, konnten sie nur einen abschreckenden Eindruck auf mich machen. Auch mit der Richtung der französischen Akademie, welche damals unter Leitung des ausgezeichneten Directors Ingres stand, konnte ich mich nicht befreunden.

In Albano, den dritten Sommer nach meiner Vermählung, malte ich für Baron Buffiere zwei Bilder, eine Madonna mit zwei Engeln und eine Maria Heimsuchung in dem Augenblick, wie Maria zum Himmel blickt und die Worte spricht: *magnificat* u.s.w.; Elisabeth kniet vor ihr, Joseph und Zacharias stehen unter einer Weinlaube. Damals wurde mir ein zweiter Sohn, Julius, geboren, ein zartes schwächliches Kind, das aber ein großer starker Mann geworden ist. In jenem Sommer lernte ich den Aquarellmaler Michel Stohl aus Wien, sowie die österreichischen Pensionäre, den Maler Karl Mayer und den Bildhauer Joseph Gasser kennen. Stohl wohnte mit seiner Frau in unserem Hause und wurde wegen seines Witzes und immer heiteren Laune bald bei uns beliebt. Er copirte gern moderne und alte Bilder, auch einige von mir in Aquarell, die er dann verkaufte. Noch heute ist er mir ein alter lieber Freund. Karl Mayer war schon damals ein bedeutendes Talent und vielseitig gebildeter Künstler. Er kannte alle Theorien und Methoden der Kunst, ließ jeder Richtung ihr Recht, versuchte auch allerlei Methoden, blieb aber immer ein Freund der Natur. Er hatte viele Bestellungen für Altarbilder aus Oesterreich. Oftmals, wenn das Bild halb vollendet war, trieb es ihn in die schöne Natur hinaus; er kam dann mit neuen Ideen zurück, stellte das Bild von gestern auf die Seite und begann ein neues. Während der zehn Jahre, die er in Rom zubrachte, hat er eine Unzahl von flüchtigen aber höchst werthvollen Notizen nach der Natur und Aquarell-Skizzen gearbeitet. Dabei besaß er ein ehrliches edles Herz, ein freisinniges Denken und war in allem mäßig und uneigennützig. Da ich noch in vielem unerfahren und in meiner Kunstanschauung sehr einseitig war, nahm er einen großen Einfluß auf mich; wie oft predigte er mir, das Atelier-Sitzen tauge nichts, man müsse hinaus in die Natur nicht nur für die Bilder, sondern auch um den Geist zu bilden. Er kritisirte meine Bilder, daß ich sie hätte zerreißen mögen; ich folgte ihm einigemal, fand es aber doch für besser, mein eigenes Wissen und meine Ueberzeugung vorwalten zu lassen. Der Bildhauer Joseph Gasser blieb mehr zurückhaltend in sich gezogen; sein Talent und sein Schönheitssinn waren jedoch nicht minder ausgezeichnet, und sein Umgang hat ebenso einen guten Einfluß auf mich genommen. Wir wurden alle drei gute Freunde und sind es bis heute geblieben, denn Mayer und Gasser leben noch wie ich in Wien.

Graf Leon Potocki, der russische Botschafter in Neapel, für den ich schon manches, namentlich das Porträt seiner Frau gemalt hatte, lud mich auf seiner Durchreise in Rom nach Neapel ein, um die Porträts mehrerer russischer Familien zu malen. Mit Freude und rosenfarbigen Hoffnungen reiste ich mit meiner Familie im Mai 1847 nach Neapel, aber Graf Potocki war in die Krim gereist, und es hieß, daß er gar nicht mehr zurückkehren werde. Die nächste Aussicht auf Beschäftigung war damit vernichtet; aber die Gräfin Sobanska, eine Schwester Potocki's, gab mir den Auftrag, die h. Familie von Raphael, welche damals noch im Besitze des Principe di Terra nuova war und heutzutage in der Galerie zu Berlin ist, zu copiren. Der Principe di Terra nuova, ein großer Kunstfreund, gestattete die Copie und besuchte mich öfter bei meiner Arbeit. Seine schöne junge Frau ließ sich von mir porträtiren, und durch dieses gelungene Porträt wurde ich schnell in der neapolitanischen Aristokratie bekannt. Ich malte mehrere Porträts, so die zwei jüngeren Schwestern der Fürstin, die Principessa di Lavello und die jüngere noch ledige Schwester, sowie ihren Bruder, den jungen Conte di Filangieri, später Herzog di Cardinali. An den Freiherrn von Rothschild verkaufte ich ein Costümebild aus Albano, und er lud mich in seine Villa bei Castellamare ein, um seine Frau zu malen. Auch war ich an vornehme russische Familien, besonders die Apraxin empfohlen, welche den Sommer über in Castellamare wohnten. Ich verließ nun meine reizende Wohnung in der Straße Chiatamone, wo wir die schöne Aussicht auf das Meer hatten, und

fuhr mit meiner Familie das erstemal mit einer Eisenbahn nach Castellamare. Da dies die erste Bahn in Süditalien war, herrschte noch
viel Unordnung. Die Lazzaroni drängten sich heran, um zu verdienen
und zu stehlen, und ich mußte mit meinem Stock auf einige Schädel
losschlagen, bis ich meine Kinder und mein Gepäck wieder beisammen
hatte. Wir ritten dann auf Eseln den Berg hinauf nach Quisisana, wo
ein Bekannter in einer Villa ein angenehmes Quartier bestellt hatte.
Die Aussicht führte auf das Meer bis Neapel und Ischia, ein schöner
Garten war dabei, die Luft war erquickend, denn nicht umsonst heißt
diese Anhöhe mit dem königlichen Lustschloß »Quisisana«, hier wird
man gesund. Ich kam mit nur geringen Hoffnungen und hatte mich
nicht getäuscht. Die Baronin Rothschild verschob aus verschiedenen
Gründen die Sitzung und ließ sich stets entschuldigen, wenn ich mich
meldete; auch die Apraxin hatte keine Lust mehr sich porträtiren zu
lassen. So kehrte ich nach Neapel zurück, wo die liebenswürdige Fürstin von Lavello die Güte hatte sich nochmals von mir, und zwar in
einer anderen Stellung malen zu lassen. Uebrigens befand sich meine
Familie wohl in Castellamare; meine Frau gebrauchte die Seebäder
und lernte gut schwimmen, leider verlor sie dabei einen kostbaren    198
Ring, den kein Taucher wiederfinden konnte. Ich führte sie einmal
zu ihrer großen Freude nach Pompeji und einige Wochen nachher
mit den Kindern nach dem schönen lieblichen Sorrent. Schon die
Reise dahin zwischen den kleinen Dörfern, zwischen Weingärten,
Myrthensträuchern und Olivenwäldern ist genußreich, wie viel mehr
Sorrent, das Paradies von Italien. Wir wohnten in einer Villa, eine
Viertelstunde von der Stadt und hatten hier die Aussicht auf das Meer
und seine schönen Ufer. Eine Treppe führte den felsigen Abhang
hinab in eine Grotte am Meere, die mit Seewasser gefüllt war und ein
erfrischendes herrliches Bad gewährte. Der Ausbruch des Vesuvs, der
in jener Zeit stattfand, bot uns ein entzückendes Schauspiel. Tausende
von feurigen Felsstücken flogen in die Luft, Millionen kleiner Steine
stiegen wie Raketen himmelhoch auf, beleuchteten wie bei hellem
Sonnenschein Neapel, die Inseln und den Golf und spiegelten in der
Flut leuchtende Girandolen ab. Andere Felsstücke rollten vom Abhang
des Kraters zur Tiefe nieder, und das Getöse des Ausbruchs war wie
ein anhaltender Donner. Wenn wir Abends auf der Terrasse verweilten
konnten wir uns nicht satt sehen und blieben oft bis ein Uhr in der
Nacht bei gutem Wein und erfrischenden Wassermelonen sitzen. Die

Familie des Eigenthümers wohnte in einem großen Bauernhause inmitten eines großen Orangengartens. Der Capocasa war ein Mann von 76 Jahren, groß und stämmig, von mildem ehrenhaften Aussehen; ebenso seine alte Frau, der Alle gehorchten. Sie hatten zwölf Kinder, fast alle erwachsen, und der älteste Sohn war wieder verheiratet, so daß die Familie aus sechzehn Personen bestand. Wenn sich Abends Alt und Jung der Familie vor dem Hause unter den großen Nußbäumen und niederhängenden Weinreben versammelte, gab das ein wahrhaft patriarchalisches Bild. Es war ein herrlicher Menschenschlag, Alle blond, vielleicht von normannischer Abstammung und unverdorbene sittliche liebe Menschen. Ich malte einen Studienkopf nach dem einen zwölfjährigen, schönen, blondgelockten Knaben, und das malerische Bauerhaus mit der Staffage von Mädchen, Hühnern und Pfauen.

Auch in der Stadt Sorrent malte und zeichnete ich einige Studien. Ein neapolitanischer Maler machte mich besonders auf zwei Schönheiten aufmerksam, eine junge Tischlersfrau und ein Mädchen, welches nach einigen Tagen in's Kloster ging. Ich kann wohl sagen, daß ich nie schönere Frauenköpfe gesehen habe. Sie hatten den griechischen Typus wie die Antiken, aber nicht in kaltem Marmor, sondern in bezaubernder Lebensfrische mit schmachtenden großen Augen und edlen Gesichtstheilen, welche die Formen des schönen Ovals ausfüllten. Die Tischlerin malte ich und verkaufte das Bild an einen russischen Grafen. Im Ganzen findet man jedoch in Neapel und seiner Umgebung viel weniger schöne Frauen als in Rom; ist aber Eine schön, so ist sie von griechischer oder saracenischer Abkunft und dann um so mehr hervorragend. Jene Tage in Sorrent gehören zu den angenehmsten meines Lebens, und nur ungern scheide ich von der Erinnerung daran, aber ich habe noch anderes zu schreiben.

Nach drei Wochen kamen wir wieder nach Quisisana bei Castellamare zurück, da sich die Mutter, Doctor Millingen, der junge Chigi und Doctor Bassanelli aus Albano zu einem Besuch angesagt hatten. Wir machten dann zusammen eine Partie nach Salerno und begleiteten sie nach Neapel, wo wir zwei Verwandte meiner Frau, den Advocaten Francesco Raimondi und seinen jüngeren Bruder Ercole, zwei vortreffliche, edle Menschen kennen lernten. Der Letztere wurde ein Opfer der Revolution 1848 und ist im Kerker verschmachtet. Während Doctor Millingen und seine Gesellschaft die Rückreise über Ganta und Terracina einschlug, fuhren wir über Ceprano und Monte Casino. In Valmontone besuchten wir die Familie Bianchini, die mit Agnesina verwandt war, die alten ehrwürdigen Eltern, mehrere Söhne, junge Frauen, Enkel und Enkelinnen. Der Chef des Hauses war Verwalter der großen Herrschaft Colonna und die Familie wohnte im Schlosse Colonna. Bei Tisch waren 26 Personen; alle gesund, schön, aufrichtig und voll herzlicher Theilnahme für Agnesina und unsere Kinder. Da in Valmontone damals kein Gasthaus bestand, gewährte die Familie Bianchini Jedermann die beste Gastfreundschaft, wie man das noch häufig in Unteritalien findet, und auch wir mußten einen Tag Rast halten. Am anderen Morgen fuhren wir nach Albano und Ende October, nachdem ich einige Arbeiten vollendet und mehrere Jagden in der Campagna mitgemacht hatte, wieder nach Rom.

Meine erste Beschäftigung war das Bild einer Madonna nach Fra Bartolommeo in der Galerie Sciarra, welches die Gräfin Sobanska bei mir bestellt hatte. Zugleich componirte ich die sogenannte »*Bella di Tiziano*«, welches Bild ich an einen Engländer verkaufte. Eine Skizze davon habe ich behalten, und sie hängt noch in meinem Zimmer. Auch wiederholte ich die h. Familie von Raphael, die ich in Neapel 201 gemalt hatte, für einen Dänen in Kopenhagen. Dazu kamen noch in demselben Winter mehrere Porträte, ein Familienbild der Kinder des österreichischen Botschafters Grafen Lützow und die erste Familie, Adam und Eva mit den ungleichen Söhnen, für Herrn Silvertopp in England. 202

## IX. Revolutionsjahre, 1847–1851.

Wer die Geschichte unserer Zeit miterlebt hat, wird sich erinnern, daß der 1846 neuerwählte Papst Pius IX. mit seinen Reformen die politische Bewegung in Italien entzündet hat. Der Jubel der Römer über die Freiheiten und Constitution, welche dieser damals so freisinnige Papst zum Schrecken der Jesuiten ertheilte, steigerte sich von Tag zu Tag und außer Rom suchte jede Stadt die andere, wo sich der heilige Vater zeigte, in Festlichkeiten und Huldigungen zu übertreffen. Auch in Albano wurde sein Besuch angesagt, und da ich als der einzige Künstler im Sommer 1847 wieder in Albano wohnte, kamen der Bürgermeister und zwei Gemeinderäthe zu mir, mich wegen des feierlichen Empfanges zu befragen. Ich schlug ihnen vor, ein Monument von Holz auf dem Domplatze zu errichten: ein architektonisches Postament mit Bildern und Inschriften und darauf die cachirte Statue des Papstes in colossalem Maßstabe. Die Bilder sollten vorstellen: Die vier Cardinaltugenden, Papst Pius IX. als Spender der Constitution und die Genehmigung des Eisenbahnprojectes durch den Papst. Die Herren ließen einen Bildhauer und drei Maler aus Rom kommen, welche unter meiner Leitung das Ganze im Dome selbst ausführten. Das erste Bild malte ich selbst, und am Vorabend des Tages, an welchem der h. Vater kommen sollte, war alles fertig. Als ich jedoch auf das Gerüst eines Malers stieg, brach die Treppe unter mir, und ich stürzte so unglücklich auf den Marmorboden hinab, daß ich mir die linke Hand auskegelte und einige Zeit bewußtlos liegen blieb. Ein Wundarzt richtete das Handgelenk schlecht ein, und während der Papst am anderen Tage einzog, die Künstler lobte und belohnte, lag ich in schmerzhaftem Wundfieber zu Hause, und Niemand dachte an mich. Das ist meine Erinnerung an die Papstfeier in Albano im September 1847. Dann mußte ich eine animalische Cur beginnen; nach drei Monaten konnte ich die Finger bewegen, aber erst nach einem halben Jahre die Hand gebrauchen, und noch heute habe ich darin nicht mehr die frühere Kraft. Ein Monsignore, der in päpstlichen Diensten stand und mich kannte, beredete mich, beim Papste eine Audienz zu nehmen und ihm eine Zeichnung von dem Bilde zu überreichen, das ich an jenem Monument gemalt hatte. Er besorgte mir die Audienz, und der h. Vater empfing mich Abends sieben Uhr. Er fragte nicht, warum ich den Arm in der Schlinge trage, aber er gab mir für die Zeichnung eine silberne Medaille und seinen Segen.

Dann kam die Nachricht aus Mailand von dem Aufstande, von der Vertreibung der Tedeschi, daß viele niedergemacht und Radetzky an einem Pferdeschweif um die Stadtmauer geschleift worden sei, u.a. In Rom wurden in allen Kaffeehäusern Reden gehalten, die Worte: »morte ai tedeschi« standen an allen Ecken, und eines Tages wurde das österreichische Wappen von dem Gesandtschaftspalais abgerissen, durch die Stadt geschleift, zerschlagen, und jeder Held dieser That steckte einen Splitter davon auf seinen Hut. Der österreichische Gesandte Graf Lützow, der mir wohl wollte, hatte mir schon früher gesagt, daß ich mich von der Civilgarde nicht ausschließen könne, weil ich schon über zehn Jahre in Rom sei, aber ich möge ja keine Charge übernehmen, um von jeder Verantwortung befreit zu sein. Meine Frau jedoch, die mein hitziges Temperament kannte und irgend ein Unglück fürchtete, bat mich sobald als möglich nach Albano zu übersiedeln, und ich folgte ihr. Die deutschen Künstler und einige Oesterreicher, wie Engerth, Schönemann u.a., reisten über Frankreich in die Heimat zurück, nur Karl Mayer, Gasser, der Maler Wurzinger mit seiner Frau blieben in Rom zurück. Da die Römer den venetianischen Palast als ihr Eigenthum erklärten und die Oesterreicher daraus flüchten mußten, bot ich Mayer und Wurzinger meine Wohnung in der Via Gregoriana an.

Auch in Albano entzog ich mich der Civica (Civilgarde), indem ich geltend machte, daß ich bereits in Rom Gardist sei, aber wegen meiner schwachen Hand kein Gewehr halten und daher keinen Dienst thun könne. Ich entging dadurch mancher Gefahr, denn die Lügen und Verleumdungen gegen die Oesterreicher waren mir widerlich und verhaßt, obwohl ich dem Drange nach Freiheit des so lange geknechteten Volkes nicht abhold sein konnte. Da mir ein Secretär des venetianischen Palastes von Zeit zu Zeit einen Pack der Augsburger allgemeinen Zeitung nach Albano schickte, so hatte ich immer, wenn auch spät, gediegene Nachrichten aus Oesterreich, Deutschland und Italien, während die römischen Blätter allzu lügenhaft und oft lächerlich waren. Zu Hause hatte ich oft Streit mit Doctor Millingen, denn er war fanatisch für die Freiheit Italiens eingenommen und commandirte damals die Civilgarde in Albano. Für die kleine Stadt war das ein Glück, weil er in allem klug und gerecht vorging und besonders keine Excesse, auch nicht gegen die kirchlich Gesinnten, duldete. Aber er verbrauchte viel Geld und Zeit für Italiens Freiheit, und unser angenehmes Familienleben wurde etwas getrübt. Uebrigens lebte ich in Albano, obwohl ich allgemein bekannt und beliebt war, sehr zurückgezogen; ich suchte die einsamsten Spaziergänge in den Wäldern des Monte Cavo auf und arbeitete zu Hause fleißig an meinen Bildern. Graf Stephan Karoly hatte schon vor einem halben Jahre durch seinen Architekten, Herrn Uebl, drei Altarbilder für seine neue Kirche zu Foth in Ungarn bestellt. Das war ein wahrer Segen für mich, denn die Künstler waren aus Rom entflohen und die Kunst lag brach darnieder. Vor dem Waffengeklirr ziehen sich die Musen trauernd zurück. Die Kunst ist wie der Spiegel in der See, der, sobald der leiseste Wind die Oberfläche mit Wellen beunruhigt, verschwindet. Aber ich war der Glückliche und hatte eine schöne Arbeit vor mir, die ich in ziemlicher Ruhe fortsetzen konnte. Im letzten Winter hatte ich ein Altarbild für die Hauscapelle des Fürsten Metternich in Wien gemalt: den h. Papst Clemens, wie er die ihm erschienene Madonna mit dem Kinde anbetet; das Bild ist noch in der fürstlichen Villa am Rennweg. Für den Grafen Panin in Petersburg malte ich eine Scene aus dem Tiroler Landsturm 1809, »die Flucht nach Egypten« und »Christus in Emaus«, das letztere diesmal in kleinerem Maßstabe, denn das große Bild mit demselben Gegenstand hatte ich schon früher für den Grafen gemalt. In Albano wurde auch mein drittes Kind, die Tochter Cornelia, am 11. October 1848 geboren. Die Pathin war die Schwester des *Dr.* Millingen, welche in Rom lebte.

Der Papst wurde damals noch wie ein Halbgott verehrt und er schien sich darin zu gefallen, immer mehr Freiheiten zu geben und an der Spitze der Nation zu stehen. Er hatte sogar vom Balcon des Quirinal die Waffen der Freischaaren, welche gegen die Oesterreicher auszogen, gesegnet. Aber in Rom nahmen die Zustände bald einen unheimlichen Charakter an und überall wurden Reden gehalten, zumeist leer, prahlerisch und lügenhaft. Der Schriftsteller und Maler Marchese Azeglio, den ich gut kannte und der mich oft besucht hat, sprach vernünftig: »Um zur wahren Freiheit zu gelangen, muß vor allem jeder von uns sich selbst vom Egoismus und von schlechten Leidenschaften frei machen; daher ist es nothwendig bei uns selbst anzufangen, wenn wir freie Bürger werden wollen.« Azeglio wurde später Minister, erschien jedoch den Italienern zu gemäßigt und zog sich zurück. Die römischen Freischärler mit dem rothen Kreuz auf der Brust wurden von den Oesterreichern bei Carnuda in Venetien jämmerlich geschlagen und kamen in elendem Zustande sammt ihrem Anführer, dem schönen Galetti, nach Rom zurück. Bald nahm die Revolution größere Dimensionen an. Sie wuchs dem Papst über den Kopf, und eines Abends flüchtete er verkleidet mit der Gräfin Spaur nach Gaëta. Als in Rom die Republik erklärt wurde, nahm der h. Vater die Hilfe Frankreichs, Spaniens und Neapels in Anspruch. An die beleidigten Oesterreicher erging sein Hilferuf nicht, er war ein Gegner und früher Genosse der *giovine Italia*. Auch hatte Oesterreich mit sich selbst genug zu thun. Die Franzosen, seit jeher Guelfen, nahmen den Papst in Schutz, landeten in Civitavecchia, tanzten mit den Einwohnern um die Freiheitsbäume und glaubten, ohne Schwertstreich wie im

Triumphe in Rom einziehen zu können. Aber Garibaldi vertheidigte die Stadt und die Franzosen wurden von den Stadtmauern und dem vaticanischen Garten aus mit Kartätschen empfangen, so daß auf einmal 300 Todte auf der Straße lagen. Ein Waffenstillstand machte vorerst den Feindseligkeiten ein Ende; die Franzosen verstärkten sich und Garibaldi sammelte die Freischärler Italiens, ließ die Schweizer Soldtruppen aus der Romagna rufen und nahm auch Polen und andere Fremde unter die rothe Fahne auf.

Als dann der König von Neapel mit 15.000 Mann anrückte und sein Hauptquartier in Albano nahm, dachte ich, daß es hier einen tüchtigen Zusammenstoß geben könne und fand für gut, der Einladung des Gutsbesitzers Ricotta, der ein Vetter meiner Frau war, zu folgen und mit meiner Familie, der Mutter und dem kleinen Schwager nach Nettuno abzureisen. Das Silberzeug, die Wäsche und andere werthvolle Sachen versteckten wir so, daß sie nicht leicht von den Soldaten gefunden werden konnten. Millingen blieb als Commandant der Civilgarde in Albano und zog dann selbst mit Garibaldi gegen die Neapolitaner in's Feld. Bei Orazio Ricotta fanden wir auch einen flüchtigen Jesuiten, der sehr erfreut war mich kennen zu lernen, weil er mich für einen der Seinigen hielt. Als uns der Onkel meiner Frau, Paolo Dipietro, der Gouverneur von Castel Gandolfo schrieb, wie die Neapolitaner in unserem Hause wirthschafteten, alles Geflügel schlachteten, die Vorräthe von Wein und Oel aufzehrten und die Maulthiere in dem schönen Garten lagerten, entschloß ich mich, selbst nach Albano zu reiten. Ich steckte einen alten Paß, eine Legimationskarte der Commune von Nettuno und einen Brief des Fürsten Metternich, in dem er seine Zufriedenheit über das Bild der h. Elisabeth aussprach, zu mir, aber auf dem Wege fiel mir ein, daß mir diese Papiere bei den Garibaldianern, deren Vorposten durch's Land streiften, mehr schaden als nützen könnten, und ich versteckte sie in meinen Stiefel. Meine einzige Waffe war ein starker Malerstock mit einer eisernen Spitze, und er sah wie ein Speer aus, aber ich hatte nicht nöthig ihn zu gebrauchen. Unweit Albano kam ich zu den Vorposten der Neapolitaner, und zwar von einem Schweizer Regiment des Königs. Der Officier, dem ich meine Papiere zeigte, gab mir den Rath, mir, ehe ich in Albano einreite, den Vollbart scheren zu lassen, weil die Soldaten schon viele Albanesen inmitten des Hauptplatzes auf einen Stuhl gesetzt und ihnen mit Roßscheeren die Bärte abgeschnitten hatten. Ich befolgte seinen Rath und trat in der ersten Gasse in einen Friseurladen, wo sich schon mehrere Leidensgefährten scheren ließen; da keine Zeit war, schnitt ich mir selbst meinen rothbraunen Vollbart ab und ging in unser Haus, das wir eine Kaserne aussah. Ich beschwerte mich beim Officier über das Treiben seiner Soldaten im Hause eines Oesterreichers und drohte, mich beim Gesandten darüber zu beschweren. »*Aggia pazienza, signore*«, »haben Sie Geduld«, erwiderte der Officier und machte noch einige furchtsame Entschuldigungen. In der That ging ich zum Grafen Spaur, der zugleich der Vertreter Oesterreichs und in dem Gefolge des Königs war und klagte ihm meine Noth. Obwohl er mich und Millingen gut kannte, und der Conte Giraud in Rom, dem das Haus gehörte, sein Schwager war, gab er mir den trockenen Trost, daß ich mich gedulden müsse, in Kriegszeiten gehe es nicht anders. Vergebens verlangte ich Schadenersatz, den er leicht hätte erwirken können. Da mein Aufenthalt keinen weiteren Nutzen bringen konnte, ritt ich nach Nettuno zurück. Wie ich ungefähr acht Miglien entfernt war, erblickte ich an der Waldstraße grasende Pferde und Garibaldianer; weil ich mich meiner verdächtigen Papiere erinnerte, drehte ich mich um und ritt im schnellsten Galop zurück. Die Soldaten hielten mich wahrscheinlich für einen Spion, sprengten mir nach und schickten einige Schüsse nach. Die eine Kugel schlug ganz nahe von mir in einen Baum, aber bei einer Biegung der Straße lenkte ich in den Wald ein und kam ihnen so aus den Augen. Ich kannte den Wald und Pfad von einer Jagd her und ritt rasch weiter. Nach einer halben Stunde hielt ich an und horchte; da ich nichts als das Schnaufen des erregten Pferdes und meine eigenen Pulse schlagen hörte, ließ ich das Pferd im Schritte gehen, bis ich auf die Wiesen hinauskam und das Meer erblickte. Statt auf der geraden Straße nach Porto d' Anzio, war ich nördlich durch den Wald geritten und mußte nun auf einem weiten Umwege am Meeresufer fortreiten, daß ich erst spät nach Nettuno kam. Meine Frau erwartete mich in voller Angst am Fenster, ich grüßte sie von der Straße, aber sie erkannte mich nicht gleich, weil ich ohne Bart war; meine Buben, Eugen und Julius, schlossen, wie sie mich erblickten, scheu wie junge Hunde tief unter das große Bett hinein. Nur der Jesuitenpater konnte seine Freude nicht unterdrücken und meinte, daß ich erst jetzt einem guten Christen gleichsehe.

Nach einigen Tagen wurden wir durch die Ankunft des Onkels Dipietro überrascht, der sich als Anhänger des Papstes und Feind der

Liberalen in Castel Gandolfo nicht mehr sicher glaubte und hier bei seinem Schwiegersohne eine Zuflucht suchte. Der König von Neapel hatte sich mit seinem Hauptquartier nach Velletri zurückgezogen, wo ihn die Garibaldianer umgehen und eine Schlacht liefern wollten. Albano wurde von den Freischaaren besetzt, und hätte Millingen nicht alles aufgeboten, wäre es den sogenannten »Schwarzen«, an deren Spitze Dipietro stand, übel ergangen, denn sie waren alle zum Erschießen vorgemerkt. Schon am zweiten Tage nach der Ankunft des Onkels hörten wir bei Tagesanbruch von Velletri herab Kanonendonner, welcher den ganzen Tag fortdauerte. Da unser Vetter bei Stura eine Meierei tief im Walde hatte, rieth ich dem Onkel sich dort zu verstecken, aber er wollte nicht. Zwei Tage nachher sah meine Frau fünf Reiter die Straße heran kommen und an ihrer Spitze den wüthenden Feind des Onkels. Ich ließ sogleich zwei Pferde satteln, half dem Onkel auf das eine, und wir ritten noch ungesehen durch das hintere Thor über die Felder dem Walde zu. Da ich die Wege von den Jagden her gut kannte, kamen wir bald in den dichten Wald bei der Meierei, und ich beredete den schwerfälligen Mann, sich hier im Dickicht auf einem schattigen Plätzchen ruhig zu verhalten, bis ich ihn Abends abholen würde. Auf dem Rückwege begegnete ich schon den Reitern, welche inzwischen das Haus durchsucht hatten und ihren Mann nun in der Meierei finden wollten. Der Anführer war ein gewisser Massini, ein Mensch von schlechtem Ruf. Finster grüßend ritten wir aneinander vorüber, und ich dachte: reitet nur zu, ihr müßt tüchtige Spürhunde sein, wenn ihr das Versteck auffinden wollt. In Nettuno tröstete ich die geängstigten Frauen, aber es dauerte nicht lange als ein Knabe athemlos gelaufen kam und erzählte, Dipietro sei in die Meierei gekommen und die Reiter hätten ihn dort gefangen genommen. Der Onkel mußte seine Thorheit büßen, denn sie brachten ihn bald zwischen ihren Pferden gefangen nach Nettuno. Auf unsere Bitten durfte er wenigstens früher essen und ein Pferd besteigen, statt zu Fuß und an andere Pferde gebunden nach Rom geschleppt zu werden.

Die Angst und der Kummer, das Weinen und Jammern der Frauen war schrecklich. Nun mußte auf die Rettung des Onkels gedacht werden; ich wollte allein nach Albano zu Millingen reiten, aber die junge schöne Frau des Gefangenen und die Schwiegermutter wollten auch abreisen. In der Eile wurden zwei Wagen gerüstet, bepackt, um fünf Uhr Abends brachen wir Alle auf und fuhren in die finstere Nacht hinein. Vor Albano brach die Achse eines Wagens, ich mußte im strömenden Regen zu einem Hause eilen und zwei Männer herausklopfen, welche für guten Lohn mit Fackeln und Stricken zur Straße gingen. Wir banden eine Stange an den Wagen fest, daß die Achse darauf ruhte und der Wagen wenigstens bis zum Bauernhause geschleift werden konnte. Wagen und Pferde ließen wir hier zurück und gingen in Regen und Nacht nach Albano; die zwei Männer trugen die Fackeln und meine zwei Knaben, die auf den Schultern wieder eingeschlafen

212

waren; ich nahm die kleine Cornelia auf den Arm, die Frauen gingen zwischen uns, und so kamen wir um drei Uhr früh durchnäßt und erschöpft nach Albano und in unsere Wohnung. Millingen hatte in der Schlacht bei Velletri mitgefochten, war jedoch schon zurückgekehrt und diese Nacht auf der Stadtwache. Ich holte ihn noch in der Nacht, und er ging auch eilends mit mir. In meinem Mißmuthe machte ich ihm Vorwürfe über seine Theilnahme an Politik und Krieg und warf in meiner Heftigkeit seinen Tschako zum Fenster hinaus. Die Frauen mußten uns beruhigen und Millingen duldete ruhig meine Aufregung und die nicht besonders gewählten Ausdrücke, die ich nach diesem angstvollen Tage und die angestrengte Nacht über ihn und das Treiben der Rothen ergehen ließ. Ja er fuhr schon nach einer Stunde nach Rom, um bei dem Triumvirat für Dipietro fürzubitten, und es gelang ihm, daß der Letztere mit einem Arrest von drei Wochen davon kam. Ohne Millingen wäre es ihm gewiß schlechter ergangen.

Nachdem die Neapolitaner sich mit den Freischaaren des Garibaldi einen vollen Tag geschlagen hatten, machten sie sich in der Nacht, während die Freischärler fest schliefen, aus dem Staube. Albano wurde nun wieder republikanisch, und es war mir oft unheimlich, wenn ich auf meinen Spaziergängen solch' fanatischem Gesindel begegnete, das sich wenig an die militärische Disciplin kehrte; ich nahm daher immer zwei kleine Pistolen zu mir, ohne meiner Frau davon etwas zu sagen. Wie froh war ich, nicht bei der Civilgarde zu sein, denn ich konnte fleißig und ungestört an den drei Altarbildern für den Grafen Karoly malen. Das Hochaltarbild stellte vor die unbefleckte Empfängniß der

213

h. Jungfrau von Engeln umgeben in einer Glorie in Anbetung und in himmlisches Behagen versunken; das Bild für den linken Seitenaltar stellte dar die h. Franzisca Romana, wie sie nach der Legende in Begleitung eines Engels vor einem Kloster Almosen austheilt, und jenes für den rechten Seitenaltar den h. Georg zu Pferde, wie er den Drachen erlegt, alles in lebensgroßen Figuren.

Ich lebte nur für die Kunst und meine Familie, auf den Spaziergängen waren meine Frau und die Kinder meistens mit mir. Der kleine Eugen zeigte schon als Kind ein außerordentliches Talent zum Zeichnen; er konnte das Wort »cavallo« noch nicht deutlich aussprechen und zeichnete schon Pferdefiguren in den Straßenstaub und zu Hause auf Papier. Das war für mich eine große Freude, und ich erzog ihn von früher Jugend an zum Künstler; auch mein kleiner Schwager zeichnete bei mir in seinen freien Stunden. Julius fing viel später an zu zeichnen, aber er war wegen der neckischen Eigenschaften und seines guten Gemüthes unser Aller Liebling. Cornelia war kaum ein Jahr alt und ein sehr schönes Kind, sowie auch die zwei Knaben, die wegen ihrer Gesundheit und Frische allgemein bewundert wurden. Freilich hatten sie eine seltene Mutter, die sie auf das Liebevollste pflegte, ohne sie zu verzärteln. Die Kinder mußten gehorchen, wir waren consequent und miteinander in der Erziehung einverstanden. Ich genoß das Familienglück im vollsten Sinne des Wortes. In den politischen Streitigkeiten zwischen mir und Millingen machte meine Frau immer die Vermittlerin, was für sie eine schwere Rolle war. Zwei Jahre wohnte ich fortwährend in Albano und reiste nur nach Rom in Geschäften und um Einkäufe zu machen. Die Unruhen in der Republik dauerten fort. Die Franzosen kamen mit verstärkter Macht wieder, stürmten und bombardirten Rom. Von der Villa Doria in Albano konnten wir mit einem Fernrohr, welches Millingen an einen Baum geschraubt hatte, den Kampf bei der Porta S. Pancrazio in Rom sehen. Einige, welche im Stillen den Franzosen den Sieg wünschten, sagten: »Die Franzosen dringen ein«; Andere, welche laut gegen die Franzosen eiferten, riefen: »Die Garibaldianer rücken vor«, so daß jede Partei sich verrieth und das zu erblicken glaubte, was sie wünschte. Auch ich schaute durch das Fernrohr, sah aber nichts als Rauch und öfter die Blitze der Kanonen. Es kostete den Franzosen einen langen und harten Kampf, bis sie Rom einnehmen konnten. Die Ruhe wurde hergestellt, auch Albano erhielt eine französische Besatzung und als der October herangerückt war, zogen wir wieder nach Rom in unsere alte Wohnung.

Da ich auf meinen Jagden die römische Campagna in allen Richtungen durchstreifte und auch den Weg zwischen Albano und Rom oft

214

mit dem Gewehre zurücklegte, ging es nicht immer ohne Abenteuer ab. Rechts und links von der Straße weiden ganze Heerden von Schafen, Kühen und Pferden, und die Schäferhunde, eine Art Wolfshunde, fallen, wenn sie nicht zeitlich von den Hirten zurückgerufen werden, oft zehn bis fünfzehn an der Zahl den Fremden an. Wenn er sich nicht erwehren kann, wird er zerrissen und aufgefressen, wie es damals einem Knaben aus Marino geschehen ist. Eines Tages ging ich längs der alten Via Appia durch das Thal der Nymphe Egeria und dann über Anhöhen einem Thale zu, als aus dem Grase mehrere Hunde aufsprangen und mich umjagten. Da der Hirt, den ich anrief, behaglich stehen blieb, schoß ich den nächsten Hund nieder, den die anderen sogleich überfielen und auffraßen. Als drei Hirten aus der Hütte kamen und mir drohten, lud ich mein Gewehr und rief ihnen zu, daß sie sich nicht nähern sollten. Nach fast zwei Stunden Weges, schon in der Nähe von den alten Ruinen bei Albano, hörte ich hinter mir im Grase ein Geräusch, als wenn ein Fuchs aufgestanden wäre. Schnell wendete ich mich um und erblickte einen Schäferhund, der meiner Fährte so lange gefolgt war; aber mein Schuß streckte ihn in's Gras nieder. Ein anderes Mal verfolgte mich, als ich vom Wege weitab auf Wachteln schoß, eine Heerde Kühe, den Stier voran; ich lief in wahrhaftiger Todesangst über das Feld, schoß zweimal in die Luft, wodurch die wilden Thiere etwas auseinanderstoben und schlüpfte dann meinem Hunde nach durch die Latten eines Zaunes, wo ich ganz ermattet zusammenbrach; durch die Latten sah ich noch Hunderte von riesigen Schädeln, hörte das Schnauben der Thiere, das Krachen der Latten und raffte mich, da ich auch hier nicht sicher war, zur weiteren Flucht auf. Eines Tages, als ich wieder rechts und links durch die Büsche streifte, sah ich aus dem hohen Grase eine wüste Gestalt sich erheben; ich nahm sogleich das Gewehr schußgerecht und rief: »Halt! was wollt ihr?« Der Mann, der Sträflingskleider trug und einen Sack über die Schulter hielt, fragte: »Wie viel Uhr ist es?« Ich erwiderte, das Gewehr auf ihn gerichtet: er solle sich auf die Beine machen, sonst würde ich ihn niederschießen, worauf er sich langsam, nicht ohne sich öfter umzuschauen, entfernte. Als ich einige Tage später von Rom mit der Postkutsche herausfuhr, begegnete ich einem Zug Carabinieri, welche auf einem Wagen einen in Eisen geschlossenen Sträfling führten. Es war mein Mann aus der Campagna, und der Zugführer, dem ich mein Abenteuer erzählte, meinte, er sei ein flüchtiger Räuber und

Mörder und hätte mir gewiß den Sack über den Kopf geworfen, um mich zu tödten und der Kleider und der Brieftasche zu berauben.

Zur Zeit, als ich mit den drei Bildern für die Kirche in Foth fertig wurde, ging der Krieg in Ungarn zu Ende, und ich erhielt die Nachricht, daß Graf Stephan Karoly wegen seiner Theilnahme an der Revolution internirt, vielleicht zum Tode verurtheilt und sein Vermögen confiscirt worden sei. Um mein Recht zu wahren, reiste ich sogleich mit meinen Bildern über Ancona und Triest nach Wien, aber der Bruder des Bestellers, Graf Ludwig Karoly, wollte sich der Sache gar nicht annehmen und ließ mich in sorgenvoller Ungewißheit. Dafür ertheilte mir der Oberstkämmerer, Graf Karl Lanckoronski, die Erlaubniß, meine Bilder im kleinen Redoutensaale in der Hofburg öffentlich ausstellen zu dürfen, und der Kaiser, der ganze Hof, die Künstler wie das Publicum zollten denselben einen ungetheilten Beifall. Se. Majestät der junge Kaiser Franz Joseph empfing mich in einer Audienz, und ich konnte meinen Dank für die österreichische Pension, die ich durch fünf Jahre in Rom genossen hatte, aussprechen. Ich dachte schon daran, eine zweite Audienz zu erbitten und dem Kaiser das Schicksal der armen Bilder an's Herz zu legen, als Graf Stephan Karoly begnadigt wurde und sogleich seinen Architekten Uebl nach Wien schickte, um die Bilder zu übernehmen und zu bezahlen. Er hatte in den öffentlichen Blättern viel Gutes darüber gelesen.

Das damalige Wien machte auf mich einen ziemlich nüchternen Eindruck, da ich seit zwanzig Jahren in den malerischen Städten Italiens gelebt hatte. Von den Kirchen bewunderte ich den ehrwürdigen Dom von St. Stephan und die ebenfalls gothische Kirche Maria Stiegen; von den Profanbauten überraschte mich das Belvedere mit seiner herrlichen Lage am meisten. Sein kunstreicher Inhalt gewährte mir Erkenntniß, Freude und Genuß. Hier lernte ich zum erstenmale die niederländische Schule, sowie die altdeutschen Künstler recht kennen, besonders Albrecht Dürer, van Eyck und Hans Memling. In München hatte ich wohl diese Meister in der Pinakothek gesehen, aber mein Kunstsinn war damals noch nicht so reif, um ein volles Verständniß dafür zu haben. Ungeachtet ich alle Galerien Italiens mit Ausnahme jener von Turin gesehen, setzte mich die Belvedere-Galerie in Staunen und Bewunderung; sie steht keiner italienischen, vielleicht auch nicht den Florentiner Galerien nach. Ich besuchte auch einige Privatgalerien, besonders jene der Fürsten Liechtenstein und Esterhazy, welch' letztere seitdem nach Ungarn gewandert ist. Von der Malerei sind in Wien alle Schulen sehr schön vertreten, nur die altflorentinische Schule fehlt beinahe ganz; aber ich vermißte sie nicht, da ich in Italien ihre größten Werke studirt hatte. Von den vielen Sehenswürdigkeiten in Wien machten mir die k. Schatzkammer und darin die Reichsinsignien Kaiser Karl's d. Gr. einen besonderen Eindruck. Hätten die Franzosen diesen Schatz, sie würden dafür einen eigenen Tempel bauen lassen. Außer den reichen Kunstschätzen, welche die Wiener zu meiner Verwunderung gar nicht zu kennen schienen, fand ich die Umgebung Wien's reizend: die schön gezeichneten Hügel mit ihrem Waldgürtel, die duftigen Thäler mit ihren schattigen Spazierwegen. In der kurzen Zeit, in welcher ich damals in Wien verweilte, machte ich die Bekanntschaft mehrerer Professoren und Kunstfreunde, besonders des Grafen Johann N. Waldstein, der Professoren Führich und Kupelwieser; die Architekten van der Nüll und Siccardsburg, so wie den Porträtmaler Amerling kannte ich schon von Rom her. Meine Bilder, die im Redoutensaale ausgestellt waren, verschafften mir einige Aufträge adelige Damen zu porträtiren; so malte ich bei Maler Stohl die schöne Gräfin Clam-Martinitz und die Frau des russischen Botschaftsrathes Fonton, eine russische Schönheit.

Während eines Ausfluges in der Brühl, wohin mich mein Freund Stohl begleitete, war ich in sehr guter, heiterer Laune, aber auf dem Rückwege überfiel mich eine unbegreifliche Schwermuth. Wie ich nach Hause kam, fand ich einen schwarz geränderten Brief und darin die Nachricht von dem plötzlichen Tode meiner geehrten Schwiegermutter. Da meine Frau, welche ihre Mutter namenlos geliebt hatte, mit so bekümmertem Herzen schrieb und mit den Kindern in Rom ganz trostlos schien, ließ ich mich bei den Damen, die ich malte, entschuldigen und reiste schon in den nächsten Tagen ab. Zuerst fuhr ich über Salzburg und Innsbruck nach Nauders, um meinen alten Vater nochmals zu sehen. Er war nun 88 Jahre, aber noch rüstig und schoß noch immer sicher auf die Scheibe. Es war im September 1850, als ich von ihm und der Heimat Abschied nahm und über Bozen nach Italien fuhr. Meine Schwiegermutter war in Genua gestorben, wohin sich Millingen, da er sich als Anhänger der *unità Italia* vor der päpstlichen Regierung nicht ganz sicher hielt, zurückgezogen hatte; nach dem raschen Todesfalle seiner Frau lebte er eine Zeit in Savona. Dort besuchte ich ihn und ging dann zu Schiff nach Civitavecchia.

Kaum war ich einige Tage in Rom, als ich von dem Grafen Franz Thun, damals Kunstreferent im Ministerium des Unterrichts, einen officiellen Brief erhielt. Er schrieb, daß sein Bruder, der Unterrichts- minister Graf Leo Thun, mir in Folge des bedeutenden Rufes meiner Bilder die Professur für Malerei an der Wiener Akademie antrage. Ich nahm diese ehrenvolle Berufung sogleich an und knüpfte nur die Be- dingung daran, erst im nächsten Frühjahre die Stelle antreten zu dürfen. Dies wurde mir ohne Anstand zugesagt, die Professur über- nahm provisorisch der Maler Karl Rahl, und ich hatte den Winter und das Frühjahr vor mir, meine Verhältnisse zu ordnen, zu studiren und zu schaffen.

Damals malte ich ein figurenreiches Genrebild: »Die Messe, welche für die Schnitter am Sonntag in der Campagna unter freiem Himmel gelesen wird.« Ein halbes Jahr später kaufte es Graf Beroldingen aus der Wiener Kunstausstellung. Auch hatte ich für Lord Shrewsbury ein Familienbild in Arbeit, welches die zwei Enkel des Lords, die jungen Doria und den jungen Neffen in der Villa Doria vorstellte. Weil der Lord wegen der Krankheit seines Neffen nach Palermo übersiedelte, mußte ich ebenfalls nach Sicilien, um das Bild zu vollenden. In der Villa Belmonte bei Palermo, wo der Lord wohnte, brachte ich die vier Wochen der heißen Jahreszeit vom halben Juni bis Mitte Juli zu. Da ich außer dem Bilde des Kranken, auch die Porträte des Lords und der Lady zu malen hatte, so saß ich oft in Schweiß gebadet bei der Arbeit, während der alte Lord im schwarzen Frack Stunden lang da saß und auch öfter einschlummerte. Die Lady war viel munterer und gesprächiger, aber sie sprach nicht italienisch, mein Französisch reichte auch nicht weit, daher das Gespräch bald in's Stocken gerieth. Dabei hatte ich Gelegenheit, das altenglische aristokratische Familien- leben mit seinen eigenthümlichen Gebräuchen kennen zu lernen. Na- mentlich bei Tisch war alles steif und förmlich. Wir speisten gewöhn- lich sechs zusammen: Der Lord, ein langer, magerer Herr mit schneeweißem Haar, die Lady, dann ihre Schwester, eine alte Jungfer, der kranke abzehrende Neffe, in Flanell- und Tuchkleider gehüllt, der Hofmeister, ein römischer junger Priester und ich. Zuerst wurde ein großes gebratenes Fleischgericht aufgetragen und vor den Lord gestellt, ein zweites Gericht vor die Lady und ein drittes vor ihre Schwester. Sie zerlegten nacheinander ihre Gerichte und vertheilten sie. Es dau- erte immer sehr lange, bis der Lord von dem Braten schmale Scheiben losgeschnitten und den Frauen gereicht hatte. Uns Andere fragte er mit erhabener Ruhe in seinem Englisch-Französisch: » *Voulez vous du boeuf, ou voulez vous pas*?« und legte uns dann ebenfalls ein dünnes Schnittchen vor. Der Geistliche hatte mehr Appetit als die Herrschaft, ließ sich die Gerichte mehrmals reichen und verlor keine Zeit beim Essen; aber mich hat das Essen mehr gereizt als gesättigt. Das Abendbrot ließ ich mir auf mein Zimmer bringen, stillte meinen Hunger an kaltem Fleisch, Käse und Brot und trank eine Flasche Bordeaux. Jeden Abend acht Uhr ließ der Lord die Billa sperren und

Niemand durfte dann mehr ausgehen. Ich saß traurig an meinem Fenster und schaute in den vom Mond beleuchteten Garten hinaus; aber eines Abends, nachdem ich den ganzen Tag gearbeitet hatte, konnte ich mir den Genuß nicht versagen, sprang beim Fenster hinaus in den Garten und ging schnellen Schrittes hinauf dem Monte Pelegrino zu. Auf einmal erscholl der Ruf: »Halt! wer da?« »*Chi viva*?« Ein Trupp Soldaten stand vor mir und hielt die Bayonnette vor. Es war die Sicherheitswache des Lord, die er sich von dem König gegen die Räuber erbeten hatte. Auch mich hielten sie fest, und als ich dem Corporal versicherte, ein Gast des Lord zu sein, führten sie mich zur Villa, wo mich der Portier lachend befreite. Da es mit den Abendgängen vorbei war, stand ich künftig Morgens fünf Uhr auf, wanderte herum und badete mich in den Grotten am Meeresufer.

Wie angenehm war es mir bei diesem Aufenthalte in Palermo die Kunstschätze und Alterthümer, die von Griechen, Saracenen und Normannen herstammen, und besonders das berühmte Monreale mit dem prachtvollen Dom und den schönen Säulengang im Benedictinerkloster zu sehen. Wie viel ist darüber geschrieben worden, und alles bleibt neu und schön. Ich gedenke dabei des sicilianischen Malers Pietro Novelli, »*il Morrealese*« genannt, der in der Kunstgeschichte selten vorkommt; er lebte in der Zeit der Caracci, ist mir aber lieber als diese. Auch das großartige Fest der h. Rosalie konnte ich von einem Balcon des erzbischöflichen Palastes, wohin mich die Familie Shrewsbury mitgenommen hatte, genau betrachten. Wir sahen auf einem

riesigen Wagen, der von vierzig Paar Ochsen gezogen wurde, ein Schiff mit vergoldeten Engelfiguren und mit dem hohen, thurmartigen Aufsatze, auf welchem eine reich gekleidete, colossale Figur, die h. Rosalie vorstellend, thronte. Der hölzerne Thurm war mit Menschen gefüllt; unten waren Musikanten, weiter oben schöne Jungfrauen mit offenen

Haaren und Palmzweigen in den Händen, noch höher kleine Mädchen als Engel angezogen. Der Zug kam vom Dome her und ging den ganzen Toledo hinunter. Die bunten Volksgestalten, die Beamten und Soldaten, die ganze Ausschmückung des Festes boten reizende kleine Bilder. Mit Shrewsbury ging ich auch Abends zum k. Statthalter, Principe Filangieri, wo ein großer Empfang stattfand. Da ich seine zwei Töchter und den Sohn, den jetzigen Duca di Cardinali, schon 1847 porträtirt hatte, so war ich dem Kreise nicht fremd und wurde auch freundlich begrüßt. Uebrigens wurde die Hitze immer ärger in Palermo. Ich hielt mein Zimmer ziemlich kühl, indem ich es bei Tag vor Licht und Wärme absperrte und nur des Abends öffnete, aber im ersten Stock bei Lord Shrewsbury waren die Fenster den ganzen Tag offen und wurden erst Abends wieder geschlossen. Die Hitze in diesen Räumen war unausstehlich und beschleunigte auch den Tod des armen Neffen. Ich war herzlich froh, als meine Aufgabe vollendet war und ich abreisen konnte. In Rom malte ich mein eigenes Porträt im 35. Lebensjahre; das Bild ist meine letzte Arbeit in Rom und gegenwärtig im Besitze meiner Tochter Cornelia.

## X. Lehren und Schaffen, 1851–1876.

Im August 1851 reiste ich mit meiner Familie nach Wien. Wir gingen von Civitavecchia zu Schiff nach Livorno, machten einen Ausflug nach Florenz und fuhren von Pisa nach Spezzia, um dort mit Doctor Millingen einige Tage zu verleben. Derselbe Vetturin führte uns nach Modena, wo mich die Werke des Correggio und insbesondere der Kopf der h. Katharina in der Vermählung mit dem Christuskinde entzückten. Von Mantua fuhren wir schon mit der Eisenbahn nach Venedig. Hier besuchte ich einige Jugendfreunde und meinen Lehrer, Professor Lipparini, und fuhr dann über Triest und Laibach nach Wien. Einige Wochen wohnten wir im Hôtel, bis dann meine Frau mit vieler Mühe eine angenehme Wohnung fand und einrichtete.

Nachdem ich Sr. Majestät in einer Audienz meinen Dank für die Ernennung zum Professor ausgesprochen hatte, führte mich der Kunstreferent Graf Franz Thun in die Akademie und stellte mich dem Collegium vor. Leider wurde Karl Rahl, welcher ein Jahr hindurch meine Stelle versehen hatte, entlassen, ohne daß ihm ein Grund eröffnet wurde; und seltsamer Weise wurde diese Entlassung in wahrhaft gehässiger Weise mir zur Last gelegt. Vielleicht erschien Rahl sowie der Bildhauer Hans Gasser zu liberal. Ich hielt die Entlassung dieser zwei ausgezeichneten Kräfte für einen Mißgriff und sprach es auch mehrmals aus. Die Akademie leitete damals der Architekt Prof. Rösner. Christian Ruben, einer der ältesten Schüler des Cornelius, der als Director der Wiener Akademie berufen wurde, trat seine Stelle erst einige Monate später an. Führich und Kupelwieser hatten Meisterschulen; ich und Karl Mayer, der ebenfalls aus Rom berufen wurde, leiteten die Vorbereitungsschule, oder wie sie jetzt heißt, die allgemeine Malerschule. Wir beide wurden gleichzeitig am 10. Jänner 1852 beeidet. Rösner, Führich und Kupelwieser waren Anhänger der streng religiösen Kunst und wirkten überall dem aufstrebenden Realismus entgegen. Die Genremalerei wurde von ihnen gänzlich verdammt. Wegen meiner Kirchenbilder hielten sie mich im Anbeginn für einen unbedingten Anhänger, wurden aber bald stutzig, als ich mich nicht in den Severinus-Verein aufnehmen ließ und meine eigenen Wege ging. Ueber die Parteien in der Wiener Künstlerwelt, ihre Zerwürfnisse und Feindseligkeiten will ich nichts aufzeichnen. Nach meiner Ansicht waren sie Alle zu wenig tolerant und haben sich gegenseitig geschadet. Waldmüller sprach sich in einer Schrift heftig gegen die Frommen aus, hatte viel zu kämpfen und gründete eine Privatschule, welche der neuen realistischen Kunst in Wien Bahn gebrochen hat. Ebenso gründete Rahl ein Privatatelier, und diese Schulen standen wieder der Akademie sich völlig bekämpfend gegenüber. Glücklicherweise hatten ich und

Karl Mayer gleiche Ansichten über die Kunst und den Unterricht, so daß wir in voller Harmonie für die Schule wirken konnten. Ruben war mit uns ganz zufrieden und ließ uns volle Freiheit im Unterricht. In der Vorbereitungsschule waren oft 100 Schüler, auch hatte Ruben für seine Meisterschule mehrere der begabtesten Schüler aus Prag mitgebracht. Meine am meisten hervorragenden Schüler waren: Leopold Müller, der seine ersten Studien in meinem Atelier begonnen hat, Sigmund l'Allemand, Huber, Rieser, Horowitz, Grotger u.a. Da Mayer und ich jede Woche in der Schule abwechselten, so konnte ich jede zweite Woche für meine Arbeiten und Studien benützen, und ich kam in eine Thätigkeit hinein, welche die Höhe meines Lebens und meiner Kunst bezeichnet.

Auch an Erholung fehlte es nicht. So erhielt ich noch im Spätherbst 1851, als ich kaum die Professur übernommen hatte, von I. k. Hoheit der Frau Erzherzogin Sophie den Auftrag, einige lebende Bilder, welche zu Ehren zweier russischer Großfürsten aufgeführt wurden, zu ordnen. Die hohe Frau hatte selbst fünf Bilder gewählt, und zwei davon, »Decamerone« von Winterhalter und das Genrebild »Ave Maria« von Ruben hielt ich für die besten und geeignetsten. Zu dem Decamerone wurden sieben der schönsten Damen und drei Herren der Wiener Aristokratie auserwählt. Aber ich hatte alle Noth, sie bei der Generalprobe, als sich schon der Rittersaal mit den hohen und höchsten Herrschaften füllte, zusammenzuhalten, bis die Frau Erzherzogin selbst hinter den Vorhang kam und ihnen scherzend befal mir zu folgen. Schon die erste Vorstellung wurde mit großem Beifall aufgenommen. Und noch mehr die zweite, nachdem ich in der Ordnung und Beleuchtung der Gruppe manches geändert hatte. Das zweite Bild brachte nur zwei Figuren in Bauerntracht und einen Mönch in einem Schifflein auf dem See. Im Hintergrunde sah man das Kloster auf einer Insel, der Mond war aufgestiegen, die Gruppe war von kaltem Licht beleuchtet, und am Horizont ruhte noch die rothe Abenddämmerung, so daß drei verschiedene Beleuchtungen stattfanden, was mir keine geringe Schwierigkeit bereitet hatte. Das Bild machte fast noch mehr Effect und mußte mehrmals wiederholt werden. Obwohl die anderen Bilder nicht so günstig ausfielen, waren alle Theilnehmer und Zuschauer auf's Höchste erfreut, und es war auch in der That ein schönes Fest. Zu Ehren der Großfürsten wurden noch Maskenzüge und Lustspiele aufgeführt. Die Frau Erzherzogin bestellte bei mir ein Album, welches dieses Fest in Aquarellbildern darstellen sollte und für die Kaiserin von Rußland bestimmt war. Ich übergab die Hälfte der Arbeit an andere Künstler, so an Karl Mayer, Prof. Geiger, Haselwandler und den Franzosen Valerio. Die Bilder wurden dann auch als erster Farbendruck von Müller vervielfältigt, aber nur an die theilnehmenden Personen vertheilt. Ich selbst erhielt ein kaiserliches Geschenk.

In Wien lebte damals die Gräfin Colloredo, geborne Potocka, eine Dame, die ich von Rom aus kannte, und die mir auch in Wien eine freundliche Gönnerin wurde. Bei meinem ersten Besuche fragte sie mich, ob ich hier schon Aufträge und Beschäftigung gefunden habe, und als ich dies verneinte, fuhr sie fort: »Nun gut, Sie werden gleich mit meinem Porträt beginnen; gelingt es gut, so werden Sie alle hohen schönen Damen Wien's malen müssen.« Und so geschah es; ich wurde durch mehrere Jahre der beliebteste Porträtmaler in Wien. Ich malte sogleich die zwei schönsten jungen Damen der Wiener Gesellschaft, die Gräfin Julie Hunyady, später Fürstin Milos Obrenovich, und die junge Fürstin Franz Liechtenstein, geborne Gräfin Potocka. Die zwei Bilder in lebensgroßen Halbfiguren machten Aufsehen, und mein Glück war im Zuge. Ich kann nicht alle Porträte verzeichnen, aber das erinnere ich mich, daß ich aus den Familien Liechtenstein, Schwarzenberg, Auersperg, aus mehreren polnischen und ungarischen Familien und die Porträte des Erzherzogs Rainer, sowie seiner Gemahlin, der Frau Erzherzogin Marie, gemalt habe. Mein Atelier in der Annagasse war jeden Donnerstag von 1–4 Uhr, welche ich als Sprechstunden angesagt hatte, voll von besuchenden Herren und Frauen, und jedesmal erhielt ich neue Aufträge. In der Zwischenzeit malte ich zwei kleine Genrebilder, von denen eines Baron Treves in Venedig und das andere Fürst Vincenz Auersperg erworben haben. Ferner für die Erzherzogin Sophie eine Madonna mit dem Kinde, für den Fürsten Dietrichstein ein Altarbild in seine Gruftkirche in Nikolsburg und zwei Bilder in fast lebensgroßen Figuren für die Fürstin Mathilde Schwarzenberg: »Die h. Familie« und »Christus am Oelberg«; weiter zwei große Porträte in ganzen Figuren, nämlich das des Cardinal-Primas von Ungarn Scitovsky und des achtzigjährigen Grafen Zichy und mehrere Damen-Porträte.

Aber das beständige Damenmalen ermüdete mich; es kam mir wie eine tägliche süßliche Speise vor, ich hatte Besseres gelernt und erstrebte Höheres; deswegen benützte ich die erste Gelegenheit davon loszukommen. Der Graf Stephan Karoly kam zu mir, und als er die zwei

Bilder für die Fürstin Schwarzenberg erblickte, blieb er lange davor in Gedanken vertieft stehen und sagte dann: »Blaas, Sie haben mich zu Thränen gerührt.« Das war für mich die schmeichelhafteste Anerkennung, und als er mir antrug, seine neue Kirche in Foth, wohin bereits meine drei Altarbilder gewandert waren, in Fresco auszumalen, war ich hoch erfreut, weil ich mich längst nach einer Frescomalerei gesehnt hatte. Ich berieth mich mit dem Grafen über ein Programm, und nachdem ich ihm die Compositionen nach Foth geschickt hatte, sendete er sogleich seinen Architekten nach Wien, um mit mir den Vertrag abzuschließen. Mit wahrer Begeisterung ging ich an die Arbeit, und sie hat mich zwei Jahre vollauf beschäftigt. In Wien machte ich

Probestudien und zeichnete die Cartons, und in den Ferien malte ich in Foth. Die Gegenstände sind folgende: In der Apsis Christus als Salvator von den vier Evangelisten umgeben, in colossalen Figuren; unter diesen drei Scenen aus dem Leben der h. Jungfrau; in der Mitte über dem Hochaltare die Krönung Maria's, links der englische Gruß, rechts die Geburt Christi, neben diesen Bildern links Petrus, der von Christus den Schlüssel empfängt und rechts Pauli Bekehrung, alle in lebensgroßen Figuren. Im Schiffe malte ich die zwölf Apostel in halber Figur, im Chor drei Medaillons mit Engeln. Für die Tabernakelthürchen malte ich drei Bilder auf Eisenplatten: Christus mit dem Kelche und der Hostie und für die Seitenthürchen zwei Engel. Im Ganzen sind in dieser Kirche sechs Oelgemälde und 28 Fresken von meiner Hand und nach meinen eigenen Compositionen ausgeführt. Im Sommer nahm ich zwei Schüler, die ich im Frescomalen unterrichtet hatte, nach Foth um mir zu helfen, aber nach acht Tagen erkannte ich, daß ich ihre Arbeit gar nicht brauchen konnte. Ich mußte sie entlassen und alles selbst arbeiten. Glücklicherweise hatte ich in Foth meine Frau und Kinder bei mir, Graf Karoly hatte es so gewollt und uns eine Wohnung in der Nähe der Kirche anweisen lassen.

Aber so ganz ohne Unfall ging auch dieser Aufenthalt in Ungarn nicht vorüber. Als ich eines Tages in der Kirche zwölf Klafter hoch oben auf einem Gerüste an den Evangelisten arbeitete, kam der Graf mit meiner Frau und meinem Knaben Eugen, der damals neun Jahre alt war, hinauf. Wir gingen auf dem Gerüste etwas zurück, um den colossalen Christus zu betrachten, als der Knabe auf ein freies Brett trat und in Gefahr kam hinabzustürzen. Zum Glück konnte ich ihn noch mit einem eisernen Griff packen und retten, aber die Spuren meiner Finger trug er noch lange an der Schulter. Ein anderer furchtbarer Schrecken machte meine Frau lange unwohl und zog noch andere schlimme Folgen nach sich. Nachdem ich im zweiten Sommer bereits nach Foth abgereist war, folgte mir meine Frau mit den Kindern auf dem Dampfschiffe nach. Da ein regnerischer Tag war, saßen sie ruhig in der Kajüte, als auf einmal das Schiff mit einem gewaltigen Krach stecken blieb und ein Kellner hereinstürzte, der ausrief: »Wir sind Alle verloren!« Meine Frau wurde vor Angst und Schreck fast ohnmächtig und zog krampfhaft die drei Kinder an sich, um mit ihnen vereint zu sterben. Der Capitän kam jedoch in der nächsten Minute in die Kajüte und berichtete, daß das Schiff nur angefahren und durchaus keine Gefahr zu befürchten sei. Das Schiff wurde auch bald wieder flott und kam glücklich in Pest an, wo ich meine Familie erwartete und in einem Wagen des Grafen nach Foth führte. Meine Frau fing von dieser Zeit an zu kränkeln, verlor ihre blühende Gesichtsfarbe und wurde nie wieder gesund. Ende September, als ich meine Fresken vollendet hatte, reiste ich wieder nach Wien zurück. Graf Karoly war sehr erfreut über das rasche Gelingen des ganzen Werkes und gab mir noch den Auftrag, die bereits erwähnten drei Tabernakelbilder und ein Bild für seine Galerie zu malen. Er wünschte dafür mein Bild »die h. Katharina von Engeln getragen«, das ich schon dreimal wiederholt hatte. Ich machte aber diesmal ein ganz anderes Bild daraus, indem ich den Moment wählte, wie die Engel mit der heiligen Bürde auf dem Berge Sinai angelangt und im Begriffe sind, sie in's Grab zu legen. Obwohl der kindlich naive Glauben meiner jungen Jahre längst erschüttert war, malte ich doch in jener Zeit viele religiöse Bilder, weil man es verlangte, und weil ich in diesem Fache nach meinen italienischen Studien, besonders Raphael's, sehr bewandert war.

In Wien war es mein besonderer Ehrgeiz Se. Majestät malen zu dürfen. Als nun der österreichische Gesandte in London, Graf Colloredo, ein großes Porträt des Kaisers bei mir bestellte, erwirkte mir die Frau Erzherzogin Sophie das Versprechen zweier Sitzungen des Kaisers. Durch zwei Morgen war ich um acht Uhr früh in Bereitschaft, um zu Hofe gerufen zu werden, als ein Schuldiener hereinstürzte und die entsetzliche Nachricht brachte, daß auf der Bastei ein Mordanfall versucht wurde und der Kaiser verwundet sei. Zum Segen Aller war er bald wieder hergestellt, aber mit meiner Aussicht auf ein gutes Porträt war es vorbei, und ich mußte mich begnügen, die früheren Porträte von Einsle und Hayez dafür zu benützen. Photographien gab es damals noch nicht. Dafür war es mir vergönnt für den Votivaltar, welchen die vornehmen Damen zum Andenken an die glückliche Rettung des Kaisers in der Stephanskirche errichteten, ein Madonnenbild zu malen. In jener Zeit malte ich auch das Historienbild »Karl der Große in einer Knabenschule«, welches für die Belvedere-Galerie bestimmt wurde; ferner ein lebensgroßes Bildniß der Gräfin Lanckoronska mit ihrem blonden Söhnchen auf dem Schoße.

In dieser angestrengten Thätigkeit war ich nicht dazu gekommen meinen alten Vater noch einmal zu besuchen. Von Sommer zu Sommer hatte ich die Reise verschoben, bis ich die traurige Nachricht von seinem plötzlichen Tode erhielt. Er starb, von der Schwester Theresia bis zu seinem letzten Hauche wohl gepflegt, in Bozen am 18. März 1854 in seinem 82. Lebensjahre. Eine eigentliche Krankheit war nicht vorausgegangen, aber er fühlte den Tod. Wenige Minuten vor seinem Hinscheiden hatte er die Schwester Theresia zu sich gerufen und Abschied genommen. Seine letzten Worte waren: »Grüßt meinen braven Sohn Karl und dankt ihm für mich.« Ich war von dem Briefe, den mir der Schwager schrieb, tief erschüttert und weinte bitterlich. Wie oft machte ich mir Vorwürfe, daß ich ihm nicht meine Frau und die blühenden Enkel zugeführt oder ihn nach Wien hatte kommen lassen. Aber die Aerzte hatten mir unbedingt abgerathen, weil die Reise und das ungewohnte Wiener Klima nur seinen Tod beschleunigen würde. Den einzigen Trost fand ich darin, daß mir das Glück zu Theil geworden, ihm ein sorgenfreies Alter verschafft zu haben. 232

Als in Wien die schöne Kirche in Altlerchenfeld, welche der Schweizer Architekt Müller entworfen und zu bauen angefangen hatte, der Vollendung nahe war, erhielten acht Künstler den Auftrag, dieselbe mit Fresken auszuschmücken. Obwohl Prof. Führich ein im streng kirchlichen Geiste durchdachtes Programm festgestellt hatte, mußten doch bei der selbstständigen Richtung der einzelnen Künstler einige Abweichungen und Verschiedenheiten erfolgen. Das Mittelschiff wurde mir und Prof. Karl Mayer übergeben. Die Bilder auf der linken Wand des Mittelschiffes und in der Hälfte des Kreuzgewölbes gegen den Chor zu sind von mir entworfen und ausgeführt. Die Gewölbbilder stellen in colossaler Größe sechs religiöse Allegorien vor: Die Unschuld, Geduld, Weisheit, Stärke, Keuschheit und Gerechtigkeit. Die Wandfläche zeigt Bilder aus dem Leben Christi nebst Symbolen, Parabeln und Propheten. Die vier Hauptbilder sind: Maria Verkündigung, Geburt Christi, Taufe Christi und die Bergpredigt. Dazwischen sind links und rechts vier Christusgestalten, und zwar Christus als Gärtner, Hirt, Pilger und Säemann; unter diesen sind vier Prophetenbilder. Ueber den Hauptbildern sind zwei Thiergestalten, der Fisch und das Lamm, als Hauptsymbole des Heilandes und die vier Parabeln: Christus als Gärtner, als barmherziger Samaritaner, Christus, wie er zu Petrus spricht: »Weide meine Lämmer« und als Ernter mit Garbe und Sichel – im Ganzen 24 Fresken. Die rechte Seite des Mittelschiffes ist von Karl Mayer entworfen und ausgeführt. 233

Bei Gelegenheit der Vermählung des Kaisers wollte auch die Akademie ein Zeichen ihrer Verehrung geben. Man überreichte der jungen schönen Kaiserin ein Missale auf Pergament im Stile des 14. Jahrhunderts. Der Text war in gothischer Schrift von dem geschickten Kalligraphen Kanka geschrieben, die Miniaturen und Initialen von den Professoren gemalt. Von meiner Hand sind das Fest der h. drei Könige vor der Krippe und einige kleine Figürchen mit Initialien. Der Einband war nach einer Zeichnung des hochbegabten Professors van der Nüll mit Elfenbeinschnitzereien und in Gold und Silber gefaßten Edelsteinen ausgeführt. Es war ein wahres Prachtwerk. Alle dabei Betheiligten erschienen bei der Uebergabe persönlich vor Ihrer Majestät, deren reizende Schönheit und Jugendfrische uns Alle überraschte. Durch dieses Werk angeregt bestellte der Kaiser ein ähnliches großes Missale, um es dem Papste zum Geschenk zu machen. Mir wurde dabei aufgetragen: die drei Festtage in Miniatur zu illustriren, das Weihnachtsfest, Maria Geburt und Pfingsten, die Sendung des h. Geistes. Einige der Professoren waren aber sehr langsam; auch ich konnte zwei Miniaturbilder erst in Venedig vollenden, so daß das viel reichere und in seiner Art einzige Prachtwerk erst in vier Jahren fertig wurde. Der h. Vater spendete dafür Jedem von uns den Orden des h. Gregorius.

Da meine Frau seit jenem Schrecken auf dem Schiffe kränkelte, und kein Wiener Arzt die Krankheit erkannte, schickte ich sie mit der kleinen Cornelia nach Genua zu ihrem Stiefvater Millingen. Als ich 1855 als Maler-Juror zur Weltausstellung nach Paris geschickt wurde, reiste ich mit meinen zwei Knaben zuerst zu meiner Frau, ließ die Kinder bei ihr und ging von Genua über Marseille nach Paris. Mein Bild »Karl der Große in der Knabenschule« war dort ausgestellt und erhielt den zweiten großen goldenen Medaillenpreis. Der Eindruck von Paris, von seinem Leben und seinen Kunstschätzen, war überwältigend. Nach drei Wochen erhielt ich eine Einladung nach London zu dem österreichischen Botschafter, Graf Colloredo, dem Gemahl der edlen Potocka, deren liebenswürdiger Gönnerschaft ich so viel in Italien und Wien zu verdanken hatte. Graf Colloredo war so gütig mir einen deutschen Kammerdiener zur Verfügung zu stellen, und in seiner Equipage fuhr ich von einer Galerie zur anderen, so daß ich die besten Kunstschätze in London kennen lernte. Die Empfehlungen des Gesandten öffneten mir jede Thür. Leider mußte ich nach neun Tagen wieder nach Paris zurückkehren. Hier blieb ich noch vier Wochen und reiste dann durch die Schweiz abermals nach Genua, um meine Familie abzuholen. Da in Oberitalien wieder die Cholera hauste, und in Genua allein täglich zehn Procent der Bevölkerung starben, hatte Doctor Millingen meine Familie in's ligurische Gebirge geführt. Ich fand jedoch meine Frau so leidend, daß ich das Aergste fürchtete und sie mit den Kindern nach Wien zurückführte. Doctor Wattmann, den meine Frau consultirte, meinte, im Anfange hätte sie vielleicht durch einen Aderlaß gerettet werden können, aber jetzt sei es zu spät; nur eine Cur in Recoaro in den Vicentiner Bergen könne ihr eine Erleichterung bieten. Das war denn sehr traurig. Weil ich das Wiener Klima am meisten verderblich für meine Frau hielt, schickte ich sie mit der kleinen Cornelia und dem braven Dienstmädchen Mathilde Seebach im Winter 1855 nach Triest, wo es ihr in der That besser ging. Da in jenem Winter mein ehemaliger Lehrer Professor Lipparini gestorben war, bewarb ich mich um die Professur an der Akademie zu Venedig, und das Ministerium in Wien willigte mit lobender Anerkennung meiner bisherigen Thätigkeit in meine Versetzung. Die nächsten Monate blieb ich noch in Wien und malte ein kleines Genrebild für Jakob Treves in Venedig. Ein Anderes, »römische Pilger vor einem Gewitter sich in eine Felsenhöhle flüchtend«, das ich in Wien begonnen hatte, wurde erst in Venedig vollendet. Als der Kaiser nach Venedig kam und mein Atelier besuchte, gefiel ihm das Bild derart, daß er es übernahm.

Nachdem meine Fresken in der Altlerchenfelder Kirche theilweise vollendet und mehrere Cartons und Bilder bereits abgeschickt waren, hielt mich nichts mehr in Wien zurück und ich übersiedelte mit meinen Knaben und der treuen Loretta aus Ariccia im Sommer 1856 nach Venedig. Meine Frau war bereits vorausgegangen und hatte auf der Zattere einen gothischen Palazzetto gemiethet und allerliebst eingerichtet. Ich fühlte mich unsäglich glücklich in der alten malerischen Lagunenstadt, wo ich mehrere Jahre meiner Jugend zugebracht, Gutes und Schlimmes erlebt hatte und nun als Lehrer in dieselbe Akademie eintrat, in der ich die Milch der Kunst mit so viel Begierde eingesogen hatte. Meine Freude war zu groß, als daß sie nicht hätte getrübt werden sollen. Gleich in der ersten Zeit hatte ich einen harten und langen Kampf für die Freiheit des Unterrichts, welche uns Director Ruben in Wien nie verkümmert hatte, zu bestehen; ja es kam soweit, daß ich meine Stellung aufgeben wollte, aber ich blieb siegreich, obwohl mein

Vorgesetzter in Wien ein unbedingtes Vertrauen genoß. Mein muthiges Auftreten kam der ganzen Akademie zu Gute und erwarb mir die Liebe der Schüler wie die Achtung der Professoren. Ich will aus Rücksicht für lebende Personen jenes höchst unerquickliche Zerwürfniß in diesen Blättern verschweigen, aber ich gedenke noch später diese und andere Geschichten niederzuschreiben zum Zeugniß, wie sich auch dem besten, edelsten Streben Neid und Eigensinn entgegenstellen, daß jedoch ein tapferer Mann, der gerade auf sein Ziel losgeht, über alle Hindernisse zum Siege kommt.

In der Malerschule an der Akademie suchte ich auf's Beste zu wirken. Ich führte das Kopf-Modellmalen ein, das bisher nicht bestand, gab den Schülern jede zweite Woche eine Composition auf und ließ sie, um ihr Gedächtniß zu schärfen, freie Contouren von den Zeichnungen, die sie nach der Natur gemacht, entwerfen. Die vorgerückteren Schüler ließ ich unter meiner Leitung historische Bilder nach ihren eigenen Compositionen ausführen, und dafür wies ich jedem ein kleines Atelier an, deren es mehrere in der Akademie gab. Die Elementarschule, wo die Anfänger unter der Leitung des gewissenhaften Professors Grigoletti zuerst nach Vorlagen und dann nach Gypsabgüßen von antiken Köpfen und Statuen zeichneten, war vortrefflich. Hier ließ ich auch meinen Sohn Eugen, der damals dreizehn Jahre alt war, studiren. Nach einem Jahre und nachdem er nebenbei den Curs in der Perspective, Ornamentik und Architektur durchgemacht hatte, nahm ich ihn in meine Abtheilung auf und ließ ihn des Tags hindurch bei den antiken und anatomischen Studien und des Abends im Winter bei nackten lebenden Modellen arbeiten. Er machte ganz ungewöhnli-

che Fortschritte und fing schon kleine Skizzen an; ja er componirte sogar einen Cyclus aus der Iliade. Dabei lernte er zu Hause französisch, englisch, Musik, Kunst- und allgemeine Geschichte und übte seine physische Kraft im Schwimmen und Turnen, so daß er zu einem kräftigen, gesunden Jungen heranwuchs. Meinen zweiten Sohn Julius wollte ich anfangs nicht zum Maler heranbilden und ließ ihn in Venedig durch mehrere Jahre im Gymnasium studiren. Als er mir aber gestand, daß er fast nichts gelernt und die vortrefflichen Zeugnisse mehr durch die Gunst der Lehrer als sein eigenes Verdienst erworben habe, schickte ich ihn ebenfalls in die Elementarschule des Grigoletti und ließ ihn zu Hause wie Eugen unterrichten. Obwohl er etwas leichtsinnig war und etwas früh zu malen begann, brachte er es doch mit seinem Talent bald vorwärts. Mir lachte das Herz, wenn ich die zwei kräftigen gesunden Jungen mit ihren rothen Backen und leuchtenden Augen zwischen den bleichen schwächlichen Schülern einherschreiten sah.

Meine erste Arbeit in Venedig war die Fortsetzung der Cartons für die Fresken in der Lerchenfelder Kirche, wo ich von Anfang Juni bis Ende October weiter malte. Im zweiten Winter malte ich neben den Cartons zwei Genrebildchen aus dem römischen Volksleben: »*la fidanzata*«, »die Verlobte«, welches der Minister von Bach kaufte, und das Bild »römische Frauen aus der Kirche kommend« für den kunstsinnigen Erzherzog Ferdinand Max, der es nach Miramar schickte. Im zweiten Sommer in Wien, als ich meine Frescobilder beinahe vollendet hatte, malte ich sechs Kinderporträte für eine russische Familie sammt der Mutter. Diese war eine Circassierin und von vollendeter Schönheit; die Kinder ebenfalls schön wie Engel.

238

Im August 1857, während ich in der Lerchenfelder Kirche an einer Engelsgruppe arbeitete, erhielt ich ein Telegramm von dem Grafen Franz Zichy, dem Obersthofmeister des Erzherzogs Max, welches mich augenblicklich nach Mailand berief. Noch denselben Abend war ich auf der Bahn, blieb einen Tag bei meiner Familie in Venedig und reiste dann sogleich nach Monza, wo der Erzherzog seinen Hof hielt. Ich sollte mit dem Obersthofmeister nach Rom reisen, um dort aus der Galerie Albani, welche versteigert wurde, Gemälde zu kaufen. Obwohl wir rasch nach Rom fuhren, kamen wir doch zu spät, denn die besten Bilder der Galerie waren schon veräußert, und zu dem Reste konnte ich nicht rathen. Als ich in Rom den Onkel meiner Frau, Herrn Domenico Auda, besuchte, erfuhr ich, daß die päpstliche Regierung das reiche Museum des Capanna, der einer Defraudation im Versatzamte beschuldigt wurde, confiscirt habe und verkaufen wolle. Auda sagte mir dabei, daß der h. Vater, der damals Oesterreich wegen des Concordates sehr freundlich gesinnt war, geneigt sei, das ganze Museum für einen billigen Preis der österreichischen Regierung zu überlassen. Ich erzählte davon dem Grafen Zichy, dieser schrieb sogleich nach Monza, und der Erzherzog antwortete, daß er bei Sr. Majestät dem Kaiser den Ankauf dieser Schätze befürworten wolle. Inzwischen besuchten wir das Museum und fanden neun große Zimmer voll Statuen, Fragmenten und Büsten, acht Zimmer mit Vasen und Bronzen, von denen die meisten in den letzten Jahren ausgegraben waren, und fünf Zimmer mit Gemälden. Von den letzteren notirte ich mir 25 Bilder, theils aus der altflorentiner Schule, Originale von Fiesole, Giotto, Orcagna, Ghirlandajo und Filippo Lippi, theils aus der Venetianer Schule mit mehreren Tizian und Veronese. Mein Rath ging dahin, das ganze Museum für Wien anzukaufen, und zwar um den verhältnißmäßig billigen Preis von einer Million römischer Scudi; die 25 kostbaren Bilder waren mit eingerechnet. Weil wir aber die Entscheidung von Wien nicht abwarten konnten, kauften wir aus einer Privatsammlung drei Gemälde für den Erzherzog und reisten nach Mailand zurück. Der Erzherzog, dem ich den Katalog des Museums und meine Aufzeichnungen vorlegte, wurde ganz begeistert und trug mir auf, sogleich ein Gutachten darüber zu verfassen. Ich beschrieb nun in kurzem die Schätze des Museums, die Statuen, von denen mehrere zu den besten griechischen Antiken gehörten, die werthvollen Vasen, und machte darauf aufmerksam, daß in der Belvedere-Galerie die altflorentinische Schule gar nicht vertreten sei, erwähnte, wie dieses Museum den Grundstock für eine Glyptothek in dem schönen, neu geschmückten Wien bilden könne, welcher Gewinn daraus für die Kunst und die allgemeine Bildung erwachsen müsse, wie der Preis in einigen Jahren sich selbst auszahlen würde u.s.w. Der Erzherzog war mit meiner Schrift sehr zufrieden, machte mir ein herrliches Geschenk und sagte; »Ich hoffe, daß unser Plan gelinge.« In Wien erhielt ich jedoch einen Brief des Grafen Zichy, in welchem mir der Erzherzog sagen ließ, daß unser schöner Plan im Finanzministerium gescheitert sei, weil man das Geld zu Kriegsrüstungen brauchen werde. Die Schätze des Capanna-Museums wurden später nach Rußland und zum Theile nach Frankreich verkauft.

In Wien malte ich noch zwei kleine Altarbilder für das Pusterthal in Tirol, einen Schutzengel für eine ungarische Gräfin und einige Porträte. Im Herbst 1858, als ich die Fresken in der Lerchenfelder Kirche vollendet hatte, und keine ferneren Aufträge für mich in Aussicht standen, unternahm ich ein figurenreiches Gemälde aus der venetianischen Geschichte des 5. Jahrhunderts, wie sie Galibert erzählt: den »Raub der venetianischen Bräute durch istrianische Piraten«. Ich wählte den Moment, wie die wilden Räuber die schönen mit Prachtkleidern und Juwelen geschmückten Mädchen theils tragend, theils zerrend sich gegen die unbewaffneten verlobten Männer vertheidigen und mit ihren Schätzen den nahen Schiffen zueilen. Nach dem vielen

Heiligenmalen war mir eine so lebendige, dramatische Darstellung eine wahre Erquickung, ja ich fand, daß ich dazu mehr Talent hatte, als zu den ruhigen, religiösen Scenen. Es kam mir vor, als wäre ich durch meine römischen Studien in eine meinem ganzen Wesen und meiner innersten Empfindung entgegengesetzte Richtung gekommen; diese Richtung entsprach dem Zeitgeiste und der Kunstanschauung von damals, aber meine Phantasie hatte sich immer mit lebenden Handlungen und gewaltigen Scenen beschäftigt. Meine erste Preisarbeit in Venedig, die »Tullia, welche über die Leiche ihres Vaters nach dem Senate fährt«, war ein sehr tragischer Gegenstand.

Da im nächsten Frühjahr die akademische Kunstausstellung in Wien nach einer längeren Unterbrechung wieder eröffnet werden sollte, beeilte ich mich mit dem Bilde fertig zu werden. Der Zufall wollte, daß der Erzherzog Ferdinand Max bei seiner Durchreise nach Wien in Venedig mein Atelier besuchte. Das Bild gefiel ihm, und er sagte mir in Gegenwart seines Adjutanten: »Sie wären der rechte Mann, dem man die Ausschmückung des Arsenal-Museums mit Fresken anvertrauen könnte; Ihre Bilder in der Lerchenfelder Kirche zeigen eine vorzügliche Technik und dieses Bild beweist, daß Sie auch historische Bilder und Schlachten lebendig darzustellen verstehen. Wenn Sie die große Arbeit übernehmen wollen, will ich gleich nach meiner Ankunft mit meinem Bruder, dem Kaiser, davon sprechen. Schicken Sie das Bild nach Wien; der Kaiser wird wie ich die Ueberzeugung und das Vertrauen zu Ihnen bekommen.« Ich traute kaum meinen Ohren und erlaubte mir nur die Bemerkung, wie ich gehört und in den öffentlichen Blättern gelesen habe, daß der Maler Karl Rahl mit diesem großen Werke beauftragt sei; ich hätte ihm selbst, als er mich in diesem Atelier besucht, dazu Glück gewünscht und möchte auch nicht einen so geachteten Künstler verdrängen. »Glauben Sie gar nichts«, erwiderte der Erzherzog, »was die Zeitungen darüber schreiben; diese wollen nur eine Pression damit ausüben. Rahl hat vielleicht vom Commandanten des Arsenals, Freiherrn von Augustin, ein Versprechen, aber der Beschluß hängt nur vom Kaiser allein ab, dem aber das von Rahl vorgelegte Programm mit seinen Allegorien und sagenhaften Entwürfen gar nicht gefällt. Se. Majestät will in diesen Hallen die Geschichte Oesterreichs und die seiner Armee verherrlicht sehen.« Ich war nun zur Genüge überzeugt, daß ich die Verwendung des Erzherzogs annehmen könne, ohne irgendwie Rahl verdrängt zu haben.

Auch las ich an demselben Abend in der Augsburger allgemeinen Zeitung, daß Rahl den Auftrag für das Arsenal nicht erhalten, und vielmehr der Architekt Hansen in Deutschland einen Maler suchen und vorschlagen soll.

Bei der Ausstellung in Wien wurde meinem Bilde, »der Raub der venetianischen Bräute«, von der Jury, welche aus dem ganzen Professoren-Collegium bestand, mit Ausnahme der Stimme des Directors Ruben, der Kaiserpreis mit der großen goldenen Medaille zuerkannt. Es wurde später für das Museum in Innsbruck angekauft. Wie ich vernahm, hatte der Kaiser die Ausstellung besucht und das Bild sehr gelobt. Ich saß ruhig in Venedig, als mich ein Telegramm des Generaladjutanten Grafen Grünne unverzüglich nach Wien berief. In freudiger Hoffnung eilte ich nach Wien und entwarf im Geiste schon Schlachtenbilder und Siegeszüge. Graf Grünne, dem ich mich vorstellte, sagte mir, daß Se. Majestät mir die Fresken im Arsenal anvertrauen wolle; ich möge mir daher die Räume der Ruhmeshalle ansehen und sobald als möglich ein Programm vorlegen, welches jedoch nur Bilder aus der österreichischen Geschichte und die hervorragendsten Waffenthaten der österreichischen Armee enthalten solle. Ich kaufte mir sogleich die »österreichische Regentenhalle« von Ottokar Lorenz und besuchte den Professor der österreichischen Geschichte, Albert Jäger, der mir mit großer Bereitwilligkeit an die Hand ging. Als das Programm fertig war, übergab ich es dem Grafen Grünne; Se. Majestät genehmigte es mit einer kleinen Correctur, und gleichzeitig wurde der Referent für Kunstangelegenheiten Graf Franz Thun beauftragt mit mir den Contract abzuschließen.

So stand ich denn vor einer Aufgabe, welche für den österreichischen Künstler in jeder Beziehung ehrenvoll und auszeichnend war. Im Vertrauen auf meine künstlerische Kraft übernahm ich die schwierige Arbeit und vollendete sie in eilf langen Jahren mit unsäglichem Fleiß und einer Aufopferung ohne Gleichen. Wenn ich jedoch der Leiden und Verfolgungen gedenke, welche ich in jenen Jahren zu dulden hatte, so überkommt mich noch heute eine bittere Erinnerung und ein tiefer Zorn. Hörte ich doch einst, als ich im Arsenal hoch oben auf einem Gerüste arbeitete, einen k. Oberst, der eine Gesellschaft von Herren und Damen in die Räume führte, sagen: »Schauen Sie her, welch' elendes Zeug hier gemalt wird.« Ich erfaßte schon einen großen Farbentopf, um ihn auf den Frevler hinabzuschmettern, aber ich besann mich noch und arbeitete weiter. Ich will all' die traurigen Erlebnisse, die noch in meiner Erinnerung haften, verschweigen und nur des Werkes selbst gedenken.

Die 45 Frescogemälde in der Ruhmeshalle des Arsenals, unter diesen die vier großen Schlachtenbilder mit colossalen Figuren in den Nischen der großen und mittleren Halle, die 40' lang und 20' hoch sind, sind alle von mir entworfen und mit eigener Hand ausgeführt. Nur in der Kuppel hat mir durch einen Sommer mein Sohn Eugen geholfen. Die Arbeit war eine riesige, und vielfache technische, physische und geistige Schwierigkeiten mußten dabei bewältigt werden. Die Kuppelbilder, welche die Geschichte der Babenberger darstellen, malte ich nach Cartons und kleinen Farbenskizzen. Aber schon bei den Medaillons, welche die vier kriegerischen Kaiser enthalten, war es nöthig realistischer vorzugehen. Ich konnte mich nicht mehr mit Cartons und der herkömmlichen Weise begnügen, sondern malte als Vorlagen kleine Oelbilder mit coloristischer Betonung und realistischer Vollendung in Costume- und Porträtähnlichkeit. Diese Modellbilder, die ich noch besitze, vergrößerte ich durch ein Gitternetz zur Größe der Frescobilder, und zwar auf Papier in Contouren. Das feine Papier machte ich dann durch eine ölige Flüssigkeit durchsichtig wie Strohpapier und konnte nun damit täglich meine Zeichnung auf den frischen Mörtel aufpausen. So viel mir bekannt ist, hat noch kein Maler versucht, statt der Cartons, welche nur in der Zeichnung mit Schatten und Licht als Vorbilder dienen können, solche vollendete kleine Oelbilder zur Frescomalerei zu verwenden. Diese Oelgemälde kosten weniger Zeit und Mühe und stand auf den Gerüsten bequemer aufzustellen. Ich erzielte durch dieses neue Verfahren bei den Fresken im Arsenal eine brillante coloristische Wirkung in allen feinen Abstufungen von Tönen, obwohl mir in der Halle die erste Bedingung des Malens, das genügende Licht, fehlte, denn aus der Kuppel und durch die gothischen Fenster dringt nur eine Art Zwielicht herein. Ich war gezwungen, selbst an hellen Tagen bei Lampenlicht zu arbeiten und Luft, Wolken, aufsteigenden Rauch u.a. dabei zu malen. Jeder Frescomaler kann die Schwierigkeit ermessen. Ohne das helle Lampenlicht bei meinen Modellbildern hätte ich gar nichts ausrichten können. Der Künstler weiß, daß die grauen Töne, weil sie 4–5 mal lichter auftrocknen, genau zu berechnen sind, und da sich schon in zwölf Stunden ein dünnes Kristallhäutchen darüber bildet, ein bestimmter Raum mit allen Formen und Abstufungen an einem Tage vollendet werden muß. Die Luft in Fresco zu malen gehört zu den schwierigsten Aufgaben in der Kunst. Die Farben, welche der Maler früher für 12–15 Töne vom dunklen Grau bis zum Blau gemischt und probirt hat, erscheinen, wenn sie auf dem Bilde getrocknet sind, klar und durchsichtig, aber im nassen Zustande und während des Malens sind sie alle gleich schwarz. Der Frescomaler muß daher seine Farben kennen, denn sehen kann er sie nicht, besonders bei mangelhafter Beleuchtung. Das Denken und seine Erfahrung muß ihm die Hand führen, wenn er die Wolken und Formen weich verbinden will. Sieht die Malerei schon im nassen Zustande so aus, wie sie aussehen soll, wenn das Bild trocken ist, dann kann der Maler sein Werk gleich wieder zerstören und von Neuem beginnen; denn diese Malerei verändert sich im Trockenen zum Entsetzen des unerfahrenen Künstlers; die kalten Töne werden licht, die warmen dunkel, in acht Tagen erscheint alles unrichtig, hart und spießig. Der erfahrene Maler läßt sich nicht irre machen, wenn sein Gemälde im nassen Zustande flach, ohne Rundung und ohne Harmonie in seinen Farben, in Schatten und Licht erscheint; er weiß, was er gemacht hat, und wie es aussehen wird, weil er jeden Ton kennt und berechnet hat. Dieses Wissen und eine gewisse Selbstbeherrschung ist nicht nur bei der Luft, sondern ebenso bei Figuren und allen Gegenständen, welche auf dem Bilde vorkommen, nothwendig. Der Unerfahrene, dessen Bild im Austrocknen verunstaltet ist, greift häufig in der Verzweiflung zu dem erbärmlichen Mittel, mit Temperafarben zu retouchiren; aber eine Retouche mit Deckfarben ist das Verderben der Fresken. Wenn diese Farben austrocknen, sind sie staubig, stumpf, spröde, die aufge-

legte Temperamalerei hat kein Feuer und Leben und ist einer baldigen Zerstörung, besonders im Freien, ausgesetzt. Es ist alles, wie wenn man einen todten Körper auf einen lebendigen gelegt hätte. Retouchen dürfen nur äußerst wenig und nur mit Lazurfarben mit Eierdotter und Essig wässerig gemischt gebraucht werden. Bei der »Schlacht von Turin« benützte ich die Retouche nur, um durch Lazuren die Gruppen etwas abzutönen und war in einem Tage fertig, während es viel längere Zeit brauchte, um das Bild von der entgegengesetzten Seite des Saales zu betrachten und die Farben zu berechnen. Wie oft gedachte ich des Spruches Michel Angelo's: »Die Frescomalerei ist Mannesarbeit, die Oelmalerei laßt den Frauen über.«

In den ersteren Jahren arbeitete ich an den Fresken im Arsenal von Anfang Juni bis zum October und kehrte dann für den Winter nach Venedig zurück. Hier malte ich außer meinen Vorstudien ein Altarbild: den h. Stephan von Ungarn, wie er seine Kroninsignien der Mutter Gottes zum Opfer bringt; Gräfin Stephan Szecheny hatte dasselbe für die neue Kirche in Wettendorf bestimmt; ferner einige andere kleine Altarbilder und ein Porträt der Gräfin Andrassy. Uebrigens führte ich in Venedig, da der Haß gegen die österreichische Regierung täglich zunahm, mit meiner Familie ein sehr zurückgezogenes Leben. Zu meiner Erholung fuhr ich öfter in die Lagunen auf die Entenjagd, zumeist mit Maler Nerly und meinem Sohne Eugen; aber der Letztere kam einmal dabei in große Gefahr. Er fuhr eines Tages mit einem Kameraden in einem Zandalo, d.h. kleinem Ruderschiffchen, über die Giudecca hinaus, um Duckenten zu schießen und wurde dabei vom Sturme und Gewitter überfallen. Als das Wetter niederging, geriethen meine Frau und ich in große Angst; meine Hoffnung war, daß die zwei jungen Leute nach Fusina hinausgefahren und in einem Wacht-schiffe (*biroga*) oder in einer Osteria auf dem Lande eine Zuflucht gefunden hätten. Da der Sturm jedoch noch am Abend fortdauerte, fuhr ich noch in der Nacht mit einem sicheren Schiffe, welches acht Ruderer führten, in die Lagunen hinaus, erkundigte mich von einem Wachtschiffe zum anderen und kam früh Morgens an die Riva und in den Canal zurück, ohne eine Spur von den Vermißten gefunden zu haben. Bei unserem Hause hörte ich jedoch die Stimme meines Sohnes, welcher vom Fenster herabrief: »Vater, ich bin schon da.« Einen Augenblick wurde ich in diesem Wechsel von Kummer und Freude halb ohnmächtig, bis ich Frau und Kinder wieder umarmen konnte. Die jungen Leute hatten in den Lagunen einige Enten geschossen, als das Wetter losbrach und der Sturm das Schifflein meilenweit in die Lagunen hinausjagte, bis es auf einem festen Grund stecken blieb und die Jünglinge in einer *biroga* Zuflucht fanden; erst am Morgen waren sie zurückgerudert. Vater und Mutter hatten jedenfalls mehr Angst ausgestanden als das muthige junge Blut.

In der Länge der Zeit wurden mir jedoch die Fahrten von Venedig nach Wien unbequem. Meine Stelle in der Akademie vertrat, wenn ich Anfangs Juni nach Wien reiste, der Maler und Professor Molmenti in ausgezeichneter Weise, aber die Behelfe für meine Studien, die Porträte der Feldherren und Fürsten, die Costüme der verschiedenen

Jahrhunderte konnte ich nur in den Wiener Bibliotheken finden. Dafür wurde mir die Unterstützung des Herrn Hauptmanns Quirin Leitner, der jetzt k. Schatzmeister und Vorstand des Arsenal-Museums ist, von unschätzbarem Werth. Er gab mir alle Quellen an, verschaffte mir Bücher und sorgte mit seinem gediegenen Wissen und wahrer Opferwilligkeit dafür, daß weder in den Costümen noch in der Auffassung der Geschichte ein Fehler vorkam. Er hat an dem Programm für die zwei Nebenhallen das Hauptverdienst.

Als nun Karl Rahl, dessen letztes Werk die Composition der Orpheussage für den Vorhang des neuen Opernhauses in Wien gewesen ist, 1865 gestorben war, suchte ich wieder um die Lehrstelle an der Wiener Akademie an und erhielt sie. Im Mai 1866 übersiedelte ich abermals mit meiner Familie nach Wien. Da die Akademie in dem alten Annagebäude nur über beschränkte Räume verfügte, wurde mir im Hof (Johannesgasse 4) ein Atelier eingerichtet, dasselbe, in dem einst der Bildhauer Zauner das Monument Kaiser Josephs II. modellirt und in Bronze gegossen hat. Der Architekt Siccardsburg, mein alter Freund, machte es mir behaglich und stellte auch einen neuen Cokesofen hinein, der mir aber bald das Leben gekostet hätte. Schon im Winter 1866/67 ging ich öfter mit Kopfschmerzen heim, ohne daß ich eine Ursache entdecken konnte. An einem warmen regnerischen Märztage hatte der Diener den Ofen wahrscheinlich überheizt, und als ich um ein Uhr in's Atelier kam, fühlte ich mich bald schläfrig und schlief auch in einem Lehnsessel ein, bis zum Glück ein Mann kam, der mir eine Gliederpuppe bringen wollte. Er rüttelte mich auf, und als ich besinnungslos zur Erde stürzte, lief er in den zweiten und dritten Stock und brachte Hilfe. Mehrere Professoren und der Director Ruben erschienen, ein Arzt wurde gerufen, und dieser ließ mich sogleich in den Hof hinaustragen, wo man mich mit frischem Wasser übergoß und Essig vor die Nase hielt. Allmälig erholten sich meine Sinne, ich erkannte die Umstehenden, und nachdem ich eine Limonade getrunken und wieder erbrochen hatte, wurde mir leichter und besser. Während dem war der Mann, der mich gerettet, in der Stickluft des Ateliers ebenfalls halb todt zusammengebrochen und kam erst in der frischen Luft wieder zum Bewußtsein. Ich ließ ihn in einem Fiaker nach Hause führen und wurde dann selbst in einer Sänfte in meine Wohnung getragen. Als ich aussteigen wollte, brach ich abermals zusammen, bis mich der Arzt und meine Frau in's Bett brachten. Ich genoß eine Limonade, später etwas Bouillon, durchwärmte mich tüchtig, und am anderen Morgen erschien ich frisch und gesund in der Akademie. Auch Herr Holupp, der zuerst bei mir eingetreten, hatte sich erholt und kam Nachmittag in mein Atelier, wo ich ihm ein Geldgeschenk machte, das er reichlich verdient hat. Mir blieb von dem Unfalle durch einige Tage eine unbezwingliche Melancholie, die wohl ebenso eine physische als geistige Ursache hatte; denn ich war durch dritthalb Stunden wie in einem Todesschlafe, und zum erstenmale dachte ich daran, wie leicht der Tod den Menschen antritt. Der Cokesofen wurde natürlich hinausgeworfen und künftig nur mit Holz geheizt.

Bald sollte ich ein anderes tiefes Leid erfahren, den Tod meiner geliebten Frau. Agnesina hatte sich in Recoaro wunderbar gestärkt, war im Winter 1859 für einige Monate bei ihren Verwandten in Rom und Albano und kehrte gesund und blühend nach Wien zurück. Als sie 1867 über Schmerzen im Unterleib klagte, sagte mir Professor Späth, den ich consultirte, daß meine Frau gefährlich krank, ja unrett- 250 bar verloren sei; binnen einem Jahre würde sie ihrem Leiden erliegen. *Dr.* Gustav Braun, der sie besuchte, sagte mir dasselbe; er behandelte sie bis zu ihrem Tode, meinte jedoch, mehr um Komödie zu spielen, denn es gebe kein Mittel für diese Krankheit, und er könne höchstens die Schmerzen etwas lindern. Ich mußte meiner Frau ihren Zustand verbergen, sie vielmehr in Hoffnungen einwiegen, bis sie am 18. October 1868, 48 Jahre alt, durch den Tod von ihren Leiden erlöst wurde. *Dr.* Braun hatte sie die größte Dulderin genannt, und sie ist in Wahrheit als eine Märtyrerin gestorben. Durch 26 Jahre waren wir verheiratet, und ich hatte das höchste eheliche Glück genossen, aber es war zu schön, das Schicksal hat es mir geraubt. Sie vereinte die Tugenden einer deutschen Hausfrau mit den natürlichen, angenehmen Manieren einer edlen Italienerin. Sie kannte keinen Stolz, alle Menschen hat sie als gleiche Geschöpfe Gottes genommen und den Armen ebenso freundlich behandelt, wie den Reichen und Mächtigen. Sie sprach das reinste Italienisch und mit einem wohlklingenden Organe, daß es Allen wohlthat. Sie war eine liebevolle Frau und eine besorgte Mutter. Nie wurde unter ihrer Sorge ein Kind krank. Wie viel Schönes und Gutes könnte ich noch von ihr niederschreiben, sie war auch von Jedermann geachtet und geschätzt.

Eine Zeit war ich wie gebrochen, und die heilende Zerstreuung habe ich nur bei meinen Arbeiten im Arsenal gefunden. Im Jahre 1872 wurde das Werk vollendet. Der Kaiser äußerte bei einer genauen Besichtigung seine vollste Zufriedenheit und »zum Beweis«, sagte er, »übergebe ich ihnen das Comthurkreuz meines Franz Joseph-Ordens«.

Die Bemerkungen des Kaisers waren sehr treffend, und ich hatte Gelegenheit, sein Verständniß für die Kunst, sowie sein gründliches geschichtliches Wissen zu bewundern. Es entging ihm auch nicht, daß die Malerei besser wurde, je weiter der Bildercyclus dem Ende nahte, wie denn das ganze Werk bis zum letzten Bilde, der »Schlacht von Novara«, nicht nur mit gleicher Ausdauer, sondern ebenso mit auffallenden Fortschritten beendet worden ist. Der Kronprinz von Preußen hatte mir, als er ein Jahr früher das Arsenal besuchte, die Hand gegeben und gesagt: »Sie haben sich hier ein für die Nachwelt dauerndes Monument errichtet, bald können Sie auf Ihren Lorbeeren ruhen.« Bei fremden Künstlern aller Nationen erntete ich großen Beifall, und sie lobten besonders das Colorit, welches alle anderen modernen Fresken übertreffe und den besten Werken der alten Meister an die Seite gestellt werden könne. Diese Trostsprüche, die mir von Zeit zu Zeit noch bei der Arbeit zukamen, gaben mir immer wieder neue Kraft, und ich erhob mich über die gehässigen Urtheile, welche in Wien und zumeist von Unberufenen ausgesprochen wurden.

Sonst lebte ich fortan ein Stillleben in der Kunst und Gesellschaft. An der Akademie sind meine früheren Collegen theils todt, theils pensionirt[1]; ich und Radnitzky sind die einzigen aus der alten Zeit. Allmählig trennten sich auch meine Kinder von mir, Eugen war in Italien, heiratete eine Venetianerin und hat sich bereits als Künstler

einen geachteten Namen erworben. Der zweite Sohn Julius lebt in Rom und ist ebenfalls ein tüchtiger Maler geworden, besonders im Pferdegenre. Meine Tochter Cornelia hat sich verheiratet und lebt in Ungarn. Von Zeit zu Zeit besuchen mich Kinder und Enkel oder ich sie; die Ferien bringe ich auf dem Lande zu, wo ich in den Morgenstunden arbeite und Nachmittag in Wald und Feld herumwandere wie in meinen jungen Jahren. Leider hat die Finanzkatastrophe von 1873, »der Krach«, auch meine Ersparnisse vernichtet und mich zu

1 Prof. Karl Mayer ist inzwischen am 9. Juni 1876 in Wien gestorben. A. d. H.

Einschränkungen gezwungen, die mir sonst unbekannt waren. Die Fortschritte der Kunst, namentlich in Deutschland und Oesterreich, habe ich mit Freude und Theilnahme beobachtet; wenn ich auch mit meinen 61 Jahren nicht mitteilen kann, so hinke ich wenigstens nach und schaffe und bilde, wie es mir um's Herz ist. Zum Zeugniß meiner noch frischen Kraft und Thätigkeit füge ich ein Verzeichniß meiner Fresken in der Ruhmeshalle und meiner letzten Bilder bis 1876 bei. Meine letzte große Arbeit war ein Altarbild für eine neue Kirche in Wien, welches mir Hofrath von Eitelberger zugewendet hat: »Der h. Johannes auf Patmos mit der Vision der h. Jungfrau.« Da im Ganzen die großen Arbeiten fehlen, so male ich kleine Bilder, Skizzen aus dem Volksleben oder mythische Scenen und die letzteren mit Vorliebe, weil mich die Uniformen und Waffen bei den großen Schlachtenbildern wahrhaft ermüdet haben. Wenigstens kann ich mich damit trösten, daß auch die größten Meister kleine Bilder gemalt haben und der wahre Kunstfreund auch in dem Kleinsten das Schöne und Große erkennt. So schließe ich meine Aufzeichnungen mit Freude und Trauer im Herzen, aber mit dem frohen Bewußtsein, alles aus mir selbst gestaltet und das Schönste und Beste auf dieser Welt erreicht zu haben: die künstlerische Befriedigung, das eheliche Glück und die Gründung einer Familie, in der sich Name und Neigung forterbt. –

## Verzeichniß der Frescogemälde in der Ruhmeshalle
## des k. k. Arsenals in Wien[2].

*In der großen Mittelhalle:*

1. Vier allegorische Kuppelbilder: Die Tapferkeit, Selbstbeherrschung, Macht und Kunst.
2. Vier Friesbilder aus der Geschichte der Babenberger: Die Erstürmung von Mölk durch Leopold den Erlauchten; Leopold der Heilige

---

2    Ein Prachtalbum: »Karl Blaas' Fresken im k. k. Arsenal in Wien, Verlag von Albert in München«, enthält die sämmtlichen Photographien dieser Bilder mit kurzen geschichtlichen Erläuterungen. Wien bei Capellen, Seilerstätte 2.

weist die Kaiserkrone für Lothar von Sachsen zurück; Friedrich Barba-
rossa belehnt Heinrich Jasomirgott und Heinrich den Löwen; Leopold
der Glorreiche als Beförderer der Kunst und Wissenschaft.

3. Vier Pendentivgemälde: Kaiser Rudolph bei Ottokar's Leiche;
Albrecht's I. ritterlicher Zug über den Semmering; Kaiser Max I. und
Georg von Frundsberg; Karl V. empfängt den Degen König Franz' I.

4. Vier Bilder in den großen Wandnischen mit Nebenscenen:

*a)* Die Schlacht bei Nördlingen; links Boucquoy's Sieg bei Zablat;
rechts Johann von Werth bei Tuttlingen.

*b)* Der Kriegsrath bei St. Gotthard; links die Schlacht bei Levenz;
rechts die Vertheidigung Wien's gegen die Türken.

*c)* Die Schlacht bei Zenta; links die Erstürmung von Ofen; rechts
Prinz Eugen's Zug nach Bosnien.

*d)* Die Schlacht von Turin; links der Ueberfall Eremona's; rechts
der Einzug König Karl's III. zu Madrid.

5. Drei Porträte in Medaillons zwischen den Fenstern: Die Gründer
und Verbesserer der österreichischen Artillerie, Kaiser Max I., Graf
Joseph Colloredo, Fürst Wenzel Liechtenstein.

*Im ersten Nebensaale links:*

Das Deckengemälde: Die erste Verleihung des k. k. militärischen
Maria Theresien-Ordens (groß).

Pendentivbilder: Maria Theresia mustert die Truppen bei Solenau;
Ueberfall Berlin's durch F. M. L. Haddik; Erstürmung von Schweidnitz;
Capitulation von Linz.

Wandflächenbilder: Die Schlacht von Kolin; Ueberfall bei Hochkirch;
Kampf bei Piacenza; Uebergabe von Belgrad.

*Im zweiten Nebensaale rechts:*

Deckenbild: Einzug des Kaisers Franz in Wien.

Pendentivbilder: Schlacht bei Würzburg; Treffen bei Ebelsberg;
Kampf auf dem Berge Isel; Einnahme von Vicenza.

Wandflächenbilder: Schlacht bei Caldiero; Schlacht bei Aspern;
Schlacht bei Leipzig; Schlacht bei Novara.

*Spätere Bilder bis* 1876:

Ein Altarbild: »Der h. Valentin«, als Geschenk für die Pfarrkirche in Nauders.

Satyr und Nymphe. 255

Sirenen mit Ulysses.

Ein Genrebildchen, mehr Thierstück: »Die Lieblinge.«

Ein alter Schuster.

Eine alte Bäuerin.

Das gefährdete Rendezvous.

Zwei Clericale.

Die verstoßene und von den Nereiden gerettete Danae.

Centaur raubt eine Nymphe (groß).

Zwei Genrebilder: »Hirtenkinder« und »der kleine Fischer«.

Das Donauweibchen.

Das verlassene Alter.

Furcht vor dem Gewitter.

Ein Sonntag in Albano bei Rom (schaukelnde Mädchen).

Mehrere Porträte und Studienköpfe. 256

### Erzählungen der Frühromantik

**Karl-Maria Guth (Hg.)**

**Erzählungen der Frühromantik**

HOFENBERG

1799 schreibt Novalis seinen Heinrich von Ofterdingen und schafft mit der blauen Blume, nach der der Jüngling sich sehnt, das Symbol einer der wirkungsmächtigsten Epochen unseres Kulturkreises. Ricarda Huch wird dazu viel später bemerken: »Die blaue Blume ist aber das, was jeder sucht, ohne es selbst zu wissen, nenne man es nun Gott, Ewigkeit oder Liebe.«

Tieck Peter Lebrecht **Günderrode** Geschichte eines Braminen **Novalis** Heinrich von Ofterdingen **Schlegel** Lucinde **Jean Paul** Des Luftschiffers Giannozzo Seebuch **Novalis** Die Lehrlinge zu Sais
*ISBN 978-3-8430-1878-4, 416 Seiten, 29,80 €*

**Karl-Maria Guth (Hg.)**

**Erzählungen der Hochromantik**

HOFENBERG

### Erzählungen der Hochromantik

Zwischen 1804 und 1815 ist Heidelberg das intellektuelle Zentrum einer Bewegung, die sich von dort aus in der Welt verbreitet. Individuelles Erleben von Idylle und Harmonie, die Innerlichkeit der Seele sind die zentralen Themen der Hochromantik als Gegenbewegung zur von der Antike inspirierten Klassik und der vernunftgetriebenen Aufklärung.

**Chamisso** Adelberts Fabel **Jean Paul** Des Feldpredigers Schmelzle Reise nach Flätz **Brentano** Aus der Chronika eines fahrenden Schülers **Motte Fouqué** Undine **Arnim** Isabella von Ägypten **Chamisso** Peter Schlemihls wundersame Geschichte **Hoffmann** Der Sandmann **Hoffmann** Der goldne Topf
*ISBN 978-3-8430-1879-1, 408 Seiten, 29,80 €*

**Karl-Maria Guth (Hg.)**

**Erzählungen der Spätromantik**

HOFENBERG

### Erzählungen der Spätromantik

Im nach dem Wiener Kongress neugeordneten Europa entsteht seit 1815 große Literatur der Sehnsucht und der Melancholie. Die Schattenseiten der menschlichen Seele, Leidenschaft und die Hinwendung zum Religiösen sind die Themen der Spätromantik.

**Brentano** Die drei Nüsse **Brentano** Geschichte vom braven Kasperl und dem schönen Annerl **Hoffmann** Das steinerne Herz **Eichendorff** Das Marmorbild **Arnim** Die Majoratsherren **Hoffmann** Das Fräulein von Scuderi **Tieck** Die Gemälde **Hauff** Phantasien im Bremer Ratskeller **Hauff** Jud Süss **Eichendorff** Viel Lärmen um Nichts **Eichendorff** Die Glücksritter
*ISBN 978-3-8430-1880-7, 440 Seiten, 29,80 €*

Karl-Maria Guth (Hg.)

**Dekadente Erzählungen**

HOFENBERG

Karl-Maria Guth (Hg.)

Erzählungen aus dem Sturm und Drang

HOFENBERG

Karl-Maria Guth (Hg.)

Erzählungen aus dem Sturm und Drang II

HOFENBERG

### Dekadente Erzählungen

Im kulturellen Verfall des Fin de siècle wendet sich die Dekadenz ab von der Natur und dem realen Leben, hin zu raffinierten ästhetischen Empfindungen zwischen ausschweifender Lebenslust und fatalem Überdruss. Gegen Moral und Bürgertum frönt sie mit überfeinen Sinnen einem subtilen Schönheitskult, der die Kunst nichts anderem als ihr selbst verpflichtet sieht.

**Rainer Maria Rilke** Die Aufzeichnungen des Malte Laurids Brigge **Joris-Karl Huysmans** Gegen den Strich **Hermann Bahr** Die gute Schule **Hugo von Hofmannsthal** Das Märchen der 672. Nacht **Rainer Maria Rilke** Die Weise von Liebe und Tod des Cornets Christoph Rilke

*ISBN 978-3-8430-1881-4, 412 Seiten, 29,80 €*

### Erzählungen aus dem Sturm und Drang

Zwischen 1765 und 1785 geht ein Ruck durch die deutsche Literatur. Sehr junge Autoren lehnen sich auf gegen den belehrenden Charakter der - die damalige Geisteskultur beherrschenden - Aufklärung. Mit Fantasie und Gemütskraft stürmen und drängen sie gegen die Moralvorstellungen des Feudalsystems, setzen Gefühl vor Verstand und fordern die Selbstständigkeit des Originalgenies.

**Jakob Michael Reinhold Lenz** Zerbin oder Die neuere Philosophie **Johann Karl Wezel** Silvans Bibliothek oder die gelehrten Abenteuer **Karl Philipp Moritz** Andreas Hartknopf. Eine Allegorie **Friedrich Schiller** Der Geisterseher **Johann Wolfgang Goethe** Die Leiden des jungen Werther **Friedrich Maximilian Klinger** Fausts Leben, Taten und Höllenfahrt

*ISBN 978-3-8430-1882-1, 476 Seiten, 29,80 €*

### Erzählungen aus dem Sturm und Drang II

**Johann Karl Wezel** Kakerlak oder die Geschichte eines Rosenkreuzers **Gottfried August Bürger** Münchhausen **Friedrich Schiller** Der Verbrecher aus verlorener Ehre **Karl Philipp Moritz** Andreas Hartknopfs Predigerjahre **Jakob Michael Reinhold Lenz** Der Waldbruder **Friedrich Maximilian Klinger** Geschichte eines Teutschen der neusten Zeit

*ISBN 978-3-8430-1883-8, 436 Seiten, 29,80 €*